国家出版基金项目
NATIONAL PUBLICATION FOUNDATION

外国文学学术史研究
主编
陈众议

雨果研究文集

Anthologie des Etudes de Victor Hugo

罗国祥 编选

译林出版社

图书在版编目(CIP)数据

雨果研究文集 / 罗国祥编选. —南京：译林出版社，2014.9

(外国文学学术史研究 / 陈众议主编)

ISBN 978-7-5447-5057-8

Ⅰ.①雨… Ⅱ.①罗… Ⅲ.①雨果，V.(1802～1885)-人物研究 ②雨果，V.(1802～1885)-文学研究 Ⅳ.①K835.655.6 ②I565.064

中国版本图书馆 CIP 数据核字(2014)第 229333 号

书　　名	雨果研究文集
编 选 者	罗国祥
责任编辑	武梦如
出版发行	凤凰出版传媒股份有限公司 译林出版社
出版社地址	南京市湖南路 1 号 A 楼，邮编：210009
电子邮箱	yilin@ yilin. com
出版社网址	http://www. yilin. com
经　　销	凤凰出版传媒股份有限公司
印　　刷	江苏凤凰扬州鑫华印刷有限公司
开　　本	718 毫米×1000 毫米　1/16
印　　张	16.5
插　　页	4
字　　数	234 千
版　　次	2014 年 9 月第 1 版　2014 年 9 月第 1 次印刷
书　　号	ISBN 978-7-5447-5057-8
定　　价	58.00 元

译林版图书若有印装错误可向出版社调换

(联系电话：025-83658316)

总序

在众多现代学科中，有一门过程学。在各种过程研究中，有一种新兴技术叫生物过程技术，它的任务是用自然科学的最新成就，对生物有机体进行不同层次的定向研究，以求人工控制和操作生命过程，兼而塑造新的物种、新的生命。文学研究很大程度上也是一种过程研究，从作家的创作过程到读者的接受过程，而作品则是其最为重要的介质或对象。问题是，生物有机体虽活犹死，盖因细胞的每一次裂变即意味着一次死亡；而文学作品却往往虽死犹活，因为莎士比亚是“说不尽”的，“一百个读者就有一百个哈姆雷特”。

换言之，文学经典的产生往往建立在对以往经典的传承、翻新乃至反动（或几者兼而有之）的基础之上。传承和翻新不必说，即使反动，也每每无损以往作品的生命力，反而能使它们获得某种新生。这就使得文学不仅迥异于科学，而且迥异于它的近亲——历史。套用阿瑞提的话说，如果没有哥伦布，迟早会有人发现美洲；如果伽利略没有发现太阳黑子，也总会有人发现。同样，历史可以重写，也不断地在重写，用克罗齐的话说，“一切历史都是当代史”。但是，如果没有莎士比亚，又会有谁来创作《哈姆雷特》呢？有了《哈姆雷特》，又会有谁来重写它呢？即使有人重写，他们缘何不仅无损于莎士比亚的光辉，反而能使他获得新生，甚至更加辉煌灿烂呢？

这自然是由文学的特殊性所决定的，盖因文学是加法，是并存，是无数“这一个”之和。鲁迅谓文学最不势利，马克思关于古希腊神话的“童年说”和“武库说”更是众所周知。同时，文学是各民族的认知、价值、情感、审美和语言等诸多因素的综合体现。因此，文学既是民族文化及民族向心力、认同感的重要基础，也是使之立于世界之林而不轻易被同化的鲜活基因。也就是说，大到世界观，小到生活习俗，文学在各民族文化中起到了染色体的功用。独特的染色体保证了各民族在共通或相似的物质文明进程中保持着不断变化却又不可堙没的个性。惟其如此，世界文学和文化生态才丰富多彩，也才需要东西南北的相互交流和借鉴。同时，古今中外，文学终究是一时一地世道人心的艺术呈现，建立在无数个人基础之上，并潜移默化、润物无声地表达与传递、塑造与擢升着各民族活的灵魂。这正是文学不可或缺、无可取代的永久价值与恒久魅力之所在。

于是，文学犹如生活本身，是一篇亘古而来、今犹未竟的大文章。

此外，较之于创作，文学研究则更具有意识形态和上层建筑属性，因而更取决于生产力和社会形态、社会发展水平。这也是马克思主义的基本观点之一。我国现代意义上的文学研究起步较晚，外国文学研究更是如此。虽然以鲁迅为旗手的新文学运动十分重视外国文学，但从实际成果看，1949 年前的外国文学研究基本上属于旁批眉注、前言后记式的简单介绍，既不系统，也不深入。因此，我国的外国文学研究几乎可以说是在新中国成立以后全面展开的，而系统的外国文学学术史研究，这还是第一次。

二

学术史研究也是一种过程学，而且是一种相对纯粹的过程学。不具备一定的学术史视野，哪怕是潜在的学术史视野，任何经典作家作品研究几乎都是不能想象的。

然而，后现代主义解构的结果是绝对的相对性取代了相对的绝对性。于是，许多人不屑于相对客观的学术史研究而热衷于空洞的理论了。在一些人眼里，甚至连相对客观的真理观也消释殆尽了。于是，过去的“一里不同俗，十里言语殊”，成了如今的言人人殊。于是，众声喧哗，且言必称狂欢，言必称多元，言必称虚拟和不确定。这对谁最有利呢？也许是跨国资本吧。无论解构主义者初衷如何，解构风潮的实际效果是：不仅相当程度上消解了真善美与假恶丑的界限，甚至对国家意识形态，至少是某些国家的意识形态和民族凝聚力都构成了威胁。然而，所谓的“文明冲突”归根结底是利益冲突，而“人权高于主权”这样的时新谬论也只有在跨国公司时代才可能产生。

且说经典在后现代语境中首当其冲，成为解构对象，它们不是被迫

“淡出”，便是横遭肢解。所谓的文学终结论也正是在这样的背景下提出来的。它与其说指向创作实际，毋宁说是指向传统认知、价值和审美取向的全方位的颠覆。因此，经典的重构多少具有拨乱反正的意义。

正是基于上述原由，中国社会科学院外国文学研究所于2004年着手设计“外国文学学术史研究工程”计划，并于翌年将该计划列入中国社会科学院“十一五规划”。这是一项向着重构的整合工程，它的应运而生，标志着外文所在原有的“三套丛书”(即20世纪60至90年代——“文革”时期中断——的“外国文学名著丛书”、“外国古典文艺理论丛书”和“马克思主义文艺理论丛书”)等工作的基础上又迈出了新的一步，也意味着我国的外国文学研究已开始对解构风潮之后的学术相对化、碎片化和虚无化进行较为系统的清算。

于是，关乎经典的一系列问题将在这一系统工程中被重新提出。比如，何为经典？经典是必然的还是偶然的？经典重在表现人类的永恒矛盾(用钱锺书的话说是“两足动物的基本根性”)呢，还是主要指向时代社会的现实矛盾？它们在认知方式、价值判断、审美取向方面有何特征？经典及经典批评与时代社会的生产力和生产关系、经济基础和上层建筑等关系何如？批评及批评家的作用(包括其立场、观点、方法及其与时代社会的一般和特殊关系)又如何？此外，经典作家的遭际与性情、阅历与禀赋，经典的内容与形式、继承与创新，以及文学的一般规律和文学经典的特殊性等诸如此类的问题，都将是本工程需要展示并探讨的。

且说世界文学一路走来，其规律并非羚羊挂角，无迹可寻。童年的神话、少年的史诗、青年的戏剧、中年的小说、老年的传记是一种概括。由高向低、由外而内、由强至弱、由大到小等等，也不失为一种轨辙。如是，文学从摹仿到独白、从反映到窥隐、从典型到畸形、从审美到审丑、从载道到自慰、从崇高到渺小、从庄严到调笑……终于一头扎进了个人主义和主观主义的死胡同。小我取代了大我，观念取代了情节；“阿基琉斯的愤怒”变成了麦田里的脏话；“路漫漫其修远兮，吾将上下而求索”变成了“我做的馅饼是世界上最好吃的”；诸如此类，不一而足。是谓下现实主义。当然，这不能涵盖文学的复杂性和丰富性。事实上，认知与价值、审美与方法等等的背反或迎合、持守或规避所在皆是。况且，无论“六经注我”还是“我注六经”，经典是说不尽的，这也是由时代社会及经典本身的复杂性和丰富性所生发的。

二

众所周知，文学是人类文明的重要组成部分。马克思主义的经典作家向来重视文学，尤其是经典作家在反映和揭示社会本质方面的作用。马克思在分析英国社会时就曾指出，英国现实主义作家“向世界揭示的政治和社会真理，比一切职业政客和道德家加在一起所揭示的还要多”。恩格斯也说，他从巴尔扎克那里学到的东西，要比从“当时所有职业的历史学家、经济学家和统计学家那里学到的全部东西还要多”。列宁则干脆地称托尔斯泰是俄国革命的一面镜子。这并不是说只有文学才能揭示真理，而是说伟大作家所描绘的生活、所表现的情感、所刻画的人物往往不同于一般抽象的概括、数据的统计。文学更加具体、更加逼真，因而也更加感人、更加传神。其潜移默化、润物无声的载道与传道功能更不待言。站在世纪的高度和民族立场上重新审视外国文学，梳理其经典，展开研究之研究，将不仅有助于我们把握世界文明的律动和了解不同民族的个性，而且有利于深化中外文化交流，从而为我们借鉴和吸收优秀文明成果，为中国文学及文化的发展提供有益的“他山之石”。胡锦涛同志曾说过，“我们必须准确把握当代世界和中国发展变化的大势，坚持立足国情，同时又吸收世界文化的优秀成果；坚持立足当代，同时又大力弘扬中华民族优秀文化传统”。这和“洋为中用”、“古为今用”思想一脉相承。

“观乎天文以察时变，观乎人文以化成天下。”文学作为人文精神的重要基础和介质，既是人类文明的重要见证，同时也是一时一地人心、民心的最深刻、最具体的体现，而外国文学则是建立在外国各民族无数作家基础上的不同时代、不同民族的认识观、价值观和审美观的形象反映。研究人心自然不能停留在简单抽象的理念上，因此，走进经典永远是了解此时此地、彼时彼地人心、民心的最佳途径。换言之，文学创作及其研究指向各民族变化着的活的灵魂，而其中的经典（包括其经典化或非经典化过程）恰恰是这些变化着的活的灵魂的集中体现。

如是，“外国文学学术史研究”立足国情，立足当代，从我出发，以我为主，瞄准外国文学经典作家作品和思潮流派，进行历时和共时的梳理。其中第一、第二系列由十六部学术史研究专著、十六部配套译著组成：第一系列涉及塞万提斯、歌德、雨果、左拉、庞德、高尔基、肖洛霍夫和海明威;第二系列包括普希金、茨维塔耶娃、康拉德、狄更斯、哈代、菲茨杰拉德、索尔·贝娄和芥川龙之介。

三

格物致知,信而有证;厘清源流,以裨甄别。"外国文学学术史研究"中的经典作家作品学术史研究系列,顾名思义都是学术史研究(或谓研究之研究)。学术史研究既是对一般博士论文的基本要求,也是一种行之有效的文学研究方法,更是一种切实可行的文化积累工程,同时还可以杜绝有关领域的低水平重复。每一部学术史研究著作通过尽可能抽丝剥茧式的梳理,即使不能见人所未见、言人所未言,至少也能老老实实地将有关作家作品的研究成果(包括有关研究家的立场、观点和方法)公之于众,以裨来者考。如能温故知新,有所创建,则读者幸甚,学界幸甚。相配套的经典论文翻译,则遴选有关作家作品研究的阶段性和标志性成果,其形式类似于外文所先前出版的"外国文学研究资料丛书"。

此次面世的"外国文学学术史研究"中的每一部学术史研究著作将由三部分组成。第一部分为经典作家(作品)的学术史梳理。这是相对客观的,但其中的艰难也不可小觑。首先,学术史梳理既不像平素泛舟书海,拾贝书海,尽意兴而为之的俯拾由己和随心所欲;其次,牵涉语种繁多,而且经过20世纪的形形色色的方法论和批评思潮的浸染,用汗牛充栋来形容经典作家作品研究成果已不为过。因此,要在浩如烟海的研究史料中攫取最有代表性的观点和方法,实在是件考验耐心和毅力的事情。战战兢兢,生怕挂一漏万,自不待言,且挂一漏万在所难免。因此,我们只能择要概述,甚至把侧重点放在经典作家的代表作上。不然纵使篇幅再大,也难以涵括浩瀚的文献资料。换言之,去芜杂的枝蔓和重复的敷衍,留精粹要义和真知灼见是必然的,但也是不容易做到的。它考验我们涉猎的深度和广度,而且也是检验我们学术水准和价值判断的重要环节。

第二部分研究之研究何啻一大考验。都说20世纪是批评的世纪,在经历了现代主义的标新立异和后现代主义的解构风潮之后,在各种思潮、各种方法杂然纷呈的情况下,如何言之有物、言之成理、不炒冷饭,殊为不易;如何在前人的基础上有所发现、有所前进,就更是难上加难。反过来看,正因为文化相对主义的盛行和批评的多元,也才有了我们展示立场、发表见解的特殊理由和广阔余地。举个简单的例子，解构主义针对二元论的颠覆虽然是形而上学的，却不可谓不彻底。其结果是相当一部分学者怀疑甚至放弃了二元思维，但事实上，二元思维不仅难以消解，而且在可以想见的未来仍将是人类思维的主要方法。真假、善恶、美丑、你我、男女、东方和西方等等实际存在，并将继续存在。与此同时，作为中国学者，面对西方话语，我们并非无话可说。总之，从文学出发，关心小我与大我、外力与内因、形式与内容、反映与想象、情节与观念，以至于物质与精神、肉体与灵魂、西方与东方等诸如此类的二元问题，以及经典在民族和人类文明进程中的地位和作用，依然可以是我们的着力点。当然，二元论决不是排中律，而是在辩证法的基础上融会二元关系及二元之间所蕴藏的丰富内涵和无限可能性。毋庸讳言，改革开放以来，学术界解放思想，广开言路，但日新月异中不乏矫枉过正、时髦是趋。比如大到存在与意识、物质与精神的辩证关系，小到客观与主观、客体与主体等等，都大有乾坤倒转、黑洞化吸之势。至于意识形态"淡化"之后，跨国资本主义的一元化意识形态更是有增无已；真假不辨、善恶不论、美丑混淆的现象所在皆是；个人主义大行其道，从而使抽象的人性淹没了社会性；普世主义势不可挡，以致文化相对主义甚嚣尘上。文学从大我到小我，从外向到内倾，从摹仿到虚拟，从代言到众声喧哗；真实给虚幻让步，艺术向资本低头；对妖魔鬼怪和封建迷信津津乐道，任帝王将相和无厘头充斥视域，能不发人深省？然而，经典作家是说不尽的，以上的任何一位作家都是无法穷尽的。用巴尔加斯·略萨的话说，伟大的经典具有"自我翻新"的本领。至于何为经典，虽然也是个说不尽的话题，但用简单的方式综观前人的观点，也许可以用两句话来概括：一是它们必须体现时代社会（及民族）的最高认知和一般价值（包括人类永恒的主题、永恒的矛盾）；二是其方法的魅力及审美的高度不会随着岁月的更迭而褪色或销蚀。当然这是将复杂问题简单化的一种说法。而本课题便是关乎经典其所以成为经典的一种较为复杂的论证方式。需要说明的是，经典不等于市场。用桑塔亚那的话说，经典不在于一时一地喜欢者的多寡，而在于喜欢者的喜欢程度。如果在此基础上再加上一个历史的维度，那么这话也就更加全面了。

学术史研究的最后部分为文献目录。它在尽可能详尽的基础上，还要有所选择。不然，展示一个经典作家的学术史，光文献目录就可以编辑厚厚的几大本。因此，去粗存精，是为重要或主要文献目录。

最后需要说明的是，"外国文学学术史研究"的中长期目标是在作家作品和流派思潮研究的同时，进行更具问题意识的学术史乃至学科史研究，以期点面结合，庶乎"既见树木，又见森林"；若能密切联系实际，促进中华学术的繁荣、发展和创新，则读者幸甚，我等幸甚。无疑，此工程面向全国高校及科研机构，希望有志于外国文学学术史研究的同仁踊跃加盟、不吝赐教。

陈众议

2010 年 1 月

目录

第二辑 英国

第三辑 俄国及苏联

第四辑 其他

编选者序

维克多·雨果是公认的世界级文学大师，但即使在法国，对其评价也很不一致，无论是对雨果的政治态度、文学艺术、哲学乃至文化观方面，都有不同的看法。这些研究中多数是很严肃的学术的评论，但也不乏个人好恶甚至个人恩怨之言。在雨果的浪漫主义崭露头角时期，反古典主义的关键阶段中，"挺"雨果派中有不少"浪漫主义青年"从"力挺"的角度提出了一些连雨果本人也未注意到的浪漫主义文学价值；但也有一些与雨果持不同政治态度却又同样是浪漫主义文学大师的评论者，在雨果研究或评论中发出了不同的声音。所以在19甚至20世纪，对雨果文学思想的评论中，政治和社会评论的分量是较为突出的，即使是在20世纪各种"现代派"文学批评，如精神分析学、神话学批评和文本批评中，论者也大多从各自的角度涉及雨果作品的政治、社会和文化价值等方面的内容。在西方国家如此，中国的雨果研究也如此。雨果作品被介绍到中国，其主要目的也是政治、社会的，这个过程从20世纪初一直延续到20世纪七八十年代，其后才陆续有从文学本身、以其他文学批评方法对雨果进行研究的成果面世。

我们根据以上情况，分别从世界各国较有影响的雨果研究中选择了一些较具代表性的成果。其中较大部分是前辈雨果研究专家们所翻译和选编的。我们在此基础之上，又选译了一些从神话学、精神分析学和文本分析角度出发的雨果研究成果，作为补充；但限于篇幅，我们不可能把这些译文都奉献出来，希望今后有这样的机会。

在本书出版之际，我要向前辈学者程曾厚先生(本译文集多篇摘自程先生所编《雨果评论汇编》，安徽文艺出版社，1994年版)、柳鸣九先生、吴岳添先生，以及译林出版社表示衷心的感谢。

罗国祥

第一辑

法国

评论三则

作者［法国］于勒·雅南

译者 张月楠

雨果的《暮歌集》（节译）

……这次同时谈到的有《颂诗集》、《东方集》、《秋叶集》，还要谈谈维克多·雨果先生的全部感受、全部激情、全部痛苦和全部希望。还是先直截了当地谈谈这片往前移动的飘忽的浮云吧，让隐匿在其背后的这首诗歌的一束光照射到您身上。这一回您仍然得留神，不要眩晕。

这部诗集开头几首颂歌完全是“政治颂歌”。我们徒劳地在里面寻找着诗人所抱怨的这片浮云。对任何人来说都不存在这片浮云，对战胜者或诗人来说都没有。7 月的骄阳[①]照耀着这些诗行，如同照耀着那些死者，那么乌云又在哪儿呢？前几首颂诗里既无乌云，也无暮色，一切都透明而清澈：当他仰望高空，看到此时那为他一人而闪耀的星辰，《铜柱颂》[②]中“这至高无上的大柱”，当他萌生出用稍许泥土和圣赫勒拿岛的骸骨[③]来填满巨大墓穴的诗愿时，新诗集优美的颂歌堪与作者最美的颂歌相媲美。接下来写了《拿破仑二世》，继那么伟大而又那么渺小的拿破仑之后，又写了《卡纳里斯》[④]。这是个已被遗忘、但人民又使之重新复活的

① 指 1830 年的“七月革命”。——程曾厚注

② 《铜柱颂》是《暮歌集》中第 2 首诗，以歌颂拿破仑为主题。——程曾厚注

③ 拿破仑 1821 年死于大西洋中的圣赫勒拿岛。——程曾厚注

④ 卡纳里斯（1790—1877），希腊独立战争时期的民族英雄。——译者注（以下脚注如无特别说明，均为译者注。）

光荣的名字。十五年前，卡纳里斯曾作为一切逃亡诗歌的口号在我们中间流传。雨果先生在希腊的海岸上寻找着业已消失的名字。他对这个名字说："啊，我的希腊人！"

……现在，我已经告诉您，维克多·雨果先生的所有形式、所有灵感、所有习惯、所有诗兴都体现在他的新诗集里。您愿意从颂歌过渡到《东方集》吗？《婚礼和庆宴》就是一首东方诗歌，毫无疑义是最美的诗歌之一。这次，诗人丢开了我们的政治世界，脱离了"暮色"，将憩息在我们的光荣、我们的挫折、我们的革命和我们的罪恶那美好而辉煌的高度上，又回到东方的辽阔领域，回到他挚爱的土地和梦寐以求的故乡的天空！

……他目睹了那个错杂地陈列着我们每天全部奢望的盛宴，正是他——诗人本人，用其复仇的手指在大厅的墙上写下了三个字，这三个字足以使那些豪华的宅第人去楼空，并用第一块也是最末一块裹尸布来覆盖那些轻浮的舞女们。

……在回忆作者大手笔的三四篇作品之后，等待您的是更甜美的激情。如果说东方近在咫尺，那么请您翻转诗页，《秋叶集》也不遥远，而对我来说，我承认，诗人与他朋友、妻子、孩子及已经仙逝的父母亲的娓娓闲谈使我尤为倾心。特别在此时，您能明白维克多·雨果先生是多么伟大的诗人，他是何等纯朴，何等明快、清晰、练达及和谐！一切高贵的里拉琴[①]都是如此，只有当一只朋友的手松开琴弦，它们才能奏出最柔和最悦耳的声音。

在我称作几片"秋叶"（再想不出别的名字）的所有其他诗篇中，有两首诗——两篇杰作——尤其引人注目，《大海边》和《请献上几朵百合花》[②]就是这两首诗的标题，它们一方面是那么绚烂铿锵，激越高亢，热情奔放，另一方面又那么轻柔舒缓，那么温文尔雅，那么洋溢着纯洁的情感。依我看来，正由于是这样，其笔调才十分干脆利落，这两首诗其实只是一首。如果说一首比另一首晚写十年，但始终是同一颗心在支配着它们，两首诗具有同样的热情，同样的爱。

……还用得着我来总结吗？现在您知道了这本新诗集本身就是雨果先生以前许多诗集的概括和光荣的补充。我们从中既可以看到早期颂歌在政治上的忧虑，又可以看到《东方集》的瑰玮，《秋叶集》的清丽、妩媚、

① 古希腊的一种竖琴，可以为诗歌伴奏。此词又有"诗才、诗兴"之意。

② 这是《暮歌集》中的两首诗。——程曾厚注

洒脱，《颂歌集》的天真和飘逸。这并非是本新书，而是同一作家其他诗歌的续篇，是无愧于先前诗歌的姐妹篇。Le Crépuscule[①]，这是诗人的时辰，正如午夜是幽灵的时辰。有哪位诗人平生从未歌颂过这个时辰？这是白昼与曙光前或暮色后的阴影相交映的含糊时刻，拉封丹曾给这时刻下了多么精确的定义：

> 当黑夜已经逝去，而白昼尚未来临。

当一个伟大的诗人歌颂 Le Crépuscule 时，您可以确定，他歌颂的不是正在降临的黑夜，而是即将到来的白昼。如果这位诗人名叫维克多·雨果，请您重复莎士比亚的话吧："这是清晨的云雀！这是白昼！这是白昼！"

戏剧文学史（节译）

《埃尔那尼》即使不是雨果的第一部剧作，至少是他在舞台上第一次获得成功的剧本。他即将进入这个戏剧舞台，颇像当年年轻的国王路易十四进入他的巴黎议会厅：脚蹬靴子，上了马刺，头戴帽子，手执马鞭。

关于《埃尔那尼》，我们可以大胆地讲（我们距年轻时代的这场战役已经二十四年），当年他身上的活力和激情丝毫都未丧失。这一次（如同在《熙德》[②] 中一样），诗人仍然是向您叙述这个爱情故事，并以"卡斯蒂利亚的荣誉"来进行烘托。诗人，你可曾记得，那时是什么样的岁月！从清晨起，大家是多么迫不及待地在你天才的竞技场内占据一席座位！大家呼着口号来到剧场，骄傲地坐在枝形吊灯下面，置身于经久不息的掌声、欢呼声和心醉神迷之中。

人们空着肚子来到，等待了六个小时幕布才拉开。大家坐在昏暗的大厅里，倒好像那么多的阴谋家、三百个狂热的崇拜者在窃窃交谈，试图预卜这个刚诞生的杰作的前途。

① Crépuscule 一词在法语中既指晨曦又指暮色，所以雨果的这部诗集有人译为《晨暮歌集》或《微明集》。

② 法国作家高乃依于 1636 年发表的剧本，是古典主义的代表作。——程曾厚注

渐渐地，熄灭了的枝形吊灯又大放光明，大门敞开着，突然，在这个群情鼎沸的小厅里，麇集了所有的名人，所有的美人，所有的权贵。只要注视那一张张因焦急等待而兴奋不已的脸孔，接触一下那些事先就洋溢着强烈的钦佩之情的目光，人们会以为是在等待一场大革命到来的时刻里，自己被送到了某个市政府大厦。大家都无缘无故地欢呼，莫名其妙地沉默。在每扇打开的门里，我们把目光投向即将出现的男女，只要认出这个男人或女人是属于敌对的文学派别，大家就无情地朝他们发出嘘声；反之，如果他们站在《克伦威尔》[①]一边，就会受到热烈的鼓掌和低声的赞扬。

在这群人中，大家的情绪都很激奋，互相推挤着、挑逗着。这儿有老迈的弗雷龙[②]们，他们不敢露出自己的秃头，也有豆蔻年华的德落伊教[③]女祭司，她们心甘情愿地把芬芳的马鞭草花冠扯散，把碎片扔向诗歌的年轻败类们。幽灵啊！谎言啊！年轻人啊！幻觉啊！

……在拉辛的光荣胸像前面，人们叫喊着“拉辛被打败了！”狂舞乱跳。这事并非发生在《埃尔那尼》首场演出之时，但在《埃尔那尼》首场演出时（这是在第三幕的关键时刻，大家以为悲剧已经结束、已经解决之际，却突然又变得紧张起来，又产生了新的悲剧了），倒确实发生了这么一件事：一个年轻的戏迷听到了“老黑桃A”，而不是“蠢老头”。

“……蠢老头，他爱她！”

于是我们这位年轻人就为“老黑桃A”鼓起掌来，并拼命为之辩护。

然而，战斗持续了很久，丝毫没有因为马尔斯[④]小姐的权威、魅力和冷静而轻易获胜。

……

《埃尔那尼》的第五幕确实非常优美、完善、不朽！勾起人们对《罗密欧与朱丽叶》中清晨那个美妙场景的遥远回忆：夜莺仍在歌唱，云雀即将啼鸣。两位年轻人的爱情极其真挚，极其深厚。他们的幸福已无以复加，

---

① 《克伦威尔》是雨果于1827年发表的长篇历史剧。——程曾厚注

② 法国批评家，曾反对伏尔泰和启蒙运动。——程曾厚注

③ 古代高卢的原始宗教。——程曾厚注

④ 马尔斯（1779—1847），法国女演员，曾在《埃尔那尼》中扮演堂娜·莎尔。

他们的爱情已圆满无缺，毋需再向上帝和人类企求什么……突然，您听见远方凄凉的乐声了吗？那是死亡！老人在报复：小伙子服从了，少女死了。

《埃尔那尼》(节译)

……幕布刚刚升起，这部重新上演的优秀戏剧就受到三次公正的欢迎。哄闹声和喧哗声都不会影响已经熟记的人入迷地倾听那段充满了爱情和启示的陈述，埃尔那尼和堂娜·莎尔之间那段迷人的对话从未像此时这样在我们业已衰老但由于感激而焕发生机的心灵上回响！事实上，什么都没有变，甚至我们对于最小的细节的赞赏也没有变。听到这句脍炙人口的诗句，我们也没有觉得它多有名：

对，是随从！国王啊，我就是你的随从！

过了这么多年，我们又看到了同样的兴奋和同样的反感。从一些人的喧嚣、另一些人的沉默来看，似乎演员一旦取消了"我就是你的随从"(就像他极其渴望的那样)，这出戏就会失败似的。

……尽管有各种各样的批评和各种各样的感叹，《埃尔那尼》始终是一部令人赞美的剧本，最悲壮的和最温柔的情感丰富地掺杂在一起(比《熙德》有过之而无不及)。看到那种自由自在的气派，埃尔那尼和堂娜·莎尔之间爱情的那些反复，我们倒好像在聆听作者第一部上演的作品《玛丽蓉·德·洛尔墨》中的对话。诗人以多么奇妙的灵活性处理了埃尔那尼傲慢的鲁莽，他首先得罪了庇护他却又在自己家里侮辱他的老公爵。但当埃尔那尼得悉堂娜·莎尔被劫持时，绝望万分，突然，一切都得到了宽恕，一切都恢复如初。当他讲出：

蠢老头！他爱她……

这时，他的愤怒是正当的，我们所有人都能理解。

雨果先生听到大家的窃窃私语后，改成这样的台词：

啊！你干了什么？他爱她……

正厅的新观众激烈地纠正诗人修改后的台词，诗人的成功因此受到了挫折……《埃尔那尼》的第五幕也无法作一点儿修改。两三个捣蛋的小伙子一离开晚会，我们就被那奇妙的结局吸引住了。没有比这更可怕和更迷人的结局了，这是桩完美而不朽的事情……只要您尽快忘记那些蹩脚的更改。得提防那对即将死去的新婚夫妇分开，哪怕一会儿都不行。埃尔那尼向来只是一只钱包，他那只珠宝匣在这儿是干什么用的？听，随着远方的号角声，死亡临近了。一种难以表达的抑扬顿挫的旋律勾起人们对罗密欧和朱丽叶之间那个美妙场面的遥远回忆：这时在维罗纳那边，云雀即将歌唱，夜莺仍在啼鸣。啊，无以复加的激情！永远不幸的爱情！您听到远方那凄惨的军乐吗？唉！老头儿在报复，他的两个受害者将在被照亮的黑暗之中与保罗和弗朗切丝卡[①]这两个情人重新相会。

"命运！"吕依·葛梅兹喊道。命运！这正是《巴黎圣母院》的口令。

……《埃尔那尼》的新演员们确实做了他们力所能及的事，如果他们不能胜任角色，这委实不是他们的过错。他们实在摆脱不了传统，死抱住传统不放，始终停留在扮演"约伯公爵"[②]的水平上。他们丧失了才气，把握不住新语言的音调，他们已经跟不上真正的戏剧变革的步伐。他们珍惜地保留着他们的喜剧才干和逗人发笑的小手段。重新上演的《埃尔那尼》需要起用有名的演员，只要是雨果或迈尔贝尔[③]，总是善于选择演员的。

……为了说明真实情况，还应当补充一点：他们鼓起所有人的激情，巨大的欢乐，什么都无法与这次出乎意外的重演之盛况相比拟。这非常了不起，也许太了不起了。没有一颗高贵的灵魂，没有一个感激的胸怀不满意这部辉煌的戏剧，它永远给人崭新的美感，这种美感从大洋彼岸回到

---

① 这是意大利诗人但丁在《神曲·地狱篇》第5章中颂扬过的一对年轻恋人。——程曾厚注

② 约伯是雨果历史剧《城堡卫戍官》中的主要角色。——程曾厚注

③ 迈尔贝尔（Meyerbeer，1791—1864），德国作曲家，曾长期留居法国，其歌剧当时在法国极受欢迎。——程曾厚注

我们身边…… “至于我，我亲爱的阿蒂古斯[①]，我真正诞生的日子是我从流亡中归来的日子。”

编后记

于勒·雅南（J. Janin, 1804—1874）是法国文艺批评家、小说家和新闻记者。早年创作过小说，从1836年起负责《辩论报》戏剧专栏，直至去世。赞同浪漫主义文学观，文风华丽而深刻。1870年当选法兰西学院院士。所选文章译自法国“国立印刷厂”版《雨果全集》。

① 阿蒂古斯（Atticus，公元前109—公元前32），古代罗马骑士，是政治家西塞罗的好友。西塞罗曾留下写给他的396封信。原作者注明引文原为拉丁文，似引自西塞罗的书信。此文写于1867年，雨果仍在大洋彼岸的根西岛流亡。——程曾厚注

评论二则

作者［法国］巴尔贝·多尔维利
译者 周善华

评《林园集》（节译）

……读者一致都被这迷人的书名吸住住了：《街头与森林之歌》[①]。维克多·雨果至少是位善于给作品命名的天才。还能找到比他的这本书名更富有诱惑力，更令人想入非非、浮想联翩的标题吗！……

一个爱沉思的人可以为这标题虚构出多少美妙的东西啊！如果再加上"雨果著"——那位《克伦威尔》剧中令人回味无穷的《弄臣之歌》——

当日色已经偏西，
你出外碰碰运气，
　　随便走走……

的作者——那你会想象自己要在一部杰作里纵情地遨游了。遗憾的是，拜读这本大作后，你便会从这张悠悠荡荡的吊床上跌下来。这也就是我本人的经历。这《街头之歌》中绝无街道可言，《森林之歌》的森林呢，也是人们熟悉的，跑遍了每个角落的古老森林——文学和神话的森林。这种森林，我早已领教过……而现在，在这里又被两个坏蛋逮住，一个叫"百无聊赖"，一个叫"废话连篇"……坦率地说，既然非要被抢，既然想读

① 《林园集》直译为《街头与森林之歌》。其实集中都属田园诗之类，而与"街头"无关，故译为《林园集》。

到一本佳作的希望被掠夺一空，我当初如果涉足的不是这里，而是另一座蓬蒂森林[①]才好呢。

……雨果先生眷恋他自己没有的东西，仰慕不可能到手的东西，并被它吸引，为之付出了过多的辛劳。这位为吹响各式各样的冲锋号而生的魁梧号手却想成为文学界的提尔西斯[②]，想用他那可以有力量吹破最坚固的奥斐克莱德号[③]的嘴唇和胸膛在接骨木制成的笛子上轻轻吹出、曼声颤唱田园牧歌。

这位没有分寸、又爱卖弄学问的"田园诗人"用狂欢节的芦笛胡乱地演奏些古雅的、希腊的小调，吹几支浪漫歌曲，但他这样做，只不过是含辛茹苦地去寻找无法找到的效果，尤其，他是个纯种巴黎人——也可以说是个杂种巴黎人（怎么说都可以）——我们或多或少都有点那样，麻木不仁，过分讲究，蜕化落拓，他以巴黎人的情调去描绘野林和爱情，用巴黎人谈情说爱的方式去咏唱爱情！从这意义来说，他确实绝妙地把街道搬进了森林，把森林放到了街上，可能就应该这样——谁知道呢？——来理解书名《街头与森林之歌》！

但读者并不这么理解，他们是苛刻的！怎么说呢，他们表现得不大得体。是的，作为《静观集》的赞赏者，却来痛斥一部显然是《静观集》续篇的作品，的确显得前后矛盾，不大得体！

然而，无论用什么词——即使称之为"不得体"也罢——都不能不让人进行公正的评价。有人对雨果这部新作中的某些缺点评论再三，把它们看成是出人意料的可笑的范例。有人第一次以不恭的态度谈到某些情况，但因人们所指责的恰恰是雨果之天才所在，恰恰体现了雨果作为人和作家的两重特性，所以任何人都不会对此表示惊奇的！还有人讥讽地指出了这位常常是吹出来的天才所用的鼓鼓囊囊的表达方式。

……不过，大家都忘了雨果先生所肯定取得的，或者说他肯定征服的唯一的一件东西，他唯一的巨大进步——虽然诗人的思想停滞不前，表达又唠唠叨叨——我指的是尽善尽美的诗歌技巧，乐师演奏乐器时那令人叫绝的得心应手。正是对评论界所遗忘的这点，我想把它补正过来。

在法语中，即使在雨果先生的法语中，也从未出现过这样的先例。例

① 蓬蒂森林（Forêt de Bondy），位于巴黎东北部城郊，曾是有名的强盗窝。

② 提尔西斯（Tircis），古罗马诗人维吉尔诗中之牧童名。

③ 一种 U 形管乐器。

如，在他创作《奇英》和《浴女萨拉》[1]时，他强迫极难处理的节律随他任意摆布——这是他在和语言的较量中打的大胜仗——从这些轻柔的诗名可窥见作者倾注的心血，至少也可看出他战胜了某种抵抗，但并不自如。在这本新集子中，自如达到了左右逢源的地步，自如到诗人不再是在驾驭文字，而是在施展魔法！

……这一闻所未闻的诗歌技巧被运用得如此纯熟，以至它可以超越思想内容而独立存在。只有诗人们，即那些“懂行的人”（这里恕我借用一个精彩的通俗说法）才能感受到这点。他们得到了多么至高无上的享受啊！

当节律经过这番天才的推敲、锤炼后，它可以使人感受到一种梦幻般的、不可言传的意境，这是在画中，在同样是由天才完成的阿拉伯装饰画中才有的那种情调。雨果先生是诗歌界的阿拉伯装饰画天才。诗句成了他手中能随意摆布的物品。丑角可以把他的帽子变成一艘船、一把尖刀、一盏灯；而雨果先生呢，他能使自己的诗句更加变幻无穷！他玩弄诗句，就像有一天——有时我甚至把这件事当成是个梦——我看见一个鼓手用铃鼓为起舞的吉卜赛女郎伴奏一样。

叮叮当当的铃鼓声似一道白光，紧紧追随着跳舞的女郎，人们甚至无法分清究竟是鼓声紧追女郎呢，还是女郎追随鼓声。雨果先生在这方面的技巧是无与伦比的。他已达到了乐师和乐器融为一体的境界，评论界也认为他已是炉火纯青，无法再有进步，但对这一点又都不敢承认。

论《凶年集》（节译）

《凶年集》（对作者说来将永远是“凶年”）是一部令人惊骇的作品，它把雨果先生出人意料的一面展现在读者眼前，甚至连他的敌人，乃至那些对装在这颗迷茫脑袋里的杂乱思想了解得太多的人，都感到万分意外……这本集子表明他成了……普鲁士人！

一个使用法兰西民族的语言和夸张风格的普鲁士人，没有意识到，或又完全意识到这一点的普鲁士人。如果他自己明白，那他就是投身敌营。如果他出于无意——因为坏疽往往是病人自己感觉不到的——那他还是

① 《奇英》和《浴女萨拉》是《东方集》中的两首诗。

我们的人，然而，我们再也不愿接受他了。那么，他就成了……下面的字我们可不想写出来！

雨果先生的书只是一曲恫吓人的、虚伪的、狂暴的、火辣辣的哀歌，作者在哀悼公社遭受的不幸和它受到的惩处，反之，对公社造下的罪孽，却闭口不言。他白纸黑字地写道："没有一个人有罪……"

《凶年集》的作者虚假地为这场内战洒着鳄鱼的眼泪，他只为肇事者，为刽子手们伤心哭泣，为他们义愤填膺，为他们激动和呐喊，而对受难者却不闻不问，没有一场叹息。

……你这是温情脉脉、满怀钦佩地酬报普鲁士雇佣的纵火犯，以此反对我们。普鲁士无须再酬谢他们了。你为普鲁士服务得可谓周到之极！你用你的《凶年集》表明你自己也只是普鲁士的一名志愿雇佣兵。如果有人在读这本书时不理解或否认这点，那是因为他们和你一样，心中的民族感情被所谓的世界主义腐蚀得一干二净！

你完全可以不使用法语——法语决不会因此而感到遗憾——因为你早就对法语进行过猛烈的攻击。用德语去写你的下一本书吧！你可以把它奉献给德意志，你的集子里不是专门有一首题为《在两个民族中选择》的作品吗？当这个国家的一只脚还踩在我们胸口时，此时此地你却对它大唱魔鬼的赞歌！

是的，你就是选择了这样的时刻，来亲吻这只凌虐我们的脚的！你爱吻就去吻吧，可是别来打搅我们！

你完全应该得到一枚"鹰团勋章"！

编后记

巴尔贝·多尔维利（J. Barbey d'Aurevilly 1808—1889），法国作家。主要著作有文学评论集《作品与人》，长篇小说《中了魔法的女人》，中短篇小说集《邪恶的人们》等。《评〈林园集〉》原载1865年11月15日《艺术、科学和文学报》，《论〈凶年集〉》原载《费加罗报》（日期不详）。选文均译自法国"国立印刷厂"版《雨果全集》。

维克多·雨果在讲坛上（节译）

作者 [法国] 路易·弗约

译者 程干泽

V

1851 年 7 月 17 日

……

雨果先生为我们作了这种表演，不堪入目之极，难以描绘之至。大家真希望能有人慷慨陈词，将心里的怒气宣泄出来，痛斥这种可恶的、精心盘算好要大吵大闹一番的主意。然而人们担心这股怒火是多余的，因为，毕竟这种心术不正的目空一切同时又有多么可笑，也因为，他可笑地遭到了失败。人声鼎沸，火冒三丈，这就是他想得到的！请用沉默，乃至喝倒彩来惩治他吧。

雨果先生对这个问题根本没有东西可谈，因为他什么都不懂。共和国、君主制，这对他太远了，可是辩论就在他眼前发生呐。要是他还在秩序党里面，秩序党就会告诉他：不要发言！要是他发言了，那另一个党派是不会去听他的话的。我们大家曾怀着何等厌烦的心情议论过："他干吗抛头露面？他会讲些什么？"我们曾十分勉强也十分后悔地小小赞扬过他一番，这不是为了给他打气，老天在上，而是为了不致抛弃他，因为他毕竟是我们的自己人哪！在当今这个时代，过去他所缺少的东西——严肃的思想和言谈，对所争论的问题的了解——他在今天是否就有了呢？没有。尽管他有所变化，但他始终一如其人；他始终只有一件事要做，那就是要塑造出他这个人来，可是这个人已丢了脸，自觉脸上无光，给惹火了，便不再去追求掌声，竟而想要报复。当斯卡龙[1]要替他作品中的一个人物，一个在众人面前是个不幸的戏剧性人物取名字时，他灵机一动，找到了这个很妙的名字：拉朗居恩[2]！

雨果先生不是来参加讨论的，他是来骂街的：他的讲演只是一通长长的辱骂，骂各党各派，至少，是骂所有那些他曾加以赞扬、也得到过这些赞扬者报答的人。他对问题本身所讲的话，比能估计到的还要差劲：他收罗了一堆陈词滥调来争吵、责难，这一点，与此毫无干系的迪拉先生曾顶回去过。雨果先生提出了一个共和党思想的纲领，里面体现了米歇尔先生在前一天已经否定的几篇文章的内容。这些文章讲的是社会主义方面诸般奇谈怪论，格雷波先生现在已不再承认这些东西，今天也只有埃米尔·德·吉拉丹先生[3]作其保护者了。雨果先生这位社会主义者哟！大会本来已估计到各种可能出现的情况，但它仍然大感意外。雨果先生说，共和国将意味着人类一切怨尤都荡涤殆尽，说应当通过一个民选的临时法官团交还司法权，说应当扩大（他未曾敢说要扩大到哪一步）陪审团的权限。他像一个害怕遭人猜疑、又怕表白不够卖力的人那样，急急忙忙把几部革命宪法中他所能找到的荒诞不经的东西统统收拢到一块来了。

这是无耻之尤！不，这是变节的癫狂举动！因此，依然大有必要，让文坛上的幼稚气表现出来，让它给这一番表演抹上最后一笔。因此，他所做的，是词句、反衬和叠韵方面的游戏——他那个行当里不值一提的各种廉价玩意儿。他要求废除君主制、消灭赤贫，要求铲除王位的觊觎者和乞丐。他说，他是在从事苏格拉底和耶稣基督的事业。"哦，上帝啊！"德·梅斯特尔[4]先生已经在叫了，"哦，上帝！必须把这些渎圣的蠢话顶回去，这便是我们所处的时代！"

我们要再说一遍，雨果先生特别想骂骂咧咧。社会主义者的蠢话，渎圣的蠢话。多数派大概曾想努力用轻蔑和怜悯让事情统统过去；但是辱骂——它不被掩饰，事先经过考虑，而且烂熟在心——使多数派失去了耐心。到最后，雨果先生走得越发远了，必须让他作出说明。轮到他置身于

---

① 斯卡龙（Scarron, 1610—1660），法国作家。

② 原文为 La Rancune，意为"积怨"。

③ 埃米尔·德·吉拉丹（Émile de Girardin，1806—1881），法国记者及作家。

④ 约瑟夫·德·梅斯特尔（Joseph de Maistre，1753—1821），法国政治家、作家，反对大革命、拥护君主制。

被告的小木凳上了。他不得不开口，而且讲得可怜巴巴，屡屡被打断话头，频频遭到质询，这确切而不容置疑地证明了大会的看法，将永远记载在《箴言报》上。他说，使大家反感的这些话并不针对听到这些话的任何人。到这个地步，他已给自己造成了损害；由于这种解释，他又给自己造成了更大的损害。多数派人人都给激怒了，要求对他实行弹劾。他们在强迫他作出说明后，觉得不再需要道歉，便不再去听他扯些什么。其时为六点半钟，大批议员站了起来，离开会议厅。迪彭先生止住他们，告诉大家，说德·法卢先生要求过发言，大家才留下来听取德·法卢先生的讲话。

昨天，在米歇尔先生演说之后，大会需要听到理智讲话；今天，大会需要听到良知的声音。

雨果先生曾勇气十足地表示过不满，说讲坛不自由。“您误解了，”德·法卢先生告诉他，“讲坛对您所有的朋友都曾是自由的，对您本来也会如此。多数派一直是不得已地耐心听您讲话。您在用自己过去的形象塑造现在的形象，如果说现在这个形象因为一大堆尖刻的话而使他们感到对比强烈，那您只能怪您自己。您大骂王政复辟，而您曾是保王派诗人中最像平达罗斯[①]的人；您咒骂七月王朝的君主制，而您曾是法兰西贵族院中头号菲力浦分子；您咒骂路易·波拿巴政府，而你曾热切希望入阁。这些质朴的话，用正直的人的那种尊严，那种彬彬有礼和那样的权威性讲了出来——这使德·法卢先生性格鲜明——在多数派看来过于温和了。他们原先的期望要更大些。够啦，他们明天会觉察出来的。至于山岳派，他们一直将雨果先生拥抱得都喘不过气来，似乎要在额头上安上一圈圣洁的光环，他本人就曾把这种圣洁的光环加到玛丽蓉·德·洛尔墨[②]的头上：

> 我的爱情可使你重新又恢复童贞！

诸如此类的场面在心中留下了一种无法言喻的忧虑。这场面不是一种偶然发生的情况，而是这个议会制政府的一个正常事实。以后开会时，总会有那么一些懦弱、自视甚高的人，他们被狂热的掌声弄得心荡神驰，

---

① 平达罗斯(Pindaros，约公元前518—公元前438)，即品达，古希腊抒情诗人，曾为其时西西里岛诸君王的座上客。

② 雨果作于1831年的一部同名剧中的女主人公。

要给世界放上一把火来沽名钓誉。会上将会始终有一股狂热情绪来利用这种奴颜婢膝的懦弱，使其取得厚颜无耻的胜利。这将使议会制政府完蛋；但在完蛋以前，它会造成多大的不幸啊！它会怂恿出多少背叛行径！它会腐蚀多少良知！再也没有比这更令人丧气的了。芸芸众生中阿谀奉承的家伙们，便是这样使得大家去喜欢专横跋扈的，确实，比起被他们牵着鼻子走的侮辱来，这种专横会显得更为可取，如果专横跋扈没有这些吹捧者和工具，那它可能确实是可取的。

VI

1851 年 7 月 18 日

会上有两派，或者说，是两个会，无论哪一个，作为议会制政府种种弊端的典型，均堪称出类拔萃。第一个会，一片喧闹，吵吵嚷嚷的，群情激动，恶言相向，不乏人身攻击，屡屡有人自我表白——雨果是这个会的主角。第二个会，显示出人类语言的灵巧和虚假：口是心非，登峰造极。人们刚刚看到了个人的感情有多粗俗、有多粗暴，而当这种感情自我控制，能用面纱将自己掩饰起来——我们顺理成章地要说，是能用上“稳重”这把利器，这时，它又会变得多么更加可怕呀——这第二个会的荣誉属于迪福尔先生。

让我们先谈谈雨果先生吧。他使我们觉得开心！司法界的一些朋友希望德·蒙塔朗贝尔先生[①]发言，希望他在变成科尔法弗吕先生的新门徒时不会吝啬讲上几句话。德·蒙塔朗贝尔先生没有讲话，但另一个人主持了正义，一个比较起来很不谨慎、很不够格、平素又很不善于辞令的演说家——雨果先生本人。对这种场合，恐怕是没有一个人能拿出办法把他惩治得厉害一些的。

巴罗施先生保留着昨天的几个对比。在一片斥责要重建帝国的人的骂声当中，他未能幸免。尽管雨果先生作了小心翼翼的努力来掩饰，但他相信，人们所描绘的那副趴在地上、耳朵贴地在听俄国人炮声的样子，是

① 德·蒙塔朗贝尔公爵（Comte de Montalembert，1810—1870），法国政治家，捍卫自由派天主教。

指他，他巴罗施。他是律师，并且习惯了法院里的唇枪舌剑——还谈不上是殊死搏斗——但他觉得，这个比喻的“平达罗斯式”味儿也太浓了。为了找到一个报复办法，他翻遍平达罗斯作品集，首先找到一种政治主张。太巧啦！这种政治主张出色、新颖，就是雨果先生在才智和内心世界的成熟时期所形成的那种政治主张，它晚于1815年的君主政体，晚于1830年的君主政体，晚于共和国的成立；这种政治主张是说给巴黎政见温和的选民们听的，是说给“反动分子”和“贵族爷”们听的，目的是要从他们那里捞取选票，因了这些选票，就是这位雨果先生今天在山岳派里有了一席之地，安坐在德·弗洛特先生和科尔法弗吕先生中间，这两位的社会主义热情和他一比便黯然失色了[①]。

巴罗施先生读了其中几段。在他选读的这几段里，雨果先生大骂社会主义者和革命派的种种愚蠢和荒唐，而在昨天他还据此构成人类新生的纲领呢。内容无所不包。昨天他宣称的什么对人类是适合的啊，必要的啊，不可缺少的啊等等一切，在前天提出的政治主张里都有，充满憎恨，给当作登峰造极的愚蠢、凶残和荒唐一一指了出来。不幸的人哟！他那高尚而过度的热情勃发，竟至给马拉[②]抹起黑来了。我们的读者会在会议简报上看到这些宣言，或者说得准确些，将会听到一种狂热的温文尔雅所发出的咆哮声。议会听着念的时候很是开心。当大家看到温和政治的主张中又出现了这位社会主义者的演说最得意、最经润色过的反衬手法——拿破仑大帝和小拿破仑，这时，哄堂大笑之声无以复加。雨果先生和他的观点、他的朋友们分道扬镳了，但和他的反衬法却永远难分难舍！他裹胁一切开了小差。这种反衬，首先是转过来反对社会主义者，接着是转过来反对温和派，最后，却像一支差劲的手枪，再转过来反对他自己，朝他满脸打去。会议厅里哄笑声此起彼落。议员席上在笑，工作人员在笑，主席也没错过机会。啊！精彩的场面！精彩的正义！左派自己就抛弃了他们的诗人，抛掉了这面已给巴罗施先生的拳头擂开了花的可怜的铙钹。左派们似乎在说：真是！让他脱身吧！他的失误也太多了！“而您声称，”巴罗施先生真正愤怒地喊道，“您声称，雄狮面前的狐狸，乃是您今天的对手对共和国所扮演的角色，说他们是借用它的话来窃走它的猎

① 这一政治主张的提出时间在1848年5月或6月。——原注

② 马拉（Marat，1743—1793），法国资产阶级革命时期著名活动家、政治家。1793年7月遭反革命分子暗杀。

获物……您手捧这份声明，脸上套着这种面具，跑到这里来，混到我们当中，一直钻到普瓦蒂耶街的那些委员会里，目的是要大家将您推荐给巴黎的选民……”

雨果先生如坐针毡。他态度傲慢，可是脸色窘迫。他一直要求发言，但大会不让他讲话。每次他站起来时，右派们的席位上都会掀起一阵残酷的嘘叫，有如翻腾的大海，使他跌坐在自己的位置上，脸色苍白，垂头丧气。最后，大家同意听他讲话了。他站在讲坛上——这已不再是一个三只脚的支架，这已不再是昨天他还在上面神气活现，做出一副洋洋自得、百无禁忌派头的舞台了。昨天犯过错，今天受惩罚。昨天，他让大家看到他色厉内荏的表演，淋漓尽致；今天，他想掩饰严峻的失败，枉费心机。昨天，他自信自己的记性，拥有一些朋友；今天，他寻找的是得不到的解释。他遭到败北，再也没了朋友。雨果先生处于这种悲惨境地，错上加错地忽发不幸的奇想，要用他的政治主张就事论事地来为他的政治主张正名。请雨果先生允许我们从他那些最出色的诗行中引用一句吧：

我感到惊叹莫名，
如落水的狗，抖落的水珠挡没了眼睛。

“我的政治主张有两部分，”他说，“是在5月15日到6月25日之间写成的，目的是防止出现共和国，有人想在这两个时候把共和国交给我们。巴罗施先生只读了第一部分，我来读一读第二部分吧……”“全都要读，通通读出来！”右派们齐声大喊。跟着是哄堂大笑！

这真不幸到极点了。面对反社会主义分子对他的辱骂，雨果先生不得已，只好又自己对着新老朋友们的面读了一遍，对一些人像是当众认罪，对另一些人像是矢口否认，也许是个什么兆头吧！请大家想象一下，这种折磨可真是难受得很哟：既对当个提坦觉得春风得意，却又感到自己可笑！可是又发生了另一件事，出现了另一个角色。在雨果先生嘀嘀咕咕提到6月25日这悲惨的一天时，有个人站了起来，他脸色苍白，抖抖瑟瑟，神情悲切，要求大家听他讲话，还叫自己的一班朋友别再作声，这些人劝他不要发言，可是没用。这便是德·弗洛特先生[①]。他在自己的席位

① 德·弗洛特先生系退役海军军官，曾卷入6月叛乱。——原注

上站起身来，像是一位代言人，所代表的那人因为自己惹人嫌的思想观点已毫无作为，这些人——军人——听不得耍笔杆子的掺和进来对他们评头论足。这个场面使大会动了感情，而对雨果先生来说，则似乎有种莫名的恐惧袭击了他。他见到一个幽灵，即街垒上的幽灵，红色的幽灵；可是他枉然如此，他犹犹豫豫地望着这个幽灵，因为幽灵站起来是要告诉他："我认识你，可你不是我们的人。"

德·弗洛特先生未曾讲话便重又坐下，因为主席不允许。不过，要让共和国的棕榈叶在雨果手上枯掉，他露个面也就够了。雨果先生在念他的政治主张第二部分时，自己也就完结啦。他的那些山岳派朋友（这些人可是不读优美的诗句的）本当对他大喝一声，就像吕依·布拉斯对堂·凯撒大叫那样：

> 啊！不要打那儿走，那样走没有必要！

这个第二部分，在风格上和第一部分同样可笑，它包含了雨果先生认为应当以温和的共和国名义提出的种种许诺，而他的这些许诺，充分解释了秩序党不想与雨果先生继续合作的原因。他在第二部分提到的一个内容，即平等将是"承认每一个人自然发展"的平等。这一来，大会便不让他讲下去了，因为大家听够了。大会表决，中止了他下面的阐述，这个表决是一次新的屈辱。由于他事事触霉头，有时，他也一本正经地提出要沉默。他说："沉默是知耻的表示。"大家朝他喊："这是马拉说的话！"他回到座位，这个打击使他垂头丧气。

我们有很长一段时间对此事表示关切，因为它意义重大。此事证明了道德感没有泯灭，它不会任人伤害而不加惩罚。诸如此类的辩论所能给人的，正是这种欣慰，岂有它哉。

编后记

路易·弗约（Louis Veuillot, 1813—1883）是法国作家和记者，教皇至上主义运动领袖，1843年任《宇宙报》编辑，后任主编。因反对拿破仑的意大利政策，《宇宙报》遭查禁，但于1867年梵蒂冈宗教会议上，其主张的教皇至上主义获得胜利并影响法国舆论界。著有多种小说、传记、诗集和论战文章。

维克多·雨果

作者［法国］勒孔特·德·利尔
译者 程曾厚

修辞学教师教导说，在各国人民的精神史上，会有一个全盛和静止的时期，民族精神会体会到完全的自我满足。民族精神的全部创造力就体现在一些它认为是完美的作品之中；民族精神达到了理想，就只会萎缩下去。在法国，看起来这一个重要的时代，这一个文学的黄金时代包括两个世纪，17 世纪和 18 世纪。

这是一种信仰的真理，是一种根深蒂固的信念，在今天之不可动摇，一如六十年前之毫无变化一样。认为艺术自由的信条已经取得胜利，认为真诚的和解已经平息了相互的仇恨，这些都是欺人之谈。当今以批评界为代表的折中主义，其原因就在于公众的漠不关心和人们的易动肝火。事实上，我国近代的文艺复兴对法国人的思想毫无影响可言，修辞学教师说的话是真的。我们民族的文学天才在最近两个世纪里也的确“繁荣昌盛”。只要看一看这最近二百年间没有产生一位名副其实的抒情诗人，就足以对此深信不疑了。《盲人》一诗可钦佩的作者[①]之属于自己的时代，既不是由于其诗句的灵感，也不是由于其诗句的笔法和品质。马莱布[②]之后，七星诗社各位卓越的艺术家都被人遗忘了；让-巴·卢梭[③]和勒法朗·德·蓬皮尼昂[④]之后，维克多·雨果就永远成不了民族诗人。

---

① 《盲人》是 18 世纪诗人谢尼耶写荷马的一首长诗。

② 马莱布（Malherbe，1555—1628），法国诗人，其诗歌理论对古典主义影响很大。

③ 让-巴·卢梭（J. B. Rousseau，1671—1741），法国诗人，很受同时代人欣赏。

④ 勒法朗·德·蓬皮尼昂（Lefranc de Pompignan，1709—1784），法国诗人，生前诗名很盛。

至于我，我是因此要颂扬他的。莎士比亚和但丁具有的民族诗人这称号很美，不过当人们把这个称号授予一些平平庸庸的写诗匠，甚至更糟地，授予一些等而下之的乡村乐师，那天才的正当抱负就是摈弃这个称号。这位当代抒情诗人宗师的崇高职责，不就是面对大自然的瑰丽和力量，用金号角胜利地吹响人类心灵里嘹亮的军乐声吗？对耳中塞满蹩脚咖啡馆音乐的人来说，只要他一点点的豪情壮志，就能让他们珍爱的民族破锣彻底完蛋。

我们都爱美，都痛恨平庸和平凡。此人使我们感激不尽，他已经洋洋大观，而且还在不断增加的作品，向我们显示了一位雄健有力、极富个人特色的人物，他使劲地、接二连三地摆脱了常有的束缚，对明确的目的越来越有信心。由于其天赋的品质和同样非凡的缺点突飞猛进地发展，多年来已开辟出一个更加广阔的天空，而他的缺点从其本质上来说，也会令人感到有点肃然起敬。我们感觉到面对的是一个和其天命相适应的意志坚强有力的人，而这正是天才的标志。在艺术的世界里，的确，自觉或不自觉地追求这种天命和意志之间至关紧要的协调，是一切天才人物身上必不可少的过程。一旦两者协调一致，艺术家就达到完美的地步。

维克多·雨果在全部诗作中，从《东方集》到《历代传说集》，在我们看来正是这样的情况，我们赞赏他的也正是这一点。对任何一个善于理解的人来说，他的确是一种既是自觉、又是必然的强大生命力。所以，不可避免的是，大家不得不承认他，批评界幼稚的反对奈何不了他。这些苍蝇的嗡嗡乱叫理所当然会激怒他。他我行我素。恶毒的攻击，侮辱，否定，必要时的本人的努力，都改变不了他。谁也无法将这只雄鹰变成一只家禽；谁也无法将这头雄狮拴上文学的公共马车。这位大诗人所谓的傲气不是别的，说到底，仅仅只是在说他是维克多·雨果。而这是无可非议的。

这位使法国诗歌能够有胜利把握拿出来与外国文学较量的抒情诗杰作的唯一作者，这位使我国诗歌语言重新获得两个世纪来被剥夺了的气魄、灵巧和光彩的作家，对于全体诗人表示的感激，对于还在爱和理解“美”的极少数高明人士表示的敬意，是当之无愧的。这是一个过分的人，谁能否认这一点？他自己也是这么宣称的。《光影集》，《静观集》，《历代传说集》，这些集子的确过分，可“过分”得好！我就乐于认为，学院式的神圣教条在此是迁就不了的。我们公园里的喷泉就比喷发的火山更有节制，更有分寸；不过，我要以必要的谦恭斗胆提出，火山喷发比公园里的喷泉具有更能激动人心的品格。我们居住在温带的气候条件下，我们诚实，温和，我们体格不大不小，我们有高卢人的良知；可是，唉！诗歌就是过分，我们永远不会因此而成为罪人的。法国人民要诗艺高超，这现在是，将来也是永恒的幻想，因为在艺术的世界里，法国人民又是瞎，又是聋。

维克多·雨果看得清，听得明。他对大自然的注视恢宏而深沉；他的眼睛既洞察细枝末节，又把握形体、色彩和光影变化构成的整体。他的耳朵既听到巨大的声响、模糊的喧闹，又把大合唱里各人的声音听得一清二楚。这多方面的感觉不断向他涌来，具有了生命，以生动的意象喷发出来，这些意象大批涌来时又永远精细，接二连三地堆积时又永远贴切。夹在这样的火山熔岩里的渣子，又有什么关系呢？渣子会被熔岩烧毁和淹没的。

我们可不要像许许多多肤浅的人一样相信，大艺术家对客观美的这种全面的视野，就一定是以牺牲思考为代价的。事实上，这真是无法解释的事情。如果诗人的直觉占优势，他其实理解和比较事物更迅速，更强烈。对比和省略使他表达思想时具有简洁的深度，能使经验不足的人感到迷惑不解：讲句公道话，他们所需要的，是在听别人讲话时，认真了解别人所用语言的特征。

必须点破法国人特有的这种滑稽的自命为善于思维，并强求别人思维的做法。在民族良知这种不可剥夺的财富里，包含了一定量的老一套的概念，其数量还在增加，与精明的耗损成反比。我们是这样一种人，简直愿意在大白天举着灯去研究太阳。笛卡尔[①]和马勒布朗什[②]，康德[③]和谢林[④]，这些抽象的思想家就比大诗人更能理解、更能欣赏吗？如果我们爽快地承认自己在理解形而上学真理时的无能，那又如何能要求人人都毫不犹豫地判断清楚更加无限特殊的诗歌作品呢？有人回答说：伟大的思想来自心中，真正的诗歌是心声，天才完全在于感受并交流内心的激动。那好，可困难还在，既然这种激动是用你不喜欢又不熟悉的神圣语言表达出来的。

温柔的感情，甚至是微妙的细腻感情，到了坚强的心灵里，也会获得

---

① 笛卡尔（Descartes，1596—1650），法国哲学家，主张“我思故我在”。
② 马勒布朗什（Malebranche，1638—1715），法国哲学家。
③ 康德（Kant，1724—1804），德国哲学家。
④ 谢林（Schelling，1775—1854），德国哲学家。

非同寻常的表达，因为这种表达更确切。也正因为如此，豪放诗人的感受性才是唯一真实的。我就无须提醒大家，维克多·雨果对他天才的这种特殊丰富性所提供的众多证明了。如果有人不知道和不承认他天才的丰富性，那这些人也不值得我们去关心他们的粗心大意和闭目塞听。大抒情诗人的诗中常有的华丽文彩和铿锵音调，在雨果诗中还要加上出人意料的优美和魅力。最后，这位无可比拟的艺术家不仅使他所见到的、所听到的和所能摸到的事物更加生动，而且他还擅长把心灵中朦胧的思绪和大自然中模糊的事物精确地表达出来。如同在俄耳浦斯[①]的传说中一样，一草，一木，一石，都会痛苦，都会哭泣，都会歌唱或入梦，宇宙间万籁神秘的意义向我们揭示出来了。这架诗琴的每一根琴弦在齐声颤抖。

在我出生的岛上[②]，当热带的倾盆暴雨在山顶和豁壑间下完以后，东风在海面上把被太阳驱散的乌云雪崩似地抖撒下来，于是越积越多的水猛然冲决天然的蓄水池。大水从山上的裂口处倾倒下来，我们称这种裂口为溪涧，这是些长二十余公里的台阶，东一簇西一簇地长满了野生植物，台阶被冲得乱七八糟，如同某座巨型巴别塔[③]的断垣残壁。泛白奔腾的大水，有的成急流，有的成瀑布，发出震耳欲聋的吼声，从高处冲将下来，跌入谷底。又腾空而起，最后堕入深渊。随处可见有安静的小鸟，有高大的藤本植物的鲜花，躲开疯狂的急流，沐浴在由长满青苔的熔岩石形成的小水池里，小水池被阳光一照，亮得像钻石在闪光。近在咫尺的是哗哗奔腾而下的大水，有时青灰色，有时被阳光照得火红，水里挟带着平底小船，连根拔起、黑发乱舞的罗望子树，以及鸣叫不已的牛群。大水流下，越冲越急，进入大海，穿过被翻倒的波涛，形成一个其大无比的缺口。

在维克多·雨果的天才及其作品中，就有某种这样的境界。

① 俄耳浦斯是古希腊神话传说中的行吟诗人。

② 勒孔特·德·利尔出生在非洲的留尼汪岛。

③ 巴别塔指圣经传说中各国人民建造的通天高塔。

编后记

勒孔特·德·利尔（Leconte de Lisle，1818—1894）是法国诗人，“巴那斯”派诗歌领袖，提倡“客观”唯美诗歌。主要作品有《古代诗集》（1852）、《蛮族诗集》（1862）、《悲剧诗集》（1884）等。本文选自巴黎勒梅尔出版社出版的诗人译著《集外诗集》所收的《当代诗人》中的一篇。

致雨果的两封信

作者 [法国] 居斯达夫 · 福楼拜

译者 姜蓉

先生，我想应提请您注意这些事：

您 4 月 27 日的邮件到达时已破损不堪，外面的信封已有好几处被撕破。有些您写的字已暴露在外面，里面的信封 (写给 C 夫人 [①] 的)边上已经撕开，其中装着的部分内容，即两封信及一份印刷品，已隐约可见。

这是不是海关打开信封，想看看里面有没有夹带花边？作这样的假定，我看未免幼稚，应该把拆信的账算在那班社会的救星 [②] 身上。

先生，如果您有重要的东西寄给我，我想这样做则是万无一失的：您可以把信件从泽西岛寄往伦敦我熟悉的一位可靠商人的家里，他们会打开外面的信封，把里面的信封 (寄给我的) 用另外一个信封封好，这样，信封上将是他们的笔迹和伦敦的邮戳。C 夫人的邮件可由我经同一路线转寄。

您第二封 5 月份的信件经过勒阿弗尔，我收到时完好无损。

先生，无论如何请允许我对您的一切谢意表示感谢：我不敢接受您的一星半点的感谢。在我有限的生命中占据了最大、也是最重要的地位的人，他完全可以指望我的效劳，既然您称之为效劳！

一个人要亲自倾诉自己真正的激情，即使您在流亡，也使我感到胆

① C 夫人指福楼拜的女友路易丝 · 科莱 (Louise Colet)。当时雨果在英吉利海峡中的英属小岛上流亡，和福楼拜的来往信件多由她中转。——原编者注

② 讽刺拿破仑三世及其党羽。他发动政变、改立帝制时，曾以“拯救社会”相标榜。——原编者注

怯，不便告诉您我对您的深厚感情。我对于您在我身上唤起的热情感激不尽。但是我并不希望在字句上纠缠不清，反而说不清我对您有多么感激。

我已经见过您“本人”。我们已经几次面晤，您并不认识我，而我热切地注视着您。那是1844年的冬天，在可怜的普拉迪耶[①]的工作室里，真是美好回忆！我们五六个人，大家喝茶，玩“跳鹅游戏棋”，我甚至还记得您的大金戒指，上面刻有一头匍匐的狮子，戒指当成了赌注。

从那时起，您玩赌注更大、也更危险的游戏，但无论您参加什么游戏，总能看见有狮子的爪子。“他”[②]的额头就留下被狮子抓破的印记，当他成为历史的时候，世世代代将凭那红红的伤疤认识他。

至于您，谁又知道？美的创造者们在未来也许会因为这等伤天害理的事情，因为这样名扬天下的胜利而感谢老天。因为，使美德尽善尽美的，难道不是苦难吗？使伟大更其伟大的，难道不是凌辱吗？您内在的品质和外在的环境，已经应有尽有了。

先生，请接受我对您天才的仰慕之情，还请接受我对您本人的诚挚的敬意。

居·福楼拜

1853年6月2日

先生，我将如何感谢您赠予我的珍贵礼物呢[③]？我无话可说，只好借用路易-菲力浦访问垂死的塔列朗时，后者说过的话：“这可是我的家门受到的最高荣誉！”但是，由于种种原因，结果完全相等。

我不必向您隐瞒，您极大地

使我狂妄自大的虚荣心得到满足。

① 普拉迪耶（Pradier，1790—1852），法国雕塑家。他曾是雨果的女友朱丽叶·德鲁埃以前的情人。——原编者注

② 指雨果在《小拿破仑》（1852）一书中对拿破仑三世的批判和鞭挞。

③ 雨果的礼物（一张本人的照片）后有附言：“请允许我送您……我的相片：是我儿子和阳光合作的成品。”——原编者注

正如拉辛老人家所讲的那样[1]。一位真正的诗人！有了他，会找到多少可以描绘的怪物，而这些怪物和他笔下的恶龙不同，更凶残一百倍！至少，您在流亡生活中可以看不见他们。啊！要是您能了解我们陷在多么肮脏的污垢中就好了！个人的下流行为来自政治上的卑鄙勾当，每走一步都不可能不踩上什么脏东西。气氛沉闷，尽是令人恶心的臭味。新鲜空气！新鲜空气！我为此打开窗户，把脸对着您的方向。我倾听着您缪斯飞过时翅膀的巨大扑击声，于是我呼吸着从您笔下散发出来的清香，如同呼吸树林里的芬芳气息。

此外，先生，您在我的一生中始终是一股摆脱不了的魅力，是一种长期以来从未削弱过的深爱。在死者身旁守灵时度过可怖的夜晚，在夏天充满阳光的暖洋洋的海滩上，我都在读您的书。

我带着您的书一起去巴勒斯坦，十年前，当我在拉丁区[2]无聊之极时，也是您的书安慰了我。您的诗已成了我生命的一部分，就像我妈妈的乳汁一样。您的许多诗行将永远留在我的记忆之中，就像意外的发现一样永记不忘。

我在此搁笔。如果人间有真话，那我刚才说的就是真话。从现在开始，我本人将不再打扰您了，而您可以利用这位通信人，不必为和他通信而担心了。

但是，既然您从大洋彼岸向我伸出手来，我接受并且紧握着您的手，我骄傲地握着这只手，这只手曾经写过《巴黎圣母院》和《小拿破仑》；这只手曾经竖起过一座座丰碑，并为叛徒们准备了一杯杯苦酒；这只手曾经从智力的最高峰撷取了最高尚的乐趣；现在，仅仅只有这只手，像《圣经》式的大力士，在“艺术”和“自由”的双重废墟里高高举起。

顺致敬意！先生，再一次表示万分感谢。

1853 年 7 月 15 日

于克鲁瓦塞

① 引诗见拉辛的悲剧《伊菲革涅亚》。——原编者注

② 拉丁区是巴黎市内学校集中的地区。

编后记

居斯达夫 · 福楼拜（G. Flaubert，1821—1880）是法国著名作家，在其创作中追求尽善尽美。认为科学和宗教是思想的平行两极。早年浪漫主义文学思想明显，后转向现实主义。其代表作是长篇小说《包法利夫人》，此外还有历史小说《萨朗波》（1862）及短篇小说集《三故事》（1877）等多种。

评论三则

作者 [法国] 泰奥多尔·德·邦维尔
译者 周善华

评《凶年集》(节译)

《凶年集》以其伟大的构思和精湛的表现手法无可辩驳地超出维克多·雨果以前任何一部作品。1870到1871年间的深重灾难和可歌可泣的斗争是多么难得的题材啊!开天辟地以来,上帝也许从未向一个在世的抒情诗人、史诗作者提供如此丰富的素材。像米开朗琪罗和所有那些即便已迈进老年但威望仍在继续提高的创作家们一样,维克多·雨果的天才已达到令人眩晕的高度。人类可能将再也找不到另外的例子了。

不断产生变化,总能为新出现的事物找到新的表现手法,这一直是他这位天才的独到之处。《历代传说集》的作者仿佛是《秋叶集》和《暮歌集》作者的骄子,生出来就满载荣誉,得天独厚;而创作《凶年集》的诗人又似乎是《历代传说集》的作者新的、更高大的化身。维克多·雨果在自己的作品中曾把人生比作是在漫长地攀登一座高山,只有到达顶峰后人们才能得到所渴求的最后的安息。这似乎反映了他自己的一生。如果你清楚地了解他的一生,你就能对他的最后一本书乃至全部著作进行深入而透彻的评述。

早年,在青葱翠绿、鲜花怒放的山脚下,他采摘了《颂诗集》、《东方集》,把这些姹紫嫣红、色彩缤纷的花朵编织成一串串珠宝。往高处攀登,他正视的是生活中的搏斗、灾难、不幸以及失败的苦涩,而希望却如我们头顶上遥不可及的苍穹。再往上,往上,他从高处远远注视着脚下流逝的历史长河，惊心动魄的斗争，激烈的混战。如今，他已到达峰顶，四周风暴滚滚，电光闪闪。他脚踩终年不化的积雪，头顶晨曦微露的蓝天，这意味着宽恕、安慰和至高无上的希望的蓝天，他看得见，摸得着，感到它就在自己身边，而人间却在他炯炯有神的目光中远去了，缩小了。

站在这样的高度，诗人就能够怜悯普天下各种各样的在苦难中煎熬的人，跌倒在地上的人，他可以和他们一起流血，一起受苦受难。可别再要求他去憎恨，哪怕是对恶人。在他看来，恶人显然也是牺牲品，因为他们的心被负罪感撕裂着，他们背负着这可怕的枷锁被带向黑暗，带向深渊。

被缪塞冠以"浮夸的""被人牵着走的""任人摆布的""舒舒服服的""卖弄学问的"之类词语的评论家们，半个世纪以来一直弄不明白，为什么雨果喜爱表现巨大的、崇高的、过分的题材？为什么他总是头顶青天？为什么他那颤抖的双手采摘的是天上的星星？为什么他有闪电般的目光、暴风般的声音？总而言之，为什么他的一切都是超人的，伟大的，非凡的？这些好奇的先生们今天可以得到答案了：雨果天生被造就成这般，他注定要目睹、经历和谱写最宏伟的史诗，他预先就被选定、被指定为《凶年集》的作者。这位在 69 岁高龄时回到祖国怀抱的诗人，在一年的时间内，看见他的祖国遭到伤害，被人宰割，看见她又亲手把自己撕得粉碎，引火自焚……

……一年间，诗人为自己的长子送了葬[①]，目睹了人间历史上恐怖的一幕，这场由日耳曼入侵所引起的可怕的战争。他眼见法兰西被背叛、被征服而仍然崇高，眼见她受饥挨饿，被欧洲抛弃，眼见她为从胸前被夺走的两个骨肉相亲的省份而哭泣，但随即就用伤痕累累的双手继续为独立解放和建设文明而战，继续谱写新的诗篇，即便在她受苦受难、流淌鲜血的地方，即便在埋葬着她那些死去的、冰凉的、半张着惨白的嘴唇的孩子们的坟场，这位坚韧不屈的、必不可少的勤奋的母亲也没有停下来休息。

有这样非凡的历史，就必须有一位同样非凡的历史学家。上帝需要什么人就会有什么人。为这位艺术家、这位诗人的降临，上帝足足准备了半个世纪。《心声集》《光影集》《埃尔那尼》《玛丽蓉·德·洛尔墨》《巴黎圣母院》《城堡卫戍官》《悲惨世界》《历代传说集》是这位学生为准

① 诗人的长子夏尔于 1871 年 3 月在波尔多去世。

备写《凶年集》《上帝集》和《撒旦末日集》这三部壮丽史诗练笔的习作。在人类历史经历了前所未有的剧痛和灾难后，需要我们的诗人用犹如在最后审判之日唤醒我们的号角那样宏亮的、响彻寰宇的声音重申：一切并没有随着黑暗的日子而消逝，要创建未来，让得到净化、焕发青春的心灵复生，向着尽善尽美、向着光明攀登，这些都是我们对上帝欠下的、非还不可的债。

……世上没有一部杰作不引起无数的非难。我们对那些表面看来似乎有理的异议必须尽力予以驳斥。

为什么在描写事件、生动刻画人物形象和再现历史方面有着极高天赋的维克多·雨果，在叙述普法战争和巴黎被围的史实时，没有像他前不久写《历代传说集》那样用戏剧化的手法？为什么他只限于表现思想观点、事物的理想化的一面和它的哲理性，而不去触及那些可以使他绚丽多彩的文笔再一次成功的感人而悲壮的场面呢？要回答这种貌似有理的指责很简单，只需了解下面这条普遍存在且又显而易见的法则就行了：诗歌永远不应该去表现任何其他艺术能代替她、能没有她而表现的东西。……如果他描绘巴黎城下的战役，描绘我们的士兵在隐蔽的敌人的枪林弹雨下所进行的英勇搏斗，即便写得再生动，也不会比用军事术语发表的“战情公报”（一旦我们能看到的话）更精彩。我们和他一样，都是这一时期令人震惊的重大事件的见证人和受害者，我们需要知道的是事情令人发指的程度，它所引起的反响以及应吸取的教训。我们有权听到这场狂怒的飓风在诗人的琴弦上激起的颤抖和呜咽。这琴声在回荡，在呻吟，如此雄壮，如此愤怒，如此悲怆，我们为之战栗也为之倾倒，人间从未听到过这充满自豪但又令人心碎的乐曲。《凶年集》中的《色当》这首诗，如果不说胜过，那也完全可以和《惩罚集》中的《滑铁卢》（《报应》）媲美，这一天感到屈辱、受到伤害的诗人在这首作品里，描写了法兰西进行的庄严斗争和取得的胜利，没有比这高昂的呐喊写得更气势磅礴的篇章了。

……以似利剑般锋利，似烙铁般无情，有时激愤如雷鸣，有时又满怀赤子柔情的诗句，雨果再现了遭受敌寇入侵的法兰西，描写巴黎在城头上浴血奋战，被放弃。冲突、灾祸、血淋淋的大屠杀、丰功伟绩，这一切他都一一记录下来，嘴唇灼热，泪光滢滢但又克制着自己，因为他要在班克罗夫特[1]凌辱法兰西之日不失镇静，回以满含轻蔑的嘲讽。

……人们常常要我给“诗人”下一个定义，依我所见，诗人应该是这样一个人：他因为具有感受和表达人类共有的感情的天赋，所以既生活在当今，也生活在过去和未来。作为见证人，他能够毫不费力地把古代英雄生活的那个人神不分的时代中的某件业绩展现在人们眼前，也可以把昨天才发生的事件推到远处，予以神化，借史诗的手法表现。

当作者向我们叙述发生在六月的故事，叙述那个履行了自己的诺言、回来就义的孩子的故事时，他把他奉为一尊半神半人的小英雄，把他作为未来世纪中的未来人们心目里的形象来描写。

无疑，以平等的观念来衡量，一位可以和平达罗斯及埃斯库罗斯[2]相提并论、简直有资格身着帝王红袍的天才，却像平民百姓一样在我们中间散步，确实叫人受不了，这也成为某些人忌恨雨果的一条合法理由。不过到将来，如果有人看到我们这报刊文字，不也会因为我们竟敢对这位巨匠妄加评说而感到惊异万分吗？雨果唯一的过错就在于他太伟大了，那些大肆嘲笑他戴法国军帽[3]的人实际上怨恨的是他头上的桂冠！

读《九三年》（节译）

全欧洲都已读到了维克多·雨果的新作《九三年》。这部杰作引起的反响是巨大的。和提香以及米开朗琪罗一样，雨果在迈进暮年之际仍保留了他旺盛的创造力。流逝的岁月不断使这位能干的工匠的双手变得更灵巧、更有力。

未来的年代事先就是属于“善”的，“残忍”被宣判为断子绝孙，“爱”的力量是强大的，这就是全书总的思想精神。目前问世的仅是它的第一卷《内战》[4]。这一中心思想在郭文和西穆尔登的对话中得到精彩的发挥，谈话是在追剿部队司令郭文即将被公安委员会全权代表西穆尔登送上断头台的前一夜进行的。

---

① 班克罗夫特（Bancroft，1800—1891），美国政治家、历史学家。普法战争初期，他曾致书俾斯麦，颂扬普鲁士。

② 埃斯库罗斯（公元前525—前456），古希腊悲剧作家。

③ 1870年10月7日，雨果为自己购买过国民自卫队军帽。——程曾厚注

④ 后《九三年》仅写一部，并无其他两卷。

……“然而，太阳起来了！”人们竖起了可憎的绞刑架，带来了死囚。所有的士兵都发疯似地为他们的司令求情，他的罪状不过是放走了一个曾从死神嘴里救出了几个孩子的俘虏。但全权代表无情地喊道：“执行法律！”话落，刽子手行刑。就在郭文的头落在筐里的一瞬间，西穆尔登拿起一把手枪，对准自己的胸膛扣动扳机。“一股鲜血从嘴里涌出，他倒下死了。于是两个灵魂犹如一对悲惨的姐妹，一同起飞了，一个阴暗，一个光明，交融在一起。”

读到《九三年》第一卷的这句充满魔力的话时，眼前仿佛展现出普吕东[①]的某幅气势宏伟而壮观的作品：画面上，那些尊贵勇武的女神穿越蓝色的苍穹，飞往所向无敌的光明。当我们被书中唯一的中心人物——雷尼-让，胖亚伦和金发乔治特这三个可爱的孩子深深吸引住时，也会联想到普吕东的画。然而，说雨果是一个伟大的画家是远远不够的，因为诗歌可以集其他所有的艺术于一身。作者以他深沉的思想、清晰的良知选择了这几个孩子作为故事的中心人物，因为在这伟大的九三年，在这人人都知道只有鲜血才能拯救祖国和人类的年代，还有什么人的生命比应该活到将来的无辜孩子们的生命更加宝贵呢？

在人类历史上，仅有这段时期，所有的人都把自己的生命看得很轻，都愿意一死了之。正因如此，这恐怖、疯狂，同时也是崇高而惊心动魄的年代才显得非凡的伟大，它才被奉献给一位史诗作者。如果说那时罪孽最深重、得到最公正的判决的人，在我们眼里也焕发出青春，焕发出英雄主义的美的话，那是由于他们是带着可悲的欢乐自愿去和死神亲吻的。维克多·雨果以一位真正的诗人的姿态，从高处俯视一切，对所有的人都不偏不倚。在这部以历史严峻的呼吸为动力的作品中，有的人的父亲和亲人因受大人老爷的凌虐，被送去服苦刑，但他却甘愿为这位老爷卖命。另一个人虽被他的上帝和国王所抛弃，可他还是为了这位上帝和国王拼搏沙场。一个明天祖国就要把他的头颅投入筐子里去的人，今天还在满怀深情地为祖国而战。这里没有私利，有的只是自我献身。

无论是在布列塔尼的保王党的行列里，还是在共和军的队伍中，找不到一个克里扎尔[②]会说：“我的生命是可贵的。”没有一个人认为自己的生命是珍贵的，每个人都把它愉快地、狂热地挑在刀尖上，扔在火堆里，丢

---

① 普吕东（Prud’hon, 1758—1823），法国画家。

② 克里扎尔是莫里哀喜剧《女学者》（1672）里的人物，自私、平庸，自得其乐。

弃于大炮沉重的轮子底下。是的，诗人似乎为朗德纳克侯爵开了个例外，或者不如说这样写是为了把他树为对立面。这位布列塔尼亲王，亲王们的使者，叛军的灵魂，被判了死刑，但却被他的敌人，也是他的侄孙郭文放走了。他应该想到，放了他后，郭文一定会代替他被处死。不过，看到这里，我们得提醒自己的是，名为《内战》的这一部分仅是三卷集《九三年》中的第一卷。

我们看到，像神明般威严的朗德纳克出现在一艘颠簸在汪洋大海之中的军舰上。他的生命受到法国海军和暗礁两面夹攻的威胁，同时，水手阿尔马罗也可以随意对他进行处置，因为他曾枪决了阿尔马罗的兄弟。然而，他只对这个原来的农民说"我是你的主人"，就把他慑服了。他除了对阿尔马罗大谈祖国的利益和他灵魂的归宿外什么也没说。我认为，朗德纳克最后不可能是个懦夫，他不会心满意足地打着响指，就像赛莉麦娜离开阿耳塞誓特[①]时轻蔑地把她的扇子一挥那样。那时，共和国里见不到一个懦夫，无论是在为她而战的那些人中，还是在反对她的那些人中。这位布列塔尼亲王某一天来到上帝面前时，完全可以向他伸出那双因把三个孩子从火堆中救出而烧伤的双手，他为何要让自己的一生受到玷污呢？

因此，除了这是个谜以外——下文会把答案告诉我们——诗人对所有的人都是慷慨大度、慈悲为怀的，也就是说，他是公正的。他生来就是一切迫害的敌人，所以既不愿意摈弃保王党人，也不愿意加害共和党人，他描绘共和党那伟大的狂热，也没有忘记保王党对祖国的自我牺牲。

……在雨果的作品中，一切都具有持续的生命力。人物形象经过他天才地放大、概括，变得富有寓意，并因其永恒的特性而代表人类的一个侧面。这位似乎是生活在远古时代的史诗作者，这位可以和埃斯库罗斯媲美的悲剧大师，这位能与平达罗斯相提并论的抒情诗人，其博学多才足以使后人为之惊异。他善于表现灵魂深处的风暴，描写激烈的战斗场面，也会采撷无声的景色中那一片宁静，收集阳光对沾着晨露的花朵的抚爱。当我们的子孙竭力想象这位巨人是什么模样时，他们一定会对我们这一代曾有幸看见和认识这位活着的伟人羡慕不已。我们这一世纪所有的诗歌和文学作品都出自他之手，因为在目前从事创作的人中，没有一人不把

① 莫里哀喜剧《愤世嫉俗》中的两个人物。

自己的文学启蒙知识和写作方法归功于他。要明白他为何也会受到某些攻击，只须想想即使神圣的莎士比亚也曾长期被人称为“喝醉的野人”就行了。平庸之徒是不会原谅一个同时代人有远远高出他们的天才的。维克多·雨果在所有作家都是他学生的这代人中找不到自己的评判者。对他的赞美之词和批评言论几乎不相上下。我认为，最明智的做法莫过于去天真地拜读他的作品，就像布瓦洛赞赏莫里哀和拉封丹那样。

编后记

泰奥多尔·德·邦维尔（Th. de Banville, 1823—1891）是法国诗人、作家和文学评论家，推崇唯美主义文艺理论。主要著作有诗集《走绳索者之歌》《流亡的人们》，小说《罗贝尔夫人》，文学评论《论法国诗歌》等多种。《评〈凶年集〉》原载《民族报》（日期不详）；《读〈九三年〉》原载1874年3月2日《民族报》。

谈《埃尔那尼》

作者 [法国] 阿尔封斯·都德
译者 张月楠

得胜的游行队伍张开弓弦，佩满花环，浩浩荡荡地凯旋；激动的人群高举双臂，摘下帽子发出一阵阵喝彩、欢呼；胜利的喧嚣不时冲破肃穆而激扬的寂静，还夹杂着武器清脆的撞击声，队伍行进在空旷的、由于肃然起敬的气氛而显得更加宽阔的马路上，发出有节奏的响亮的脚步声：这就是《埃尔那尼》——我们所看到的最辉煌、最感人的剧本之一——演出的盛况。首演的观众是些对什么都已经腻烦，都要批评，热衷于现代喜剧的庸俗程式和无聊艳遇的观众，他们却欢迎所有这些美丽的诗句。浪漫主义战役中的英雄，不再像从前那样穿着打瘪了的护胸甲，在战斗的血腥硝烟中显得气喘吁吁和焦躁不安，而是表现得骄傲、镇静，透着一股安宁平和的气质，浑身焕发出某种庄严和献身精神。

在这支神气的队伍中，没有一个战士是卑贱的，所有的人都久经沙场，都有显赫的战功。然而，我们随时可见一行奇峰突起的诗句，就像一面千疮百孔的战旗，在这面光荣的战旗周围，大家勇猛地战斗过，看到它就会重新燃起被遗忘的激情。批评界尽管强装冷静，也无法克制住普遍的冲动。因此，我们的读者将会允许我们毫无保留地赞美一次。因为在这部我们从未见过演出的剧本中，一切都显得同样地美，甚至在某些戏剧处理笨拙的地方。这些拙笔正是诗人有意识留下的，他的天才使他必然要再现伟大情感和伟大作品的高尚天真，他那史诗性的人物在往昔的神话气氛中活动，所有人都具有高尚的灵魂和巨人的体魄，摆脱了我们平庸的俗套，讲着人类永恒的语言。

编后记

阿尔封斯·都德 (A. Daudet, 1840—1897) 是法国小说家，以短篇小说和对法国南方风光的描写闻名于世。晚年关心对人与人之间关系的表现。其重要作品有《磨坊书简》《阿莱城的姑娘》《小东西》等。

雨果传说

作者 [法国] 保尔·拉法格
译者 罗大冈

从今以后，可以从历史的大公无私的角度来看维克多·雨果了。

1852 年的政变[①]以来，雨果已经成了传说中的人物。在帝政时期，为了使反对波拿巴[②]和拥护共和的宣传获得益处，人们不敢反对这种寻求半神化人物的、幻想的结晶[③]；5 月 16 日事件[④]以后，也就没有必要去搅扰一个已经年迈而且不再起作用的人物的晚年安宁。可是今天，这位诗人被报界歌颂，被承认和宣布为“本世纪的大人物”以后，已经安息在号称“天才们的庞大坟墓”的先贤祠[⑤]中，于是批评界重新获得了批评他的权利。批评界可以不再顾忌政治利益的牵累，以及徒然地得罪一个已经不能为害的老人，而来研究这位大名鼎鼎的人物的生平。批评界有责任把埋没在谎话和夸张之下的真相发掘出来。

雨果崇拜者看见亵渎神明的批评居然敢攻击他们的偶像，必将大为愤慨。可是，请他们沉住气吧。历史的批评并不在乎如何讨人喜欢，也不怕别人不高兴。

这一篇根据 1869 年收集的资料写成的论文，并不企图对这个题目作

---

① 1852 年 11 月 7 日，路易·波拿巴发动政变，议会宣布他为法兰西皇帝，号为拿破仑三世。

② 波拿巴即拿破仑的姓。

③ 意思是荒唐的传说的形成。

④ 1877 年 5 月 16 日，法兰西第三共和国总统麦克马洪（1808—1893），突然撤换内阁总理，企图政变，由于当时忠于共和的人士坚决反对，未能成事。

⑤ 先贤祠，巴黎市内的巨大建筑，从 1754 年至 1790 年修建完成。初为神庙，革命后成为有功于祖国的大人物的埋骨处。

彻底的探讨，只企图将如此古怪的不为人所知的雨果的真实性格，大白于天下。

圣贝拉奇

1885 年 6 月 23 日[①]

……如果伦敦城的大亨们听说诗人一生出卖字句，累积了五百万法郎的财产；他曾经是个精明的文学商人，在讲价钱、订合同这些对自己有利的本领上，他是个大师；他发了财，他的出版人却破了产，这种事情以前可是从来没有过的。如果人们这样列举死者的头衔，那么来自新旧两世界[②]的商业心脏——伦敦城——的体面代表们，对于参加上述的重大葬礼，决不会再讲价钱的；正相反，他们势必要对这位善于将诗歌和生意经联系起来的百万富翁表示敬意。

比较熟悉这方面情况的法国资产阶级，在雨果身上发现了本阶级的本能、热情和思想的最完整最出色的人格化之一例。

政变发生，共和派的首脑们在床上惊慌失措地被捕[③]，雨果的计划被打乱了，他既然被同党推为首脑，不得不跟着他们灭亡。那些出其不意占据了政府的鸡鸣狗盗之辈，恶劣不堪到这样的程度：他们的政权看起来如此脆弱，以致那些被人从法国清除出去的资产阶级共和分子不信帝制能够持久。一连若干星期，若干个月之久，每天早晨，他们用激动得哆嗦的手打开报纸，希望读到 11 月政府[④]的倒台，以及他们将被体面地请回去的消息；他们经常把箱子锁好，准备启程。这些资产阶级共和分子，曾经屠杀和放逐为共和国服务，而且到最后还相当天真地要求社会改革、借以偿清三个月的贫困的大批工人，这些资产阶级共和分子不明白“12 月 2 日”是 6 月事件的必然结果。他们杀害的实际上是他们的共和国的最坚决的护卫者。不能分析政治形势的维克多 · 雨果，和他们同样地盲目。他用诗和散文辱骂人民，因为人民不立刻起来推翻帝政，而这帝政实际就

① “这篇论文写于雨果逝世的翌日，至今已有好几年了。可是仍不失为独到之作，因为文中研究的公众生活，尚未经人研究与批评。巴黎，1891 年 3 月 30 日，保尔 · 拉法格。”——原注

② 指欧洲与美洲。

③ 1851 年 12 月 1 日至 2 日的夜间，准备逐步恢复帝制的路易-拿破仑，派人到若干共和派的议员家中去逮捕他们。

④ 拿破仑三世的政府是 1852 年 12 月 2 日宣告成立的。

是雨果和他的友人们在人民的鲜血中建立和巩固起来的。

雨果随时期待着拿破仑第三立刻垮台，这种期待使他遍身发烧，并且从雄心勃勃的幻梦中摔了下来；于是他生平第一次也是唯一的一次，让心中煎熬着的狂乱的热情奔涌出来。由于他个人的野心碰了钉子，他就狂乱地攻击别人，攻击胡赫[①]、莫巴[②]、特洛隆[③]之流，这些人打乱了他的计划；他拦腰抱住他们，用唾沫吐满他们全身，咬他们，打他们，将他们打翻在地上，癫狂似的践踏他们。在《惩罚集》中，诗人的面目是很真实的。在那里，你可以看到整个的雨果，带着他的受伤的虚荣心，落空的野心，嫉妒的怒火，以及发狂似的羡慕。他的诗句平常由于无聊的夸大和使人头昏脑胀的比喻而变得冷淡寡情，在《惩罚集》中却活跃起来，而且充满了热情的震荡。在那集子里，在整车整箱的浪漫主义的滥调与堆砌之下，人们可以找出锐利得和匕首一样、灼热得和烧红了的烙铁一样的诗句，这些诗句将被历史一再提起。《惩罚集》，这部雨果最通俗的作品，教给帝政时代的青年憎恨与鄙视帝政时代的人物。

有些上流社会的雨果的崇拜者，他们是君主专制主义者，或者甚至是共和派，他们对于《惩罚集》的“乱叫乱喊”感到惊慌失措。他们从来不提这本书，即使有时提到，也是措词十分小心、态度非常审慎的。他们过分的做作，阻碍他们认识这部狂怒的笔战作品，这对于来源不同的各种保守派，已经完成并将继续发挥帮忙作用。雨果把岗洛贝[④]、圣达诺[⑤]之流的十二月事变中的波拿巴派骂得半死；可是对于六月事变中的资产阶级那一帮人，那些卡芬雅克[⑥]、勃雷阿[⑦]以及克雷芒·托马[⑧]之流，他却没有向他们投射过一句诗。屠杀穿工人衣服的社会主义者，在雨果看来是理所当然的；但是在蒙马特大街上冲锋，攻占沙朗特洛兹地毯商行，枪击几个穿礼服戴大礼帽的资产者，啊！那可成了罪大恶极的举动！《惩罚集》不知道有 6 月事件，而仅仅揭发 12 月事件：这些诗把人们的仇恨集中在

---

① 胡赫（1814—1884），曾任拿破仑三世的内阁大臣。
② 莫巴（1818—1888），1851 年曾任巴黎警察厅长，积极参加“12 月 2 日”政变。
③ 特洛隆（1795—1869），曾在拿破仑三世时代任上议院主席。
④ 岗洛贝（1809—1895），法国元帅。
⑤ 圣达诺（1801—1854），法国元帅。
⑥ 卡芬雅克（1802—1857），法国将军，1848 年 6 月事变中屠杀工人的刽子手。
⑦ 勃雷阿，法国将军，1848 年被巴黎起义的市民所杀。
⑧ 克雷芒·托马（1809—1871），反动政客兼军人，被巴黎公社逮捕枪决。

12 月事件上，于是就使人们遗忘了 6 月事件。

卡尔·马克思在他的《路易·波拿巴政变记》的序文里，提到《小拿破仑》[①]时这样说：

> 雨果只是对负责发动政变的人作了一些尖刻的和俏皮的攻击。事变本身在他笔下却被描绘成了晴天霹雳。他认为这个事变只是一个人的暴力行为。他没有察觉到，当他说这个人表现了世界历史上空前强大的个人主动作用时，他就不是把这个人写成小人而是写成伟人了。[②]

可是，无意中将小拿破仑渲染为大拿破仑[③]，并且将资产阶级的罪恶都推在小拿破仑头上的时候，雨果洗清了替帝政做准备工作的资产阶级共和分子的罪名，同时也洗清了某些社会设施的罪名，这些社会设施曾经制造阶级对立，煽动内战，造成用强暴手段来对付社会主义者的必要性，并且允许以政变手段来对付议会中的资产阶级。把怒火集中在若干个别人身上，集中在拿破仑和他的扈从身上的时候，他转移了人民的注意力，使他们不去寻求社会贫穷的原因，那就是社会财富被资本家阶级所霸占了；他转移了人民的行动，使它离开了革命的目的，那就是取消资产阶级的私有权，使生产资料社会化。很少有书籍比《小拿破仑》和《惩罚集》对于有产阶级更为有用。

……

维克多·雨果自己，仿佛被那些革命词句把胆子吓小了，因为他自己要弄着这些词句，可是又并不确实了解其意义。他想知道自己是否的确没有错误地造下社会主义性的罪孽，哪怕只在思想上；他在他的自传中审察自己的良心，于是他确信自己虽写过这许多关于穷人、关于贫困以及别的修辞学练习题式的诗文，写过的诗篇可以铺满波旁宫[④]的地面，而他曾经要求过的社会改革，却只有这一项：取消死刑。“最重要的一项，也

① 《小拿破仑》是雨果在 1852 年发表的一本小册子，以猛烈攻击拿破仑三世为内容。

② 《马克思恩格斯全集》第 1 卷，第 599 页。

③ 大拿破仑，或译拿破仑大帝，是拿破仑一世自封的尊号。

④ 法国（巴黎）众议院所在地。

许”[①]。而且他可以对自己说，他这样做无非是摹仿所有的人道主义使徒的榜样，从基佐[②]起，直到路易—菲力浦；而且，首先第一，他仅仅从文学与幻想的观点来考察死刑，把这问题看作滔滔不绝的吟咏的极好题目，借此在“我母亲的十字架”，“血的声音”，以及其他开始用旧了并且对广大公众失去了作用的浪漫主义把戏之外，又加上一套新把戏。

仅限于取消死刑这一项实际的社会改革的社会主义，至多引起刽子手们的不安，因为他们的既得权利受到威胁。而且，这也不足为奇：当雨果的“社会主义圣经”——《悲惨世界》发表的时候，只有晚年的拉马丁大不以为然。拉马丁认为在欧仁·苏死后三十年，“按照泰奥多尔·德·邦维尔的说法，唯一言之有物的人”，居然敢怜悯一个因为偷了一块面包而被罚入苦役船的男子，怜悯一个被资产阶级分子诱骗怀孕以后而遭遗弃的可怜女子，用卖淫来养活自己的私生女。这确乎是既陈旧而又幼稚。但是，维克多·雨果粗糙地展示他的资产阶级精神的地方，却在于通过两个可笑的典型，具体表现任何资产阶级社会的两种制度：警察与剥削。那两个可笑的典型是：极有德行的密探沙威，以及曾经在苦役船上受刑的冉·阿让，他用了几年工夫，剥削工人，积攒了一笔财产，自己恢复了社会地位。用财产洗涤所有的污点，并且可以代替所有的美德。雨果，正像任何资产者一样，不能理解可以有一个没有警察、没有对工人的剥削的社会存在。

崇拜“私产上帝”，这就是维克多·雨果的宗教。在他看来，将奥尔良王室的财产充公，是拿破仑三世最可憎的罪恶。假如雨果是凡尔赛议会[③]的议员，他势必在梯也尔先生建议之下，投票赞成赔偿奥尔良王室五千万法郎，借以表示尊重私有财产。1848 年他如此残忍地揭发的社会主义者，是他最痛恨的人，以致他编排扰乱社会的人们的位置时，将杀人凶犯拉斯耐[④]放在最后的等级，而把共产主义者巴贝夫[⑤]放在倒数第二类[⑥]。有些

---

① 见《雨果夫人见证录》，第 2 卷。——原注

② 基佐（1771—1874），历史学家与政客，在路易-菲力浦统治下当过内阁大臣。

③ 指 1871 年 3 月至 5 月间，以阿多尔夫·梯也尔为首的反动政府的国民会议。那时梯也尔政府的主要活动是以血腥手段镇压巴黎公社。

④ 拉斯耐（1800—1835）曾杀了许多人，甚至自己的母亲。被捕后自称“社会的叛徒”。

⑤ 巴贝夫（1760—1797），法国革命家。

⑥ “比马拉更卑下，比巴贝夫更卑下，还有最后的一道沟，而从这地窖中，钻出来一个拉斯耐。”语出《悲惨世界》。

人，如果不是无知或健忘，那么想必是居心十分不良，因为他们居然认为1848年11月这样写了下列的话的那个人，背弃了神圣的私有财产立场，而维护3月18日的起义[①]。他的话是：

> 6月的叛乱是罪恶，它将被历史所斥责，正如它已经被社会所斥责一样……如果那一次叛乱成了大事，那么它所尊重的将不是劳动，而是抢掠[②]。

这是因为他把他在布鲁塞尔的寓所向巴黎公社的流亡者开放。但是，在他的大事声张的信中——雨果的一切都是广告——以及后来在他的《凶年集》[③]中，难道他没有愤然地抗议巴黎公社的军事行动？难道他没有像过去辱骂波拿巴党徒一样，狂暴地辱骂公社社员，用“15岁儿童的枪杀者”、“盗贼”、“凶手”、“放火者”等形容词，给公社社员烙上印记？可是那些激进派，以及五体投地崇拜雨果的加米叶·贝勒当[④]，不得不认为由于雨果对血腥周战败者的毫无分寸的辱骂和诽谤，对于他们是不利的。

……

人们将来会回忆起巴黎报纸整整十天之久的、浮夸嚣张的热情泛滥。从这种过于铺张的勉强的赞扬中，人们已经开始恢复常态；不久一定会把这些天的狂热和颂赞，看作无法解释的一时疯狂。

在最近的将来，维克多·雨果的作品是否将活在人们的记忆里，就像莫里哀和拉封丹的作品在法国，海涅与歌德的作品在德国，莎士比亚的作品在英国，塞万提斯的作品在西班牙一样！……

莎士比亚逝世的时候，他的时代把他遗忘了。

当代的评价，有时后世不予批准。可是，不赞扬也不谴责，只是试图解释一切的历史批评，却采用民间谚语：无火不冒烟[⑤]；历史批评认为作家之所以受当代欢迎，无非因为他善于迎合当代人的趣味、热情，并且用

① 指1871年3月18日巴黎公社起义。

② 见《时事报》，第94期。

③ 雨果的诗集，发表于1872年。

④ 贝勒当（1846—1915），记者兼政客。

⑤ 意即“无风不起浪”。

他们能懂的语言，表达了他们的思想与情感，这就博得了他们的掌声。任何受公众爱好而成名的作家，无论他在文学上的功过如何，仅仅由于公众爱好这一事实，就获得很高的历史价值，因为对于一个阶级，一个时代，他成为爱默生所说的“代表人物”。问题在于研究维克多·雨果为何能够赢得资产阶级的赞扬。

成了社会权力的最高主宰的资产阶级，要求一种文学能表达资产阶级的意见和情感，而且能说资产阶级喜爱的语言。为了讨贵族欢心而准备的古典文学，不能适合资产阶级的要求。到目前为止，关于浪漫主义的研究都不过是玩弄词藻，人们忙于褒贬，而不加分析、比较与解释。等到人们用批判的态度研究浪漫主义时，人们就将看出浪漫主义作家们在形式与内容上，多么准确地满足了资产阶级的要求，虽然他们之中许多人并没有意识到他们这样认真地扮演了这个角色。

雨果不以思想与情感见长，而以形式见长，这一点他自己心里明白。形式对于他是最主要的东西，他说：

> ……拿走这样简单而微小的东西：风格，那么从伏尔泰、帕斯卡尔、波瓦洛、博须埃、费纳龙、拉辛、高乃依、拉封丹、莫里哀这些大师身上，还将给你剩下什么呢？
>
> ——不过是荷马通过皮多贝的译文所能剩下的东西而已。

观察的真实性，思想的力量和独特性，都是不必计算在内的次要的东西。

形式是出乎人们意想之外的绝对的东西……任何要想存活的艺术应当一开始就好好地给自己提出形式、语言、风格等问题……风格是打开未来之门的钥匙……没有风格，你可以获得一时的成功，获得掌声、热闹、锣鼓、花冠，众人的陶醉的欢呼，可是你得不到真正的胜利、真正的荣誉、真正的征服、真正的桂冠，正如西塞罗所说：insignia victorae, non victoriam。[①]

维克多·古赞，哲学上的浪漫主义者；维克多·雨果，浪漫主义文学

① 拉丁文：胜利的表面现象，并不是胜利。即表面的胜利不是胜利。

的哲人，把资产阶级所要求的那种哲学与文学贡献给资产阶级。18 世纪的狄德罗、伏尔泰、卢梭、达朗贝和孔狄亚克之流，使这个资产阶级过多地用了思想，以致它不得不企望休息，企望不必伤脑筋而欣赏一种柔和的哲学以及一种温情的诗歌；这种哲学与诗歌不必再劳累智慧，可是能娱乐读者，将他引导到云端，带他到梦幻之乡，以形象的美丽与大胆娱其目，以句法的铺张与和谐悦其耳。

可是除开一首人们很熟悉的小诗，以及一个很公道地不为人所知的剧本以外，夏多布里昂的写作只限于散文。古典诗歌的模子，还等着人来捣碎；诗句等着人来揉搓，使它和新的谐音相熨贴，并且用流行的散文已经具有的形象、词句和字眼来丰富它；法国诗歌的古老形式，还等着人来使它们复活。维克多·雨果、拉马丁、缪塞、维尼、戈蒂耶、邦维尔、波德莱尔以及另一些诗人，负担了上述任务。雨果，在广大公众眼里，一人独占了浪漫派七星诗人的荣誉，并非因为他是最伟大的诗人，而是因为他的诗的技巧包罗了所有的体例和所有的题材，从歌颂到讽刺，从爱情诗到政论，又因为他是将资产阶级的慈善与自由主义的长篇大论写成诗歌的唯一的人。他到处都显出极熟练的手艺，有如女裁缝和时式女帽制造者，为了吸引行人的目光，用最惹眼的衣衫来装扮她们橱窗中摆着的人体模型。雨果同样地将资产阶级供给他的思想和情感穿戴起来，用了计算好可以刺激听觉和引起惊诧的、令人头晕眼花的一套冗长的词句；用了遍身长满利刺似的令人心惊目眩的对比，以及闪电式的形容词句，一套很和谐地押着韵并且抑扬顿挫、大肆铺张的饶舌。除了夏多布里昂，他是本世纪字眼与形象的铺陈家中最大的一个。

仅仅他的文学铺陈家的才干，还不足以使他获得这样普遍的充满信任的钦佩；他的行动使他博得资产阶级的高度重视，更甚于他的文章。即使在最微小的行动中，雨果始终是个资产者。

在浪漫主义的结语式的公式“为艺术而艺术”面前，他很虔诚地在胸前划了十字。但是，正像任何一心想发财的资产阶级分子一样，雨果将他的才能用在满足出钱的公众的趣味方面，并且按照它来歌唱王权或共和国，提倡自由或赞成钳制报纸的舆论。唤醒公众的注意时，他放几下手枪：“美就是丑”，这就是他的最响亮的鞭炮。

他自夸为坚定不移的人，他不放弃责任，如同软体动物粘在岩石上一样；可是，正如任何不惜代价向上爬的资产阶级分子一般，他苟安于任何情况之下，并且向如旭日初升的一切权力和一切舆论殷勤地致敬。轻率地参加了一种配搭很差的政治活动之后，他马上敏捷地转过身来了，让他的伙伴们去密谋变乱，去耗费他们的时间与财力为共和宣传，他却专一地利用盛名发财。当他标榜自己依靠流亡者传统的黑面包生活的时候，其实却在以黄金的高价出售他的散文和诗歌。

他自称心地单纯，说的和想的一致，言行也一致；但是，正如任何设法招徕顾客的商人一般，他抓起满手满把的粉末来迷住人的眼睛[①]，并且经常摆布公众。关于他的后事的安排，在他善于演戏、十分富于机巧的一生里，是最高的成就。一切都权衡过轻重，一切都是预先计算好的，目的在于以简朴的举动来凸显他的伟大：从为了博得容易上当的群众的同情的那辆穷人的柩车[②]起，一直到目的在于推动政府慷慨解囊、自己不花钱而得到耀武扬威的葬仪，关于他遗赠一百万法郎给一个病院、五万法郎给这个、两万法郎给那个的种种传言为止。

资产阶级高度欣赏雨果的这些优点。集中在一个文人身上，这些优点是十分难得的：既善于处理生活，又善于经营家产。他们在头顶殉道者的圆光、闪耀着光荣的异彩的雨果身上，认出了一个与他们同类的人。别人愈赞扬他忠于天职，热爱思想，见解深刻，他们愈发因为见到他是用和他们相同的品质塑成而感到骄傲。他们在雨果身上观赏自己，赞美自己，如同照镜子一样。资产阶级给出了一个很有意义的证明，表示它和它埋葬在先贤祠的“伟大人物”是互相符合的：当资产阶级邀请各国参加6月7日的葬仪时，它并不让证券交易所停市，也不中断商业与金融的活动，因为6月7日是商业契据和公家的有价证券到期的日子。资产阶级的心使资产阶级作此想法，如果停市，雨果，il poeta sovrano[③]一定不赞成这措施；诗人自己决不至于因为任何理由，延迟24小时来收取他的息金和欠款。

① 法国成语“用粉末撒在别人眼里”，意即欺蒙他人，同时也有炫耀之意。

② 雨果遗嘱，死后要用穷人的运柩车，把棺木运去下葬。

③ 意大利文：至高无上的诗人。本指但丁，此处借用。

编后记

保尔·拉法格（P. Lafargue, 1842—1911）是法国社会主义运动活动家，先后是蒲鲁东主义者和马克思主义者，法国工人党主要创造者之一，马克思的女婿，是唯物辩证主义和历史唯物主义在法国的主要传播者。主要著作有《美国托拉斯》、《财产及其起源》、《回忆马克思》，文学论文《雨果传说》、《左拉的〈金钱〉》等。

维克多·雨果及其诗歌作品（节译）

作者 [法国] 欧内斯特·杜皮伊
译者 周善华

《惩罚集》

以最庄重的态度评论过雨果的诗人阿尔杰农·斯温伯恩爵士[①]曾给《惩罚集》下过如下广泛的定义："在《惩罚集》的序言《黑夜》和尾声《光明》之间，98 首诗仿佛是清晰可见的汪洋大海中的波涛，它们滚滚向前，碎成浪花，电光闪闪，轰鸣如雷，组成一首时起时落的和谐的合唱；它们在海岸边谱成，几乎和海浪一样深沉，一样千变万化，娓娓动听，强劲有力，生气勃勃，热情奔放。"

愤怒，这是从头至尾贯穿这部作品的唯一的激情；然而，这一激情是用多么不同的形式，多么不同的手法表达出来的啊！首先，诗人对两个拿破仑进行了毫不留情的对比，在歌曲《你是小而又小》中，人们嗅到的是辛辣的讽刺，《撤退》却洋溢着饱满的热情。

描写拿破仑三世和阿卜杜卡迪尔[②]会见的那一首散发出东方诗歌的情调，而人所共知的《赎罪》却表现出作者那惊人的想象力，实可称得上是一篇气魄宏伟的史诗。讽刺诗人那充满复仇烈火的诅咒并不仅仅针对篡权者和他犯下的罪孽而发，它也投向各式各样的同谋犯：受贿的法律家，

---

① 斯温伯恩（Swinburne，1837—1909），英国诗人和文艺批评家，曾著有《雨果研究》。

② 阿卜杜卡迪尔（Abdelkader，1807—1883），阿尔及利亚阿拉伯酋长，曾为拿破仑三世所俘虏。后被他释放。

卖身投靠权势的新闻记者，穿短袍的抨击文章作者。

通过这诅咒声，我们听见当今世上的苦难在呐喊。这儿，从里尔城地窖的气窗里传来声声哀号，那儿，市政府大厅里的提琴在奏乐。卢森堡宫在狂欢，而和这遥相呼应的，是垂死者的喘息，是母亲和寡妇们的哭叫。

为了追悼12月[①]的死者和政变时其他的受难者，为了怀念被流放到卡宴[②]和兰贝萨[③]去的苦役犯以及牺牲在趸船上、地窖里的人们，作者写下了这些悲怆万分的篇章。仅其中的两篇，《四日晚上的回忆》及《保琳娜·罗兰》，就把看到枪杀一个孩子时所感到的恐怖，一个勇敢的妇女临终时那伟大肃穆的神情，都淋漓尽致地呈现在读者眼前。然而，作者往往借用抒情的笔调来表现悲愤的主题，因为唯有这种笔调才能止住呜咽，唯有用可以令人昏然入睡的节律才能减轻我们的哀痛。12月4日死者的颂歌，关于鸟儿的寓言，流放者的颂歌，流亡者之歌曲，出海人之歌，就是这一类型的作品。

在雨果青年时代的诗歌中就占据一席地位的大自然，特别是大海，怎么可能不在这部作品中出现呢？在诗篇《黑夜》里，作者把大海当作同谋犯来诅咒。尔后，他只对大海的险恶谴责过唯一的一次：一艘几乎就在他眼前倾覆的帆船使他联想起另一种厄运——葬身于暴君之腹的法兰西。在绝大多数情况下，他是在大自然之中，到大海边去寻求解脱和安慰。习习凉风，带着清香的自由的空气，炽热的阳光，它们都能让诗人忘却牢房中传来的哀号，忘却散发出臭气的食物和污血，忘却垂死者的喘息，死人的面庞。

海岸、大海和天空并不一定就能平息诗人的滚滚思绪。某一条青草摇曳的小径看起来是那样的哀伤，似乎在为那些再也不能在它上面漫步的人们哭泣。某一天的黄昏会显得那么阴森恐怖，黑色的天空仿佛一块“颤动的裹尸布”，血红的月亮“犹如一颗砍下来的头颅，在它上面滚动”。

在有的地方，大自然从某种意义上来说，又是有良心的，会报复的：

啊！纯洁的水源，原始森林，
明净的湖边一片片浓荫，

---

① 路易·拿破仑于1851年12月2日发动政变。
② 卡宴（Cayenne），法属圭亚那首府，法国最大的流放犯集中地。
③ 兰贝萨（Lambessa），法国设在阿尔及利亚的苦役犯监狱。

眼睛在贞洁的水中荡漾，
你们都是大自然的良心，
你们对这强盗作何感想？

《惩罚集》的作者描写大自然最高超，也是最登峰造极的一着，在于大自然在他笔下总是毫不动摇，即使是描写自由被劫持，即使表现的是爱的哀伤；大自然宽阔的胸怀，它向人类文明迈进的步伐，也绝少被流放者的痛苦打扰，一如它以往也没有被《奥林匹欧的悲哀》[①]所压倒一样。用这样的手法来表现大自然，必定会使它闪烁着未来年华的光芒。诗人眼花缭乱、惊喜万分地把目光转向未来的生灵，他的耳朵，或不如说他的心灵，听到了

他们那千百万双翅膀扑打的声响。

至于报仇雪恨的决心，权利必胜、正义必胜的信念，则贯穿在全书所有的象征之中。人民被比作沙漠中的一头睡狮，一旦醒来，必将惊天动地；“死亡的法则”终会被摧毁，城门会重新打开，燃烧的火把将遍布全城；蜜蜂，这些喝着露珠的“童贞女”，将飞出皇袍，扑向“这无耻者”[②]；号手们要绕耶利哥城的城墙七遍，希伯来人的音乐将攻破最坚固的城堡[③]：

吹响吧，要不断地吹响，思想的号角！

有时，诗人也会急不可耐地呼唤革命，他向“黑色的猎手”求助，他吹响号角，要人们筑起人墙，围剿这个沙皇，那个国王。他提醒人民，人民是汪洋大海，而大海的潮汐永远不会令他责备人民还在沉睡；他敦促他们赶快像拉撒路[④]一样，从坟墓中走出来，从裹得紧紧的长眠中惊醒过来。确实，说到震憾人心的激情，凄厉悲怆的笔调，世上没有一首诗歌作品能超

① 雨果在《光影集》中的爱情诗名篇。

② 参见《惩罚集》中的《皇袍》一诗。

③ 参见《惩罚集》的《吹响吧，要不断地吹响……》一诗。

④ 据《新约全书》，拉撒路是耶稣的朋友，死后四天被耶稣复活，当他从坟墓中出来时，手脚还都被捆绑着。

过这首起义的颂歌，这嘹亮、急促、哀伤的警钟声：

可是，有人似乎正在苏醒！
嗡嗡声不绝，我听得分明，
难道是你们，黑色的群蜂？
蜜蜂在蜂房里骚动不停；
我听到警钟模糊的响声。
君王听着交响乐已呼呼进入梦中，
　　忘了囚犯的尸体在示众。
　　从波罗的海到埃特纳山，
　　各国人民处在漫漫长夜，
睡吧！国王们！号角嘟嘟为暴君告捷！
而风琴为他们欢呼再三！
是谁和这军乐声在应答？
　　是警钟澎湃……
拉撒路！拉撒路！拉撒路啊！
你赶快站起来！

尽管起义的权利在诗人眼里是那样的神圣，但他并不认为人们随后就该以其人之道还治其人之身。“不！别杀死他！”

不，自由，不，人民，不，千万别把
他处死！
……
文明沉着而有力，可永远清白无辜，
什么事情叫流血，文明可并不清楚。

这里，诗人宽大为怀的主张已经初露端倪，而流亡后回到祖国，他更是毫无顾忌地宣传自己的观点，有人因他曾愤怒地呐喊而仇视他，也有同样多、乃至更多的人因他有这种恻隐之心而成了他的敌人。

但是，免暴君一死并不等于饶恕他。诗人一直恪守着要把暴君的罪行公诸于世的诺言。他让诗神充当狱吏：

身披星星的卡里奥普们[①]，
手中执着囚犯的花名册。

惩罚之神走在诗人的前面，腋下夹着钉了钉子的铜鞭；灼热的烙铁是诗人自己的武器，他看见了“皮肉在冒烟”，他在这个是人或者是“猴”的主子肩上烙下火印。诗人让他怪里怪气地戴上一顶“绿色的便帽”，穿一件“苦役犯的囚衣”，对他关上国王们的墓穴，禁止他名垂史册。诗人用戏谑的手法故意把他神化，以此作为对他的最大羞辱。

图谋不轨、篡权夺位、廉价的荣誉、狂欢、谋杀、加冕礼、大自然、复仇、惩罚，这些各不相同的抽象概念在作者笔下都获得了生命力，成了三四首具有古代讽刺风格的戏剧诗中的象征性人物。每每半句诗就概括了一个角色，每个字都仿佛是用尖锥刻在不朽的金属奖章上的题铭。

在淋漓尽致的嘲讽后面出现的，是最天真的梦幻，是对未来幸福的憧憬。

战火熄灭了。竟找不到一块大些的炮弹和炸弹碎片，能用来舀取泉水“让一只小鸟啜饮”。

从今以后，不同的思想紧紧地联系在一起，上帝拿起警钟的绳索，把它们扎成理想的花束。每个人都致力创造他人的幸福，人类为自己最谦卑的孩子所作的最微小的善行而欢愉地颤抖，就像当小鸟为筑在橡树上的窝衔来一根草时，大树也会微微抖动那样。别再忧心忡忡地害怕黑暗的岁月还会复来，到了对希望充满信念的时候了：

君王们比大海的波涛要更其骄纵，
但上帝说：“我要用铁环穿他们的鼻孔，
用嚼子套他们的嘴，
不论同意或顽抗，我把他们都拖走，
连同吹笛的乐师，连同演戏的小丑，
拖进地狱，变成死鬼。”

---

① 卡利俄珀（Calliope）在希腊神话中是九位文艺女神中掌管史诗的诗神。

在暴君遗留下的废墟上，进步文明之树将拔地而起，它那郁郁葱葱的树冠沐浴着阳光，和蓝天毗邻。长眠在地下的烈士们会从死亡中惊醒，在他们的墓穴里“亲吻着树根”。

这希望之光并不仅仅在全书结束时才闪现，它也不止一次地照亮某些色调阴沉、灰暗的诗篇。而《晨星》，这部精彩绝伦的诗集中的名篇，更是放射出纯洁的、永不熄灭的光明：

我是热血沸腾的诗歌啊！各国人民！
我曾照亮过摩西，我曾照亮过但丁。
大海这一头雄狮对我是爱慕不已。
我来了。站起来吧，美德、信仰和勇气！
思想家，志士仁人，请登塔楼当哨兵！
光芒四射吧，眼珠！快快睁开吧，眼睛！
生命，把声音唤醒；大地，叫田沟掀动；
沉睡的人们，起来！因为，我有人陪同，
因为，第一个派我出来的人，他其实
是光明这位巨人，是自由这位天使！

《凶年集》

《惩罚集》的预言注定要实现。这本矛头针对拿破仑三世的讽刺诗集的尾声，注定要在它问世后十八年才出现在《凶年集》的最初几页之中。这位青年时代歌颂过“铜柱”① 和凯旋门的诗人，在六十八岁的高龄时痛苦而震惊地看到我国遭受的一场场失败，在漫长的几个月中每天都有丧事发生。

这部作品可说是以色当的惨败开场的。古老的法兰西以往所取得的胜利——每一次都有它响亮的、闪光的名字——英名赫赫的军事首领，滑铁卢最后一个方阵的士兵，都站起来了，齐步向前，这些英雄们的幽灵，这些高贵的象征，却借最后一位皇帝之手交出了他们的武器。

① 雨果 1827 年曾创作《铜柱颂》一诗，缅怀拿破仑的功绩。

我们应该感谢雨果在描写这场深重的民族灾难时尽可能地抹去了党派色彩，以一个法兰西公民的身份来说话。他以最动人肺腑的赤诚的爱国主义激情，写下了某些篇章，或不如说发出了内心的呐喊。比如，在描写了普鲁士那付得意洋洋的胜利者姿态之后，他那声"哦！我的母亲！"，比如，他对法兰西的敬意：

你千万不能死去，人们会惋惜难受。
你在黑夜里垂下自己闪光的额头。
阴暗的凶鹰正在吞噬着你的心肝，
大家都会争着对战败者撒手不管；
掠夺成性的强盗国王都欣喜若狂，
让欧洲着迷，世界高兴。——啊！我真希望，
在你受难的时刻（你在被秃鹰啄咬），
我希望自己不是法国人，以便相告：
法兰西啊，我宣布，我已经把你选定，
你才是我的祖国，光荣，唯一的爱情。

《凶年集》虽然犹如一部航海日志，可说是以小时为单位记录而成的，但读起来却像一首统一的、由两大部分组成的长诗。第一部分记载的是抵抗外国侵略者的斗争，第二部分描写国内战争。

在叙述抗击国外敌人的斗争时，雨果又像他在1827年创作《铜柱颂》时那样，以一个士兵的儿子的身份发言。他童年时代就"拿宝剑的金色流苏当玩具"，现在，他毫无惧色地正视"天上可怕的宝剑"，他怀着一颗跳动不已又勇敢无比的心，聆听守卫在巴黎城头的勇士们的呐喊。一副副担架抬来了在战斗中倒下的青年将士，诗人满怀激情地对英雄们感到由衷的钦佩：

他们已经长眠在恐怖、孤独的战场。
他们流淌下的血一摊摊积在地上；
凶恶的秃鹰搜索他们剖开的肚皮；
他们难看的尸体在草中狼藉满地，
扭曲的身子发黑，很可怕，他们死亡

之后像雷击的人一样奇形怪状；
他们的头颅就像不长眼睛的石头；
白雪展开了尸布，铺在他们的四周；
他们伸出来的手，凄凉蜷曲而枯干，
仿佛为了要挥剑，好把什么人驱赶；
嘴里已没有语声，眼中也没有光彩；
沉沉的黑夜，他们睡的神气很惊慌，
但一动不动，他们受的打击和伤口
多于关在笼子里游街示众的死囚；
他们身底下爬着蚂蚁和各种小虫；
他们的身子一半已经埋进了土中，
好像一艘沉没在深水之下的船只；
他们的堆堆白骨，是没烂尽的腐尸，
如同当年以西结与之谈话的尸身；
他们全身上下到处是可怕的弹痕，
砍刀留下的刀伤，长矛戳出的窟窿，
阵阵寒冷的野风在这寂静中吹动，
天阴雨湿，他们赤身露体，斑斑血渍。
为国捐躯的人啊，我对你们好妒忌。

雨果认为，撒克逊人的仇恨可以用比种族对立、比利益冲突更高一层的原由来解释。这是封建制度及其一切弊端，其黑暗之极的往昔，化装成七个“丑陋的、戴头盔的、镀金的、身上画满纹章的”德国将领，来围困进步和自由之城，来惩罚现代思想，甚至还妄图扼杀未来。

征服者的本性，随之而来的暴力和掠夺，系统的强制手段，绝妙的勒索方法，苛刻的和谈条件，这一切只能激起雨果对祖国的爱，更为自己能有一个法兰西姓氏而感到自豪，这种爱和自豪感是他从自己父辈那里继承下来的。这位诗人曾经在凯旋门上寻找被人遗忘的、自己父亲的名字，他必然会想要借自己的作品来羞辱战胜者，在这块青铜圆盘[①]上刻下他们的“丰功伟绩”。这些亲王们的胜利将“无人知晓”。他们谁也不会矗

① 古希腊将英雄的名字刻于圆形的铜盘上，置于寺庙内或公共建筑物上，以示铭记不忘。此处意在对普鲁士侵略者进行嘲讽。

立在自己堆积起来的废墟上。没有一棵月桂树会从他们的鲜血中汲取营养的“汁液”。那队高傲的信息女神[①]也收起自己的双翼，移开视线：

> 什么都不想看见，
> 并且在苍穹深处，在黑沉沉的天边，
> 无精打采地放下她们忧伤的号角。

最终的胜利不会属于为“恶”而战的民族，不会属于企图让“黑暗”为所欲为的民族。战败者必将征服他们，用自己的意志制服他们，把他们推向进步，使他们伏法，让他们在理念的枷锁下就范。法兰西将是星星之火，日耳曼森林碰上它就要熊熊燃烧，这场大火将烧出一个“理想的欧洲”。

在雨果的这部作品中，多雪的、阴暗的、浴血的冬天有时也会露出一丝微笑，被一个小宝贝的蓝眼睛照得透亮。诗人会不时忘却外面发生的可怕的悲惨事件，借着灯光，凝视让娜[②]那微微苍白的小脸。在巴黎被围的这几个月中，她长大了。到3月份，她已不再是11月或1月份时的那个小人儿了。慈爱的祖父记下了她的变化，写下了可以作为《祖父乐》[③]序曲的动人诗句：

> 孩子她每走一步，就会在自己身后，
> 留下一个又一个抹擦不掉的影子。

冬天并没有把这一年的不幸全部带走。自3月份起，雨果受到猛烈的攻击。想到能有一位意大利独立的民族英雄[④]和他分担这次出乎意料的不得人心，他感到无比欣慰。“走吧！”根西岛[⑤]的隐居者对卡普雷拉[⑥]的隐士说：

---

① 信息女神为罗马神话中天神朱庇特的信使，有翼，有一百只眼，一百只耳和一百张嘴。

② 让娜是雨果长子夏尔的女儿，在作者创作《凶年集》时仅一岁半。

③ 《祖父乐》是雨果1877年出版的诗集。

④ 指意大利爱国志士加里波第（Garibaldi），他是雨果的挚友。

⑤ 根西岛位于大西洋，雨果于1855—1871年流亡于此。

⑥ 卡普雷拉（Caprera），意大利撒丁岛北岸的小岛，加里波第曾在此居住。

让我们各自回到自己的悬崖峭壁，
要是有人喝倒彩，只有大海会反目；
我们去寻找闪电令人敬畏的凌辱，
寻找伟大的苦涩，永不平息的怒火，
不要口中的唾沫，而要波浪的泡沫。

随着四月的来临，爆发了内战。一向主张宽大为怀的诗人发出了《不要报复》的呐喊。有人为此对他大加责难，而诗人却因为这声呐喊而声望大震。时至今日，这些体现出仁爱、宽容、兄弟情谊的诗句还闪烁着美丽的理想之光：

如果人们能听懂地狱模糊的语言，
那就会从这镣铐叮当的深处听见，
这片诅咒厄运的乱成一团的起哄，
这些穷人的心里，他们受难的嘴中，
他们的哭泣，没有尽头的苦难、愤慨，
化成这忧郁的歌："让我们相亲相爱！"

人们在烈火熊熊的国立图书馆前当场逮住一个手执火把的男子，他说道："我不认识字。""我不认识字"这五个字为他的愚昧无知作了多么令人深思的辩护啊！接着，诗人又以悲愤的篇章向贫困——而不是向穷苦人——提出了多么有力的起诉啊！受伤的女囚、婴儿在怀中死去的母亲、自己回来就义的孩子，他们脸上的表情又是多么愤恨。作者借诸如"能这样说死就死，真叫人感到心寒"这样虽抽象但比任何形象更有力的诗句，对发生在街垒上的悲剧作了多么绝妙的说明。

在这里，雨果的态度一如他一生所抱定的那样：决不随大流。他毫无惧色地为"公正"叫好。他不止一次地提到，死刑并不能补偿任何损失：

我不认为把坟墓可悲地加以扩大，
就能够摆脱困境，解决我们的问题。

他预言，今天进行报复，势必为明天埋下仇恨的种子。同时，一旦有可能，他又重申对进步的信念，重温建立一个幸福、和平的世界的梦想。这种认为正义和权利一定会回来的理想，是被诗人用多么感人的激情表达出来的啊！他写道，他走近滑铁卢的那尊铜狮[①]，他从铜狮张开的大嘴里会掏出什么呢？一首鸟儿唱的歌！

原来，红喉雀在这个洞里筑起了自己的安乐窝。于是：

……我懂得我听到，
从前失望的地方，希望在尽情歌唱；
战争可憎的口中，和平正颂歌欢畅。

至于那些热衷于捆绑人民这位巨人的侏儒们，历史这"伟大的黑色缪斯"在等待他们。他们费尽心机也不能阻挡法兰西东山再起，阻挡不了她向各民族呼出人类的口号：

我们是法兰西人，从前是，现在还是，
世界在等待下文，还想作新的尝试。
我们还将会听见枷锁被一一挣断，
我们还将会看见高大的橡树打颤。

是的，如果罗马的臣民能因为一位败北的执政官在大劫过后，未对国家的前途失去信心而对他万分爱戴，法兰西也应该多么感激自己的诗人，因为他在祖国流血之际，用"长矛刺进了你的心头，颤抖的国王们将看到喷涌出自由"这样豪情满怀的诗句来安慰她，因为他面对巴黎城下冒烟的废墟，回忆起无情的熊熊烈火，却概括出振奋人心的象征：

这就是崩溃吗？不，这是世界的开创。
被上帝这么一吹，你真的会被吹灭？
各国人民将跪下，并围绕在你四周。

---

① 滑铁卢（Waterloo），比利时地名。1815年6月18日，拿破仑军队在此为英国和普鲁士联军击败，城郊有一尊用法军大炮的弹片熔铸成的铜狮。

编后记

欧内斯特·杜皮伊 (E. Dupuy, 1849—1918) 是法国作家。曾任公共教育部部长。主要著作有文学评论《19世纪俄国文学中的大师》、《维克多·雨果》,及诗歌作品《阿尔弗雷德·德·维尼》等。两篇译文均译自《维克多·雨果》(巴黎,勒塞恩-马丹出版社,1934年)。

离乡背井的人（节译）

作者 ［法国］莫里斯·巴雷斯
译者 张月楠

5月31日这个星期天的凌晨，雨果的家属及巴黎的二十位区长沿着五天来已成为雨果大街的埃洛大街，伴送着这位名人的遗骸，它将被安放在凯旋门下，24小时内供人瞻仰。一万人已在等侯。当帝国一百五十二位将军[①]的贵宾在宏伟的建筑物下面被抬起时，大家高呼："脱帽！"整整一天，巴黎前来瞻仰遗容的人群络绎不绝，拥挤的队伍在奥什大街形成，顺着树林大街往前移动。巨大的灵柩高高地安置在两个铺有紫色丝绒的台座上，直抵拱腹，使得最远的人也能看到棺木。到处挂满锦旗，旗的纹章上标有雨果著作的名称，如同光荣的铭言一般。这些书名，对于经常光顾戏院和习惯于按册阅读的巴黎市民来说永远是年轻的，与死亡的概念格格不入。在凯旋门的右角，有人设法张挂了一块巨幅黑纱幕，仿佛是从香榭丽舍大街飘浮过来的一团烟雾，在这个辉煌的巨大建筑物上只是一个移动的小玩艺儿。守灵人由学生营的孩子们担任，每半个小时换一次班，使得尽可能多的孩子能享受到足以陶冶他们心灵的荣誉。

这些孩子们，这些飘动的黑纱，这大片无边无际如潮水般冲击着巍峨的凯旋门的崇拜者，一切都似乎要以小人物的努力来挽留一位伟人：众多的膜拜者们正在乞求他们的恩师。这个星期天，暮色初降，刚刚用过晚餐的巴黎市民怀着最大的热忱又回到这儿。对这位高不可攀的人物佩服得五体投地的小人物们，开始只是出于敬仰，可是一想到他的真实存在仅剩

① 凯旋门为拿破仑于1806年下令所建，上面刻有第一帝国时代一百五十二位将军的名字。——程曾厚注

这最后一宿时，都不禁为之动容。老人家离开了大城市熙熙攘攘的生活，将在先贤祠的遗骸管理处里腐烂。高处的棺木已淹没在昏暗的夜色之中，再也看不到了。

每个人的神经都战栗起来。直到此时，仿佛古罗马皇帝盛大的供奉仪式的遗体瞻仰又具有了东方葬礼的隆重。在香榭丽舍大街、耶拿大街、奥什大街、弗里特兰大街、拉尔玛大街、玛尔索大街、克莱贝大街、维克多·雨果大街、树林大街、帝国大军大街以及那座长岗的斜坡上，一切美好的布局都被伫立在遗体周围的群众的激情所冲垮。由于强烈的精神动荡，以及星期日深夜的无拘无束，某种烦乱的情绪从意识深处浮起。

……封神活动从 22 日开始，但是在这漫长的追思祭礼中，星期天至星期一的夜间才达到了高潮，在这时刻，向全民族陈列的遗体变成了神。

因荣誉和死亡而过分激动的全体人民具有什么样的想象力呢？明天，星期一，当这些群众把神请进先贤祠时，黎明将驱散濛濛的烟霭。大家一定会看到在黑夜里被抬起的灵柩，灵柩在那种高度本身却显得黑黝黝的，路灯射出的绿光给雄伟的柱廊罩上一层忧伤的色彩，照在手持火把、拦阻着人群的骑士的盔甲上，熠熠生辉。人流在协和广场掀起的巨大漩涡冲击着受惊的马匹，一直涌到离灵台两百米远的地方，充满了把死者视作神的敬仰之情。

崇拜者们在偶像的脚下显得非常渺小。大家知道，有十二名年轻人——又是诗人又是狂热的崇拜者——专程来向遗体致敬和效力。这十二人是让·埃加尔、保尔·阿雷纳、维克多·多里雅克、埃米尔·布雷蒙、古尔德里纳、罗道尔夫·达桑斯、雷翁·迪埃尔克斯、埃德蒙·阿洛古尔、雅克·玛德雷纳、唐克雷特·玛尔泰尔、卡蒂尔·孟戴斯、阿尔芒·西尔韦斯特，他们冒着凛冽的寒风在守夜，寒风给他们送来了加西莫多、埃尔那尼、吕依·布拉斯、城堡卫戍官、米里哀主教、芳汀和亲爱的流浪儿伽弗洛什；成千上万句诗句在被低声吟咏着，特别是语言！语言！语言！因为他的称号也是他的力量所在，就是他，是法国语言大师！法语的词汇总和构成了民族的全部财富和灵魂。对于参加守灵的这些作家们来说，雨果就像恩人一样神圣，这位恩人给他们提供了模式、节奏和词汇。

……这正是他在群众中享有威望，博得爱戴的富于传奇色彩的一面。

香榭丽舍大街的长凳上，树丛的阴影下，通宵达旦地聚集着浩瀚的人海。巴黎市民在露天下度过了夜晚。要是这个纷杂的世界没有自己的明灯，很可能乱成一片。这是个集市吗？不，人类正围绕着一尊灵柩！……1885年5月31日的夜晚是个令人眩晕、放纵而又悲怆的夜晚。这一夜，巴黎由于对一位伟人遗骸的爱而变得昏天黑地。

编后记

莫里斯·巴雷斯（M. Barrès, 1862—1923）是法国作家、评论家和政治家，法兰西学院院士。以其民族主义思想及民族主义文学作品《自我崇拜》、《民族活动小说》等长篇小说闻名。本文译自埃科利耶（Raimond Escholier）所编《同时代人回忆雨果》（巴黎，斯托克出版社，1932年版）。

维克多-玛丽·雨果伯爵（节译）

作者 [法国] 夏尔·贝玑

译者 程曾厚

"有一晚，你可记得？"是我给您讲了那美妙的故事，那"耶利玛代"[①]的故事。那天晚上，我俩可没有静静地荡桨。[②]您知道，您想起了问题在什么地方：

吾珥和耶利玛代这两地万籁俱寂；
群星灿烂，点缀着深深沉沉的夜空；
一钩明亮的新月，在夜的百花丛中，
高高悬挂在西天。路得躺着问自己，
（她透过面纱，半张眼睛，在仰望重霄，）
哪位神？哪个农夫？在此永恒的夏天，
收获后，马而虎之，回家时，心不在焉，
在星星的麦田里丢下这把金镰刀？

这儿，让我们为用法语、希腊语和欧洲语言写成的最美的诗篇之一欢呼吧！让我们为这首最美的诗中两节最美的八行诗欢呼吧！首先让我们为我们古老的押韵知识欢呼吧，ombre 的韵脚在诗中已第二次使用，此处又给其中两句最美的诗押得很好。可"留下来"的不是"这一大队可

---

① 耶利玛代 (Jérimadeth) 是雨果《历代传说集》中《波阿斯入睡》一诗中杜撰的地名。

② "有一晚，你可记得？我俩静静地荡桨。"是法国诗人拉马丁《湖》中的一句诗。

怕的西班牙步兵”，而是“耶利玛代”的问题。

在雨果为给一行诗押好韵而可能选择的一切希伯来名字中，应该承认，肯定没有一个名字像“耶利玛代”这样动听，这样美，尤其是这样有希伯来味；能在时间、地点和国家三方面如此恰到好处，这样有“地方色彩和时代色彩”。不仅应该对“耶利玛代”，还应该给雨果讲句公道话：对一切自己出现的、他所能选择的、要求和恳求使用的、跪在他脚边的希伯来名字中，肯定没有一个名字能用得如此之好，连形状也好，也好读，我可以说连发音也好；外形也好，尤其是字形也好，真是个好“地”名；特别是结尾的h，这巴黎圣母院的两竖、两座钟楼，连雨果自己的名字开头就开得这样隆重[①]；这个撒克逊名字[②]能使人明白，也的确明白，路得的确是睡在波阿斯的脚边。这就是“问题所在”，这大名鼎鼎的问题所在。这是第一步。

第二步，希伯来语学者（“这时代是无情的”）私下里很恼火，心里面因不认识这个希伯来名字而生气，就从一本德语地图集里找。大概德语地图集里没有。一个希伯来名字不在德语地图集里，就是找不到了。有人宣称，这个地名不存在，这是杜撰的名字。有的人说，“大家可以杜撰”。先前大家欣赏这个名字选得好，大家也同样欣赏这个名字杜撰得好。道理是一样的。他没有选择一个希伯来味浓的名字，可杜撰了一个希伯来味浓的名字。想一想，就更不简单了。找一个现成的名字，人人都会找。找一个虚构的名字，这就有讲究了。这是第二步。

“两年过去了。”本来也就没有第三步了，要不是有个深思熟虑的年轻人在一张纸片上用铅笔写下了这句我请您思考的话：

我有以dait结尾的韵脚。[③]

立刻，人人心中惊叹不已，许多眼睛都亮堂了。他们的眼睛终于都看清楚了。我想我们的好老师们称之为“问题有新的提法”的说法，也许

---

① “雨果”法文作Hugo，字母H的左右两竖状如其小说《巴黎圣母院》中这座哥特式大教堂上的两座钟楼。

② “雨果”是个日耳曼姓氏，故称“撒克逊名字”。

③ 本句法文作J'ai rime à dait，系由雨果杜撰的地名“耶利玛代”（Jérimadeth）析读而成。

有一点就是这样的，对问题有了新的提法。您可能问我，朋友[①]，这是不是我发明的（是我发现的）？显然不是我。“有个年轻人”，不是我。“深思熟虑的”，不是我。要是我当初是个深思熟虑的年轻人，亲爱的阿莱维，我今天的命运就不会如同这般了。我不想窃取无意义的光荣，我不想以无意义的敏锐美化自己。我回答您，我是在若干年前，在一份寄给我的小杂志上找到这则“内部消息”的，文章据我记得是一位如今已大为出名的人写的，我想，文章的作者是欧仁·马尔桑，今天属于《思想和图书评论杂志》——全国新书店——巴黎第6区，雷恩街85号。您看，离149号不很远。这证明，阿莱维，永远要好好对待年轻人，也永远要读年轻人的作品。对我而言，我承认我充分欣赏他那天所具有的胆识。我万分欣赏他。要想一想，这是他写下《波阿斯入睡》的一天。他和上帝睡了一觉，是和造物主上帝。

编后记

夏尔·贝玑 (Ch. Péguy, 1873—1914) 是法国作家。受罗曼·罗兰的人道主义思想和柏格森的影响，后倾向于社会主义政治理想，反对狭隘民族主义。主要著作有《我们的青年时代》、《我们的祖国》、《圣母的地毯》、《维克多-玛丽·雨果伯爵》等多种。

① 指下文提到的阿莱维。

评论二则

作者 [法国] 斐尔南·格雷格

译者 张月楠

雨果研究（节译）

现在，让我们把我们长篇分析的结论综合归纳一下。我们漫步在诗人的作品中就像漫步于一座广阔的森林。我们从各个方面、各种时期审察了它。我们看到森林里曙光初升，蓝天晶莹，云层堆积，电光闪耀，暮色苍茫，黑夜降临。我们也欣赏到在林中空地上到处矗立的古代雕像和初露“未来形貌”端倪的石料。我们走进深深的洞穴，攀登高高的岩石，有时，我们就像西格弗里德[①]一样，在一首伟大诗篇的树枝上，聆听鸟儿唱着富有旋律的诗句。然后便是这样的时刻：我们凝视着大片摇曳着的青色树叶，一览无余地看到了它们的全貌，并倾听着它们的低吟。在研究了雨果的全部诗作后，让我们尽可能指出他天才的特点。

乍一看，雨果可能并不像最独特的诗人，维尼、波德莱尔甚至魏尔兰似乎比他更独特，因而也更具有个性。用上面已提到过的一位作家雷米·德·古尔蒙[②]先生的十分贴切的比喻来说，如果魏尔兰是一把小提琴，那么雨果就是一架管风琴，管风琴可以代表整个管弦乐队，而小提琴只能是小提琴。确切地说，管风琴的特点是构成整个乐队，包括小提琴、双簧管、小号，并通过把这些声音汇合、对照使得每种声音都具有充分的表现强度。它使所有声音融合成一个声音，这和声变化无穷，忽而巨大，忽而纤细，忽而强劲，忽而又脆弱，这就是它自己的声音。雨果就是这样出

① 西欧日耳曼传说中的英雄，相传在森林中长大，能通鸟语。——程曾厚注

② 古尔蒙（Rémy de Gourmont，1858—1915），法国作家。——程曾厚注

色地概括了别人。上面我们还指出他从几个同时代人那儿汲取了他们特有的东西，但他把别人的东西变成了自己的更高级的东西。维尼、勒孔特·德·利尔，甚至拉马丁，在这种深刻统一性的同一水平上，都缺乏这种神奇的多样性。他们是丰富多彩的，但只有雨果一个人是包罗万象的。

他所概括的不仅仅是他那世纪的全部诗歌，由于他的思想本身的客观性，他还概括了他那个时代全部的思想史，即使不是在无穷无尽的细节方面，至少大体上是这样。他陆续地，有时甚至是同时地，表达了他那个时代的所有观点。他曾经是(他本人也早就意识到)这样一个人，“上帝把他

如同一个响亮的回声，放进了乾坤”。[①]

这是他的第一个特点。其次——有人已经说过，应当重复此话——没有哪个诗人用比雨果更精湛的技巧来使用词典这个其大无比的琴键。尤其没有人比他更善于利用光与影的效果，犹如钢琴家抚弄白键和黑键一般。也没有人比他能更好地驾驭语言。他是词汇之宙斯：眉毛一皱就能使全部词汇颤抖。他是词汇之海神：随心所欲地平息或掀起词句的波涛。他的全部作品轰鸣不已，响彻着用词如急风暴雨般的永恒的“我去何方”。他更是词汇之耶和华，在他的诗中，没完没了的“要有光”和没完没了的“要有夜”[②]此起彼伏。人们可以用他的隐喻来编纂整整一部集子。[③]雨果从未被某种观念搞得捉襟见肘：他总是有用不完的意象。他善于表达一切，甚至无法言传的东西他也能表达出来，例如在《审判的喇叭》和《历代传说集》的首篇《幻觉》之中。我们可以说，他把一切跟一切相比较。他在普遍类比的源泉中汲取养料。正如某些人所下的定义：如果诗人是在事物之间发现最多、最遥远的联系的人，那么他不仅仅是最伟大的诗人之一，而且是最伟大的诗人。在他的直接继承者的心目中，他与所有伟大的诗人一样，把自己的诗与所有的诗融为一体。在这些继承者看来，诗人首先是呼唤形式、汇集形象的人，其次才是情感和思想的表达者。雨果身后，在这方面甚至出现了极端：某些诗人接受了极为荒唐的形

① 这句引诗见《秋叶集》中的《本世纪正好两岁……》。——程曾厚注
② “我去何方”，“要有光”，“要有夜”，原文均为拉丁文。——程曾厚注
③ 乔治·迪瓦尔著有《维克多·雨果隐喻词典》(1888年)。——原注

式和形象。这种极端源出雨果，正如一两个世纪中，我国诗歌的一切弊端和一切优点皆可归结于他。

总之，在分析他的诗作时，为说明他某句诗或某首诗歌的特征，最常见的形容词可能就是“神秘的”这个形容词。雨果感受和表达神秘的方式确实是前无古人，也可能后无来者。“我们来自何处？去向何方？为什么活着？为什么有这块砾石？为什么有他人——和我自己？”人总是向自己提出并可能要永远提出这些问题而得不到解答。在所有的诗人中，雨果是最最强烈地表达出痛苦的人。这种痛苦，任何一个向自己提出这些问题的人都有所体验；这种痛苦既富于悲剧性，又很甘甜，我们所有人在事物面前都能感觉到。他确实是个“好幻想的人”，正如他自己爱说的那样。他使得周围世界荡漾着神秘的气氛，这种气氛就像宗教或玄学精神一样包围着他；他如同以西结或泰勒斯[①]，如同圣弗朗索瓦[②]或斯宾诺莎[③]一样凝视着世界。他感到带有预言性的恐怖之风拂过头发；他听到了天体间的和谐；他在野兽的目光中辨别出亲如手足般的柔情；他看到了生活中的神奇。他是个幻视的哲学家；他是从未谋面的上帝的一位富有幻觉的教士。

与雨果的这三个主要特征——“响亮的回声”，语言的主宰，神秘的诗人——相关联的是他的作品所引起的主要争议。

首先，有人责备他由于竭力想成为他那个时代的“响亮的回声”，而在诗歌中掺进了太多的政治。然而，若说他有时在诗歌中掺进了稍多的政治，他也有权利这样做。禁止他欢呼或诅咒他所参与的重大政治事件，这是不了解一个真正诗人的心灵。构成他灵魂的东西，是对整个生活同时作出既反常又富于人情味[④]的反应的某种可能性；而城市生活就像梦幻或爱情一样，构成了他生活的一部分。诗人无疑应当以诗人的身份来歌颂城市生活，我们是最先承认雨果在这方面并不总是成功的。但他多次出色地获得了成功。没有禁止写的主题，没有标准的美，慧眼可以看出一切皆是美。这些话我们怎么重复也不嫌多。禁止诗人写某主题，就等于在浪漫主义革命一个世纪之后又重复已经在浪漫主义的正义痛击下衰

---

① 公元前 7 世纪末的希腊科学家，最早最有名的七位智者之一。

② 可能指圣弗朗索瓦·达西兹，是 13 世纪初意大利有名的修道士。

③ 17 世纪荷兰哲学家。

④ 从数量和力量上来说反常，从本质和质量上来说富于人情味。——原注

败的古典主义观念，即主张贵族的封闭式诗歌的观念。走下坡路是很快的，禁止写某些主题后，人们接着就会像古典主义的遗老们那样，禁止用某些词语，然而，没有一个词，其凌空飞翔的思想不能蓝得像青天，使它在其中休息徜徉！

一个伟大的诗人，针对一个平庸甚至丑恶的主题，可以写出一篇杰作：请读一读《母牛》或《癞蛤蟆》吧，光标题就会使圣朗贝尔[①]或德利尔教士大惊失色。更何况，任何政治主题，诗人都可以从中找到依托，写出优美的诗篇。"1811 年"就是证明。可以说，这是首关于罗马王诞生的怀旧诗，理所当然是维克多·雨果最有名的诗歌之一。主题并无好坏之分，诗人才有好坏之分。在诗歌中比在其他文体中都要"讲究写法"。

其次，由于雨果用词遒劲有力，因而常被人指责为过于注重修辞。他其实有时太能言善辩，甚至在他诗中有些藻饰。但是谁又没有藻饰呢？拉马丁诗中有，维尼的诗中，甚至波德莱尔的诗中也有。

> 一把抓住陈词滥调卡死它，[②]

魏尔兰这么说，这可能因为他灵感不足。再者，又有哪位大诗人没有缺点呢？有时连老荷马也会睡着的。[③]维吉尔的《埃涅阿斯记》有时也会让人厌倦。但丁过于冗长地阐述了幼稚的宇宙起源论；莎士比亚矫揉造作的文体往往令人难以忍受。雨果的罪过是修辞学，就算是吧！这难道妨碍他写《波阿斯入睡》、《我到了，我见了，我活过了》和《沙丘上的话》吗？因为雨果没有完全摒弃修辞学就否认雨果诗人的称号，就像近来一些人所做的那样，把他贬为一个演说家，这就等于把他全部天才的定义归结为他的一个特点，也就等于把荷马贬为讲故事的人，把维吉尔贬为田园诗人，把龙沙贬为古希腊语学者，把谢尼耶贬为亚历山大派诗人，把缪塞贬为感伤诗人，把波德莱尔贬为邪恶诗人，把魏尔兰贬为音乐家。维克多·雨果许多时候很可能是位演说家，甚至是位夸夸其谈的演说家，但他仍然不失为一个伟大的诗人——否则词语也就没有了意义。

最后，由于经常表现事物的神秘，雨果生前多次被指责为隐晦。但

① 圣朗贝尔（Saint-Lambert）和德利尔一样，都是 18 世纪的法国诗人。——程曾厚注

② 见魏尔兰的《诗艺》。——程曾厚注

③ 原文是拉丁文。——程曾厚注

这种指责今天在我们看来有些过时。说到隐晦，我们还有更隐晦的东西。与许多诗人为我们提供的作品相比，雨果的最晦涩的诗歌都闪烁着光明。我们看到了阴间的全部黑暗，这些黑暗围绕着思想而随意变得浓重，而当人们抓住了思想，它们也就不再那么神秘。用马拉美[①]的话来说，这并不总是

黑暗中的一朵玫瑰……

然而，我们要注意，雨果所探讨的主题本身有时迫使他描写黑暗。例如，很难借光明的诗句谈论虚无。应当用隐晦的笔法来表达隐晦的事物，用明朗的笔法来表达光明的事物。他几乎总是这么做的。

况且，围绕着他的诗作，人们的反对意见再多也是徒然。大家都不能否认，在这些作品中，存在着压倒一切否定意见的某种现实，这就是大量的人道主义力量和永久的美感，以及某种深沉自然、"基本"的东西，就像竞技者的臂力，煤块中的热量——那种"神秘物质，不论人们用什么名字称呼它，思想、智慧、理智、心灵、精神"之一部分——让我们再加上想象和幻想。根据莫里斯·梅特林克[②]的绝妙见解，人分泌这种神秘物质，就像蜜蜂分泌蜂蜜；人的命运显然是生产这种神秘物质。在法国诗歌中，维克多·雨果的作品贡献给我们的这种物质比任何别的诗人所给的都更浓郁、更辉煌。

诗歌、戏剧、小说、历史、回忆录、书信、演说、批评、哲学，这就是雨果留传下来使我们不胜仰慕的多方面的作品，它们与伏尔泰、歌德的作品一起是这两个世纪以来人们看到的卷帙最浩繁的作品。它们独步天下，别具魅力。

维克多·雨果作为诗人，超越了 19 世纪所有的法国诗人，18 世纪及 17 世纪也没有哪个抒情诗人能与他相比：不管是过早夭折的天才谢尼耶，还是完美无瑕，但才气有些不足的马莱伯；只有 16 世纪的龙沙能够与他争夺桂冠，龙沙是雨果之前我国最伟大的诗人，也像雨果一样，晚年时备受欢迎和尊敬，人们对他交口称誉。龙沙的作品同样丰富，同样独特，也像雨果一样诗如其人。他比雨果更朴实、更迷人，但却不如雨果新奇、

① 马拉美（1842—1898），法国象征派大诗人。

② 梅特林克（Maurice Maeterlinek，1862—1949），比利时法语作家。——编者注

雄伟，他的史诗《法兰西亚特》始终是个没有实现的伟大梦幻。

雨果是我国抒情诗人之魁首，也是使伏尔泰的“法国人没有史诗头脑”这句话站不住脚的唯一的法国人。要找到与他匹敌的人，如歌德、莎士比亚、但丁、维吉尔、荷马，还得越过国境，渡过大海，或追溯到遥远的过去。雨果是所有时代、所有国家最有作为的戏剧家，他尽管不如高乃依、拉辛和莫里哀，但在形式方面却大大胜过18世纪最好的悲剧作家，胜过伏尔泰。浪漫主义诗剧虽然不能说由他创造，但至少是他使得这种体裁得以生存。19世纪所有的戏剧诗人都承袭于他。如果说他没有写出有生气的人物，但他却创造了剧情，其感人的力量在很多年之后仍然是非同寻常的。有时他也引人发笑，即使不如莫里哀，至少与勒尼亚尔[①]不相上下。

作为小说家，他写了以他为首的文学流派所创作的最美的小说《巴黎圣母院》。在《悲惨世界》中，他比巴尔扎克本人更直截了当地完成了大型社会小说，为左拉的《卢贡·马卡尔家族的命运》开了先河。

我们还认为，他的不少演说十分精彩，他的游记热情奔放，色彩纷呈，甚至在他死后出版的札记集中，也有一些很出色的篇章；在他身后留下来的从未发表的著作中，他找到了自我继续存在的方法，其中某些诗篇可与他生前出版的最美的诗歌相媲美——在这过程中，不管我们或许提出和确实提出了什么保留意见，我们还是拜倒在伟大的诗人面前，大家理解并分享他在朋友和弟子身上唤起的强烈热情：任何批评在毋庸置疑的天才面前沉默了，我们对他唯有赞美与热爱。

为赫丘利的火堆人们砍伐橡树，
啊！在暮色苍茫中一声声听得清楚！[②]

倒好像雨果是为他自己写下了这两行绚烂的诗句，这些诗既响亮，又神秘，在一座神圣而恐怖的树林中，似乎有斧头的叮当声和树干的倒塌声在震响。他本人就是赫丘利，完成了奇迹般的工程。

---

① 勒尼亚尔（Regnard，1655—1709），法国作家和戏剧家。——程曾厚注

② 这两句诗引自雨果悼念挚友戈蒂耶的抒情诗《致泰奥菲尔·戈蒂耶》，作于1872年，收入《诗琴集》中。赫丘利即希腊神话中的英雄赫拉克勒斯，相传他因误穿一件染有毒血的长袍，自焚身死。——程曾厚注

他杀死了古典主义的七头蛇，这条蛇，在泰拉梅纳[①]的叙述中“把臀部卷成一团”。词语，易受惊吓的美丽词语，斯廷法罗斯湖[②]的这些鸟儿迅速飞翔时，诗人射下了它们，而在他之前，这些鸟儿们还在取笑射手呢；他给自己的诗句插上这些鸟儿的双翼，让诗句腾空起飞。他一个个地战胜了他那个时代的卡科斯[③]，老批评界的所有强盗，这些强盗们隐藏在他们专栏文章的各个地方。

他躲在大报底部挖出的洞穴深处。

他清扫了最后一批古典主义作家饲养俘获来的瘦飞马[④]所用的马厩，给这匹高大的神马喂来自土地的新鲜谷物，而不像其他人那样，一味地往它饥饿的肠胃里灌琼浆玉液；然后他解去缰绳，美丽的巨兽重新奇妙地腾跃起来。

“啊！一声声听得清楚！……”自从他去世，我国的诗歌也披上了丧服，它犹如暮霭，从中隐隐传出巨人垂危时的喘息，时而还响起葬礼的哀乐。但是诗歌是不朽的，夜间焚烧的柴堆发出的最后光焰很可能与新曙光的最初光辉浑然一体。在谈到维克多·雨果时，自然而然地会联想到神话。正如对古人来说海洋是江河之父，他是诗人之父，是圣父。我们所有人，不论是大江或小溪，都源出于他。我们写的所有诗句很可能早就存在于他的思想中。他创造的表达方式可以使用一两个世纪。所有的人，如勒孔特·德·利尔、戈蒂耶、邦维尔、波德莱尔、魏尔兰、埃雷迪亚、孟戴斯、迪尔克斯、科佩、絮利-普吕多姆和这一传统的后起之秀都是他的后裔。正如他本人在谈到荷马和古代诗人时所说：他“把我们带走了，就像赫丘利把小人国里的小人藏在他的狮皮中带走一样”。

历史上有一些人，他们能决定一个世纪、一个国家甚至整个人类的命运。当我们点火时，我们就感谢远古时代的穴居人，是他首先想到用两块木头摩擦生火，或把没有烧尽的木炭藏在灰里。这位穴居人并没有死，此

① 拉辛剧本《费得尔》中的人物，他对忒修斯叙述伊波利特死去经过时的独白十分有名。

② 在希腊神话中，此湖以铜嘴铜爪、专食人肉的巨鸟著称。

③ 罗马神话中的英雄，因抢劫赫丘利的牛而被后者杀死。

④ 指诗神所骑的有翼天马，诗人灵感的象征。

刻他仍然在我们身上活着，行动着。但是物质东西的发明者并非是唯一享受这种特权的人，发展了思想或发展了美的人在这个意义上来说同样也是不朽的，他们死后还在其他人身上活着，用其他人的思想而思想，在其他人的幻想中幻想。

导师，你就是属于这样的人。你使得我们对于世界的看法变得更加美好，我们又将把这种看法传给后代。通过他们，你将永远散布在世界的光辉之中，你将在所有的黎明和所有的黄昏中复活，将在海的所有声浪和风的所有低吟中复活，将在花园的所有玫瑰花和森林中的所有橡树上复活。

有人对我们说，你生活中犯过错误，你的作品是不完美的；我们听到了，但我们不愿去想它。人们难道会承认自己父亲的错误和缺点吗？我们所有诗人都把精神的生命归功于你，这精神的生命把我们造就成为诗人，成为善于填字觅韵的匠人。没有你，没有你的努力，没有你的探索，没有你那浩如烟海的作品的楷模，我们也许都不会吟唱。我们最应当感激你的，几乎就是你的缺点本身，因为正是这些缺点给我们在法国诗歌领域中留下了有待完善的东西，它们赋予我们存在的理由，而且也构成了你天才的条件。

但我们仰慕你，不仅仅因为你是个伟大的诗人，我们仰慕你，还因为你是这样一个人：他有时也可能出错，但却真诚地进行过探索；他不满足于现代的真理，而是致力于开拓真理，因为真理与世界一样，是"演变而来的"。我们仰慕一个完成了人的使命、没有"拒绝人世的义务"并且"辛勤工作"的人。我们仰慕一个热爱祖国，心胸开阔的伟大的法国人，当有人肢解法国时，他发出了受伤的提坦的呼喊，但却不停地预言一个更大的祖国，这个祖国有一天会是整个欧洲，有一天会是整个地球：这个恢弘的梦想允许延缓实现，但却永远不应当对它绝望。他是个一贯要求更全面自由的公民，是不幸者和弱小者的真诚而亲切的朋友。总之，他是个伟大诗人的同时，还是人类一颗极其崇高的良心。

要是事物也能开口，要是在看不见的某个地方，大自然的声音能传进你贴近它的耳朵——如同在罗丹塑造的纪念雕像里，你侧身倾听着海涛撞击孤独岩石的声音——它们会说："我们透过物质的全部偶然性而逐步造就的人啊，有一天你曾是我们最高的延伸；你是这样一种人：世界在你身上繁花如锦，仿佛是一种愿望或一种祈祷，世界将你高高托出在他人之上，仿佛一声召唤，世界把你推向蓝天——你在蓝天上寻觅生活在你身上的上帝。在你的头脑中铭刻着事物最错综复杂的故事；在你的声音中最完美地集中、澄清、统一了我们所有嘈杂、含糊、分散的声音。你在世时，最善于汇集'词语'，这是在模仿自然界声响的同时也表达了自然界无数灵魂的人类所发出的怪异叫喊。你那人类的语言说出了事物所包蕴的思想，正是通过你，世界在它永恒变化的某一时刻表现了它自己！"

维克多·雨果诞生一百周年

在 1902 年 3 月维克多·雨果诞生一百周年纪念来临之际，好些"年轻杂志"都站在反对伟大诗人的立场上，其用词大都很不公正，思想也是系统性的诋毁。

这是其中一家杂志所发表的文章，它可以说明这家杂志是在什么思想支配下参加诞辰一百周年纪念活动的。

——《雨果研究》原作者按

这儿不是对雨果进行全面研究的场合，关于雨果的全面研究，如果允许，我请读者去看《巴黎评论》。我在那篇研究文章中，将特别考察雷米·德·古尔蒙先生最近发表的意见（1901 年 12 月的《法兰西信使》杂志）："维克多·雨果不是一位诗人，而是一位演说家"——这种意见，尽管具有挑战性的反论性质，但由于持此意见的作家之名望，却值得注意，因为它明确地表达了许多象征主义诗人对维克多·雨果所共有的心里话。当然，在我注意到这种意见在过激形式下可能包含的正确成份的同时，却无法表示赞同。因为人们争先恐后地限制诗歌，像昨天的巴那斯派诗人那样剥夺诗歌抒发激情的权利；像今天的象征主义诗人那样剥夺诗歌雄辩的权利，把雄辩与夸夸其谈相混淆；也可能像明天人们所做的那样，剥夺诗歌直接表达的权利、富有现代特色的权利、叙述甚至抒情的权利，最后只会把诗歌变成一种不可捉摸的玩艺儿，由于过分地要求诗歌纯之又纯，结果使它成了缥缈的虚无。

在这儿，我只想用几句话来表达维克多·雨果诞生一百周年到来之际许多诗人和作家的感情。

我们大概会看到一些无意义的使人不舒服的场面：维克多·雨果将会受到一些人的颂扬，光这些人的名字就会使雨果不屑地耸耸肩膀，他们想在雨果巨大而不朽的荣誉中为自己裁剪一块薄薄的碎片，借此出一下名。我们甚至将可能看到"人群"络绎不绝地经过，这些"人群"可笑的出现，无秩序的蜂拥而至，曾经使雨果的葬礼蒙辱，使葬礼不时出现类似丧葬假面舞会的情形。

但是，首先，并不是只会有这些不得体的表现，我相信，还会有庄严、感人的场面；要是有些人不择手段地利用大师，别的人也会恰如其分地谈论雨果的。即使只有庸俗的场面和贫乏的赞词，甚至是微微一笑，我们也要全盘接受，就像接受一件好事的条件和必然结果一样：这就是一个伟大民族对一个伟大诗人的纪念。但愿人们不要以艺术贵族的名义来反对这一点：像个男子汉那样地接受生活，连同生活的平庸甚至丑恶，但只要还能看到和始终看到生活所蕴含的美，比之以无力的蔑视来神秘地掩护自己，这具有更高的精神境界和更加真正的贵族气派。今天跟任何时代一样，真正有贵族气派的人，并不是在他衰竭的心上死抱住陈腐观念的垂死的守旧者，而是正视生活、善于理解生活和享受生活的强有力的人。

此外，所有那些手执笔杆却并不因为别人对一个伟大"文人"表示了敬意而觉得自己低微的人格沾到光荣的人，所有那些公开或暗中反对颂扬雨果的人，不管是诗人、作家、剧作家、广义范围内的语言艺术家，都使我想起《圣安东尼的诱惑》[①] 中那匹神奇的头垂地的长颈怪兽，它不知不觉地啃着自己的脚……

我们不会对一种思想，更不会对一个人狂热地顶礼膜拜。我们是、也愿意是一个自由的人，即使对于我们本人的思想也是如此，必要时，我们会为它要求真诚转变的权利。我们不加入任何行会，我们不属于任何宗派，我们尽可能不重复公式。因此，我们不是雨果的狂热崇拜者。但我们更不是雨果的仇视者。既然大家以公民节日的形式来纪念一个我们所欣赏的伟大诗人的百岁生辰，我们将真心诚意地参加。

① 福楼拜于 1874 年发表的散文诗式的作品。——程曾厚注

编后记

斐尔南·格雷格（F. Gregh, 1873—1960）是法国诗人，法兰西学院院士。1902年在《费加罗报》发表“人道主义”文学运动的宣言，批评巴那斯派及象征派诗歌对人的冷漠和无动于衷。诗集有《生之美》《人性的光明》《永恒的锁链》《生命的色彩》等。其《雨果研究》曾多次再版。

现实主义诗人维克多·雨果

作者［法国］路易·阿拉贡
译者 罗大冈

在这篇内容丰富的论文中，阿拉贡企图全面说明诗人雨果思想与艺术的发展过程，从而指出雨果的作品在内容与形式双方面完美地结合之下的现实主义倾向。作者特别举出《回忆四日夜晚》这首诗来作为雨果现实主义诗歌的样本，一面结合当时的历史背景，一面就艺术本身，加以深刻、细致的分析。

作者不但对雨果的诗发表了可以在法国文学批评史上开一新页的卓越的看法，同时对法国文学中一般的现实主义倾向，比如对巴尔扎克，也作了比较正确的估计。

阿拉贡在这篇文章中不仅阐明雨果以及法国现实主义文学的真实意义，并且有力地、辛辣地批评与驳斥了资产阶级文人学者对于雨果的一贯的歪曲、诬蔑与误解。

本文原系演讲稿，1952 年由巴黎“社会出版社”印行小册，本文即根据这种单选本译出。1954 年 9 月节译其中的一部分，编入《阿拉贡诗文钞》。此处则是原文的全译，未作删节。

一般以为今天在莫斯科、北京、布拉格、华沙大张旗鼓、非常隆重地为了政治目的而纪念的，仅仅是《悲惨世界》的作者，作为民主主义者与乌托邦社会主义者的雨果，那就错了！我们所纪念的固然是这个雨果，同时也是谢德林所说的 40 年代的诗人雨果。那时他离开未来的地平线的发现，还差得远呢。甚至我可以加上一句：我们所纪念的也就是眼睛被反动的幻影所迷蒙，但是心中被“法律的恶行”所震动的青年。这青年身上，自由精神已经露出苗头，他虽然是年轻的王权拥护者，却认为诗不在诗句中而在思想中。他认为诗是伟大的道德品质的反映。他认为写作，十分自然地就是孕育英雄人物。

必须习惯于这样的想法：像雨果、巴尔扎克和巴雷思这一类人，种种牵绊使他们成了过去时代的俘虏，然而在他们身上有许多矛盾，这是当时的新时代——比他们自己落后的思想更强有力的新时代——给他们留下的印记。他们想把我们从大海上带回原港，代表着已经僵化了的传统的原港；但是他们自己也在海上，也不免被大海的洪涛所推送。有一天，雨果必定会明白有一股潮流在推挽着他，他一定会抛弃童年时代的梦想，他会在这海上当一名水手，顺流航向未来。可是，他之所以终于有醒悟的一日，是因为在他身上早就伏有醒悟的契机。尽管说他反动，在他身上却早已有了今天的革命者所师承的一切。

且听我慢慢说来。

革命者所师承的，比方说是现实主义。可是，并不是所有的现实主义全是革命的。曾经有过一个时期，那时和反动社会作斗争的人们，认为逃避周围令人颓丧的现实，就是反抗。在当时，有某一种“现实主义”，那是赞成当前社会的人们的所谓“现实主义”。这是谁都知道的事。现实的逃避者、为艺术而艺术的迷恋者，举出一些原则来反对满足于现状的“现实主义”者，显然也反对那个社会；因为，这些“现实主义”者，即使用反动势力的名义，也反对逃避者与为艺术而艺术论者。另一方面，如果我们满足于这些逃避者和为艺术而艺术论者的反现实原则，那么我们就在斥责任何现实主义，同时我们自己也会变成反动派。相反地，如果我们把那些政治上反动，可是文学上则以描写现实为目的的作品加以分析，那么，以现实主义的艺术而论，我们会发现它有下列的缺点与优点：它缺少真正的现实主义——社会观的现实主义的目的；但是，和那些反动的“现实主义”者的政见相反，在他们的作品里夹带着一些历史的真理和真实的远景。在巴尔扎克的小说中这一切是很明显的，例如他那本《阿尔西的议员》。因为现实主义的艺术家本人可能是反动分子[①]，但是在

① 只有垂亡的反动统治之下，老旧的社会力量和新生的力量在新旧交替的过程中，形成暂时的势均力敌的情况，才能够产生巴尔扎克型的、政见与艺术不一致的作家。——原注

他的艺术中，他的态度是科学的，这一点上，他和主张为艺术而艺术的人有所不同；并且正如相信上帝的自然科学家在实验室里的一切作为是唯物论者的作为，相信君主极权和神圣的奴隶制度的现实主义艺术家，按照他的现实主义的程度，可能写出来的东西正好和他的信仰相反。

也就因此，今天在历史事实、社会主义的科学理论以及社会主义的活生生的事例之前张开了眼睛的人，向那些为艺术而艺术的人们进攻，即使那些人是共和分子；同时和年轻的雨果和老年的巴尔扎克之类的君主政权拥护者，却觉得是同心一致的。

现实主义是一种有思想的文学，和假称客观并且把生活作片段处理的自然主义恰恰相反。现实主义和自然主义有显著的区别，因为现实主义者首先有所抉择，而照相式的形象是自然主义的事情。至于现实主义的事情，那并不是出其不意的摄影，一瞬间的形象，而是典型——创造出来的典型，典型环境中取得的典型人物。说到这里，如何能不把自然主义看作一种照相，所照的是过路人，偶然的人物，现成的事物。可是现实主义却固定了英雄人物的形象，这形象是千百万人的视线集中点，这人物的存在具有激励与教育的价值。现实主义开始的地方，也就开始了英雄人物的用武之地。

至于诗歌方面，我所谓现实主义的诗歌，非常明显，决不是指除了本身的燃烧以外别无目的的诗歌；而是指这种诗歌：它之所以成为诗歌的理由，是以未来的精神教育人、改造人，从现实出发创造典型形象，也就是创造改造现实的英雄人物。我所谓现实主义的诗歌，与那种逃遁的、催眠的、故意什么都不肯说的诗完全是相反的，而是指有思想的、英雄主义的诗；对于这种诗，完全能用年轻的君权主义者雨果对他未婚妻说过的话来说：诗存在于思想中。思想来自心灵，这是心灵的诗，它能启发高尚的情感，高尚的行动与高尚的著作。

这里需要加以说明的，就是心灵这个概念。雨果相信他所说的这些思想，相信它们的能力和效应。对于我来说，思想决不是一个人的事，而是一群人的事。至于促使现实主义活跃的那些思想，应当把心灵二字改为阶级。使思想发生的是阶级；启发情感、行动、著作的也是阶级。阶级的性质决定情感、行动、著作是高尚的，或是卑鄙的。

由于同一阶级，有时走上坡路，有时滑下衰败的斜坡，它所启发的情感也是有时高尚，有时卑鄙。资产阶级产生了巴尔扎克和莫里亚克[①]。可是在两者之间，存在着同一阶级在它历史运动的不同阶段上所发生的伟大与渺小、高尚与卑鄙的差异。

雨果的无比伟大之处，恰恰是所有的小仲马，所有的雷翁·都德，所有的《克拉普唷》，所有的《锁鸭》[②]，所有主张诗歌不要思想的江湖文人指责他的地方，那就是：他不停止地变化，并不是为了某种利益，而是由于他对于历史令人惊叹地顺从，同时也顺从创造历史的人民。由于他对于历史的运行无比敏感，这就惹起了当时的毁谤，招致迫害与放逐；在今天，他还因此而继续受到“李许里欧大厅”[③]的“上等社会”的讪笑，引起《费加罗报》以及另一些地方的切齿；但是也因此，雨果博得世界人民的爱戴，博得不可磨灭的荣誉与超国境的光彩。

他的“变化”究竟是怎么回事？这一点应当主要地加以研究和了解，然后才能正视雨果的旭日一般的光荣。他的“变化”，可以引刚才引过的诗句来说明：

只因为呀呀学语时我哼了保王歌，
难道就一辈子注定在荒唐中过？

还有底下这几行诗，在原作中，与前面两行相隔不远：

将昨日大大地加以否定的，侯爵，就是明日；
五月艳阳，拨转马头，置严冬于不顾；
蝴蝶是什么？也就是变了形的毛毛虫；
法耳斯达甫弃邪归正？成了醉汉中的叛徒；
我这双脚也是否定者：撇弃了破旧的皮靴；

① François Mauriac，当前法国最反动的作家之一。虽为天主教派作家，他的小说却以描写通奸与谋杀等变态心理为主题。他在当前法国文学中，常为阿拉贡及其他进步作家攻击的主要对象。阿拉贡在本文中举巴尔扎克为资产阶级上升时期的优秀作家的代表，而莫理亚克则为资产阶级垂死时期的恶劣、堕落的作家之典型。——原注

② 《克拉普唷》（此字本意为迫击炮）与《锁鸭》（“鸭子”是报纸的俗称），均为法国反动报刊。——原注

③ 巴黎公共会场之一，经常为右派人士集会处。

哦，否定仇恨的、那温和的叛逆者就是“爱”。
朝阳东升，满天彩霞，满天红焰，
辉煌的太阳，逃出了黯淡的囚牢，
它精神抖擞，否定了阴影。

(原诗是整齐的十二音诗，押韵)

人家指责雨果的这“变化”，他用韵文解释得这么好，我可以用散文简括地说：这是对于现实的经常了解，每天从各种事实上、经验上、历史上归纳出来的认识。这种“变化”是从深刻的现实主义的概念中得来的。这一概念曾经逐步坚定，逐步探讨，逐步加深。它反映在雨果作品中——1819年还是保王分子的雨果，后来成了凯纳塞的逐客的雨果，以至1871年在布鲁塞尔寓所遭遇成群结队的暴徒袭击的雨果，当时暴徒为了赚开门，想了个最妙的计策，骗雨果说，巴黎公社社员桐勃洛甫斯基也在门口，向雨果借宿。

雨果的道路，是现实照亮的道路。由于这理由，他的作品也跟他本人一样，向着现实主义变化。请看，1822年他题赠给乌尔立希·古丁格的短歌第八章《幸福的人》：

我憎恨你们，神啊！可叹我这么年轻
已经为所欲为……

这幸福的人，就是富翁：

从雷昂海峡到亚尔西特列柱
我的船舶在大海上来去。
我的宫宇，像贪婪的深渊，
吞噬城市的奇珍与荒漠上的异果。

这富翁因为太幸福了，所以反而怨天尤人：

我在议事场上、在斗兽场上，百般无聊；

这富翁，在十三年以后发表的雨果诗集《暮歌集》中，你们还认识他吗？

他还不到二十岁。他享受够了一切
可爱的，可玷污的，可摧毁的……
……
夏天他去打猎，冬天，在歌剧院里，
支着肘随意听格吕克或莫扎特的音乐……
……
他什么也不相信，从来不做梦。
丑恶的呵欠不离开的床头……

(原诗是格律诗，十音，押韵)

这个闲散得要死的富翁，已经不穿希腊或罗马式的长袍，而是1830年的，荒淫的迷梦已醒，百般无聊的资产阶级青年。下面是他的老弟，1840年的，基佐[①]时代的富翁，那不再是无聊得要死，也没有那么痴心去欣赏大自然，而是只知道经营产业的富翁：

你，像一只钱囊，冷眼观看成束麦穗。
四月里，你的树林新枝茂密，
好像要求情人们多多到林下散步，
相思的心，沉思的头脑，都到林中去；
你，在粗大的树枝底下，你也高兴；
你在梦想，一边计算着待伐的林木，
梦想老人一般的巴黎冬天非常怕冷，
在古老的河岸上，几处新修的栏杆，
巴黎在等待长蛇般的木筏顺水漂下来！

(原诗为十二音，押韵的格律诗)

这几行诗见于1840年发表的《心声集》。诗人对于有钱的人们越

① Farnçois Guizot (1787—1874)，反动政治家兼历史家，路易·菲立普时代的内阁大臣。

来越了解；不久以后，他也看见了穷人们。就在这40年代——沙尔谛可夫·谢德林提起的40年代——在经济学家勃朗基的要求之下，雨果到诺尔省去参观穷人的生活。

有一天，我走进了里尔的地下室，
我看见了这阴惨的地狱……

1853年在吉尔塞[①]，他把这些情况都写了下来。写在一篇题为“快乐的生活”的诗中。上面提到的那些富翁在诗中都露出最后的嘴脸，帝政时代匪帮的嘴脸：

好！强盗、阴谋家、骗子、坏蛋、权贵，
赶快坐下来，围成一桌，大吃大乐！
赶快跑去，够大家坐的！
大爷们，喝吧，吃吧，人生短促。
这被征服的人民，愚蠢的人民，
整个儿属于你们！

出卖国家！砍伐森林！劫夺钱包！
盗空仓库，枯竭源泉！
现在正是时候。
拿走他们最后一文钱！拿吧，兴高采烈，
敲诈乡村的劳动者，敲诈城市的劳动者，
拿吧，欢笑吧，享乐吧！

大鱼大肉！对呀！不错！享乐吧！大吃大喝！
穷人，一家大小在草荐上半死半活，
有门无板，有窗无扇。
父亲抖嗦着，走向阴暗处求乞；
母亲没有面包吃，孩子没有奶吃，

① 1852年雨果被拿破仑第三放逐以后，首先流寓在吉尔塞岛(Jersey)。岛靠近法国西海岸，为英国领土。雨果在该岛流寓三年，从1852年至1855年。

凄惨的赤贫。

(原诗每两行十二音诗配上一行六音诗,押韵)

这都说明了为什么从《长短歌集》到《惩罚集》,雨果的道路是现实主义的道路。他并不会像屋顶上的定风针似的随风转,下流无赖才这样说他!他的转变是以现实为指导,以人民所造成的历史为指南针的。他对于现实,同时通过现实对于法国人民,一径是令人惊服地忠诚、信实。所以他的诗歌是经过变化的;而1819年的保王分子,那时极度保守的诗人,终于成了法国诗歌中第一个真正的现实主义者。

维克多·雨果这方面的情况,据我知道,从未经人研究过。仅仅作些简单论断,不能满足这样的研究工作;如果进行这研究,那就超出了我这篇讲演的范围。不过,我得设法避免人们对于我在前面所说的一切作错误的解释。

人们很容易误会我所谓雨果的诗是现实主义的诗,是以内容作为理由的。诚然,雨果所说的一切,他史无前例地放进韵文中去的一切,赋予韵文以现实的特性,同时建立了我们的政治诗。但是还得进一步说明,雨果的诗是现实主义的诗,不仅因为它是一种有思想的诗,而且那些思想不是心灵上的幻象,而是法国人民在革命发展中的思想;雨果的诗是现实主义的,也因为他的韵文——他的诗句——是现实主义的韵文,虽然这韵文本身并不是诗,只是诗的外衣,思想的外衣。

因此,下面我要讲到维克多·雨果在诗的形式方面所完成的巨大发明。

总结若干年写诗工作的那部《长短歌集》,在形式上和法国诗歌的过去相连接,正如保王分子的思想和旧朝代相连接一样。不过在这里边,并非不能发现一些前后不同之处。这些不同反映出雨果家庭中的矛盾,更甚于反映社会的矛盾。在《文哲杂论》中,有1820年12月的日记一页,说明雨果意识到上述矛盾。这页日记所包含的,足够让缪塞[①]在他的《一个世纪儿的忏悔》中大书特书。雨果提到他父亲的一句话:

最近有一次我当父亲的面热烈支持望岱复辟派的意见。父亲默

① 缪塞(1810—1857),浪漫主义抒情诗人,《一个世纪儿的忏悔》是他的忏悔录式的散文集。

默无言地听我说，接着，他转身向在座的L将军，对他说："让时间来安排。小孩子同意母亲的意见，等长大成人了会同意父亲的意见的。"

就在这1820年，他这样写：

1820年的政治事件是特·培里公爵的被刺；文学事件，我说不清是哪些通俗滑稽剧。两者之间未免太不相称。什么时候我们这世纪才能有够得上社会运动水平的文学，才能有和当代大事一样伟大的诗人？

这就是说，从1820年开始，在雨果身上已经有现实主义的大志，因为他感觉到文学与历史之间，诗与时事之间有联系的必要。

正是特·培里公爵之死，给他写这首短歌的灵感，而夏多布里昂读了那首诗以后，称他为"神童"：

无须过分荒谬的陶醉而冲动，
快乐与痛苦之间距离很短促……

这种语言我们今天看起来显得很学院派，尤其因为这里所用的诗句完全是传统的诗句，这是德里尔[①]的诗句加上谢尼耶[②]的口音。不论在韵律上，还是在语言上，毫无新发明，毫无大胆的尝试。在那里边，把结婚叫作"婚姻的贞洁的面幕"，外科手术叫"医术的无情的照拂"，更不用提"乱党的毒龙"，在这节诗里出现之后，在那节诗中又出现了：

你能拯救法国，从地狱的毒龙爪下救出来，
重又欺骗了丑恶的希望。

这些是望岱派的诗。尖锐的矛盾，那时却在诗人的生活中。他爱上了阿黛尔·傅谢，但是由于母亲不赞成，不能不分散。必须等到1821年6

---

① 德里尔（1738—1813），天主教神甫，曾译维吉尔、弥尔顿等人的作品为法文。

② 谢尼耶（1762—1794），法国大革命时代的抒情诗人，精通古希腊文学，他自己的作品亦模仿牧歌。政治上反动，死在断头台上。

月母亲去世，再等到1822年，他父亲雨果将军的同意——在这以前，父子之间是不和的——这婚姻才得于1822年秋天成为事实。可是雨果真正和他父亲接近，恐怕还得等到1825年。到1827年，他将他的新著《克伦威尔》题献给父亲。不过，值得注意的是1822年，雨果老太太去世后，他写的小说《冰岛汉》显示出有一些新的方式进入了他的作品；这些方式恰恰是反现实主义的，是从瓦尔特·司各特[①]和《梅尔莫茨》的作者马丘林[②]神甫那儿模仿来的。在雨果心目中，《冰岛汉》之所以有存在的必要，因为可以把奥特纳与哀代尔的小儿女的爱情写在里边；而所谓奥特纳与哀代尔也就是阿黛尔与维克多。书中第一章开头，有几句作为题词的诗句，具名"H将军"，诗并不出色，但是显然是借重了父亲的手稿。第二年，雨果写了第一首长歌。针对短歌而论，我们可以把他的长歌看作从古典主义向浪漫主义跨进了一步。因为，由中世纪的神妙、法国民间文学、德国"狂飙"运动各方面得来的启示，使他的长歌内容，和短歌大不相同。

说实话，1826年出版的《长短歌集》中的头两首长歌，早先曾经作为短歌发表过。1823年的版本里，《仙女》列为短歌第十九（同时却用长歌作为标题）；在同一版本中，《仙童》列为短歌第十五，到了1826年版本里，这诗列为长歌第二。这说明长短歌之间的区别，当初雨果没有弄清楚。可是，雨果发表《长短歌集》，把这两种诗体区别开来，理由正如他在《克伦威尔》序中所写：认为短歌是诗歌的原始形式，在人类的童年时代，这是一种祷告的形式。如果这样考虑雨果区别长短歌的用意，我们很容易了解在那时期，他想脱离他自己的童年，摆脱童年的愿望。不过，使他正式和童年时的意见决裂的，是1827年他所写的那首《给汪佗姆华表的短歌》；这样他也和望岱派的见解决裂了，这同时是他父亲的胜利（也就是由孩子变为成人了）。面对法国将军们受辱的事件，这短歌产生了爱国主义的冲动。在奥国大使举办的跳舞会上，法国将军们被人直呼姓氏，而没有用他们的拿破仑时代的封号——用他们打过胜仗的外国地名作为封号的亲王与公爵等称号。

在写作长歌的时候，雨果发生了写作新体诗的热狂。据揣测，他那时

---

① 司各特（1771—1832），英国小说家，《撒克逊劫后英雄略》等小说的作者。

② 《流浪汉梅尔莫茨》是爱尔兰教士马丘林（Mathurin）的小说，其主题与歌德的《浮士德》、拜伦的《曼弗累特》大致类似。

因为圣伯夫[①]的关系受到七星诗人的影响，更甚于德国诗人的影响。毫无疑问的是，他和望岱派思想形态的决裂，以及他的拿破仑式的爱国冲动，都和他在写诗技巧的发展，以及对于惊险句法的爱好相互呼应。1828年新版的《长短歌集》有几首后加的长歌，例如《约翰王的战斗》，标志着险句的最高点：

这么，快备马，
马夫，
备好我的
中心的战马。
脚踩
踏镫，
满怀
高兴。

（原诗每行三个晋级，押韵）

还有那首《布格拉夫的狩猎》也是如此：

侍臣，装满我的大钱包，备好
备好
我的卡拉特拉瓦的马，
快跑！

（原诗长行八音，短行一音，每两行押韵）

诸如此类。在这和传统决裂的时候，浪漫的形式主义使诗人脱离了现实主义。他天性倾向于现实主义；从那一次以后，他决没有再那样脱离开现实主义。和传统的决裂使他成了时髦趣味的玩具。可是说句实在的，他这些形式革新的根源是早于1828年的。在1826—1827年间写的《克伦威尔》里边常常有莎士比亚式的狂人歌，也表示形式革新的倾向。例如《格拉玛道》之歌：

① 圣伯夫（1804—1869），法国文学史上最著名的文学批评家之一。

你这样喧嚷为什么，
卡尔姆?
萝丝她出卖了你?
咦!
为什么你这么吵闹不停，
侍臣?
难道也跟萝丝发生了暧昧?
对!

这和《布格拉夫的狩猎》是同一节奏的，还有《特里克之歌》也是这样的：

这世纪古怪得不成话!
雅勃和拉沙
都阔气得满身是金子。
拉舍岱谟纳
那时对国王克来苏斯
有所布赐。

那时候雨果诗体上的主要变化，真正说，是发生在他第一个剧本《克伦威尔》中而不在《长歌》中。

在这题赠给他父亲的《克伦威尔》中，诗人才真正和他的过去切断关系。首先因为克伦威尔这个形象——从民众运动里跳出来的、梦想做国王的这样一个独裁者的形象，实际就是拿破仑对于雨果的日渐明显的吸引，同时也是年轻的保王分子，在迷惑于拿破仑的幻景之前，所作的最后挣扎。剧本中的骑士的写照也很重要；那是些轻率、不负责、被历史判处了死刑的阴谋叛乱者，同时，影射保王分子的公案已经了结，雨果对此也无可否认。不过《克伦威尔》的重要性还不止于此，还在于这剧本的轰动一时的序文发表后，新起的浪漫派终于形成，同时雨果自己确定了浪漫派青年文人领导的地位。那篇序文在堆砌的词藻中，肯定了若干要点，雨果的整个未来实际上已由那几点所决定。

首先，肯定“戏剧”是现代诗的特殊形式；当然，“戏剧”的意义不仅以舞台艺术而论，按雨果的看法，所谓“戏剧”，主要地是滑稽的成分与高超的成分夹杂混合，日常的气氛与英雄的气氛夹杂混合，无论在诗篇中，无论在舞台上。“戏剧”，在雨果心目中，是以真理作为主要特点的（序文第二十二页）。在法国传统上，雨果把谁放在现代诗的起点上呢？拉伯雷（序文第十九页）。最后，雨果肯定戏剧是以现实为生命的。他说：

> 人们可以设想，为了这一类型的作品（指“戏剧”），如果诗人应当在事物中有所“选择”（他应当如此），他要的不是美，而是特性。

当他说着这些话的时候，雨果以现实主义者的面目出现，而且是高尔基所说的现实主义者，今天的现实主义者。

编后记

路易·阿拉贡（Louis Aragon, 1897—1982）是法国现当代著名作家、超现实主义诗人，后受社会主义和共产主义思想影响，曾任法国共产党中央委员。主要著作有《红色阵线》、《艾尔莎的眼睛》、《争取社会主义现实主义》、《共产党人》等。

写作雨果（节译1）

作者［法国］亨利·麦硕尼克
译者 罗国祥 林婧敏

《颂诗与长歌》

发展轨迹和作者志向

在经历生活之前，一位诗人就写下了自己的一生，如果不说他是别人的预言家，也至少是自己的先知，也就是说他并不是占卜者，而是一位具有自己独特用词方式与独特观点的有心人。不管是奈瓦尔（Nerval）幻想查理六世，还是阿波利奈尔在1914年创作完成《被刺杀的诗人》（*Le Poète assassiné*），还是马克斯·雅各（Max Jacob），这些并不是毫无后果的。在一位真正的大师的第一部作品中，对此给予了极高的关注，同时，他也尝试在该作品中充分展现自己的影子。这位诗人通过诗歌—前言—预言，也就是《革命中的诗人》，开始创作《颂歌和各种诗歌》（*Odes et poésies diverses*），逐渐为创作《惩罚集》（*Châtiments*）作准备 。我们不能低估年仅十九岁的维克多·雨果清晰的思维（不是指“意识”，而是指他的作品）。在后古典主义用语的完全不真实性中，在这些不可信的机构用固定条文所规定的语言世界中（“普通人”“悔恨”“邪恶中的快乐”），一个冷血人，通常被描述成“荣誉就是我追求的目标；并不能幸福地达到目标”，然而在1853年完成的前言中，这种人得到了肯定。这种新文学语言还具有另一层意义，这是一种力量，它反对保皇派悲观主义。当他写下“不！画地为牢的诗人，自愿被流放，可悲的人类生活在自己的地狱中”时，他置身于对一种思想的献身，一种人类和诗人的思想，最后这种思想成为了他的人生。接着，在他描写之前已经被他描写过的年轻人的抽象概念时，他所做的，只能是使语言富有生命力，使这些空洞的形象充满生机。作家的工作就是用更富有诗意的文字记录大家说过的话。

我们欣赏敢于置身于历史潮流开端的文字，欣赏从一开始就自愿代表公共意识的声音。远大的抱负，对社会重大的影响，比文字本身更为重要，因为这些作品文字本身并未完全改变。从《颂诗》的第一篇前言起，他就表明了自己在诗歌中的位置，以及诗歌在人世间的位置；他本能地强烈厌恶形式主义；他把美学变成了一种伦理学，却又保留了将来能发展空泛的文体的可能："诗，就是一切事物中内心的感觉。"这种深刻性是一种纲领。雨果，如同保罗·克利[①]一样，"比惯常的作品更接近创作的核心"。从一篇篇序言中，我们可以看到他从诗歌实践中不断获取经验，而且一次比一次深刻。

1822年，他从根本上提出"内心的情感"和"帝国的革命"之间的对应性，通过作品的大量出版发行，这成为了文集规定的结构，如《拿破仑子爵夫妇》与《自我》。

更具有技巧性的，是1823年对修辞学的思考，使大家更关注作品的"构成系统"——这比实用性作家的传统主题更有新意。整个后古典主义诗歌观念在他那里表现为使情节更加"庄严"。他这类创作的腐朽性就在这儿，表现在对自己曾批判过的文学手段本身的滥用。三年后，他与颂歌，与"热烈的词格"保持了距离。

1824年的序言显得更成熟，更富时代性，尽管更加谨慎。它包含的不是"文字"，而是"事物"，把文学与战争和骚乱相联系，把形式中的真实性问题与格律和韵脚问题相联系。除了宗教和国家的明确概念，雨果提出，诗人还"应该走在人民前面，如同光亮一样，给人民指明道路"，并在讲话中体现了极大的广度："人类内心的所有感情都应在诗人的指尖震颤。"这就是晚些时候"艾吕雅式"形式 (forme éluardienne) 中的规定："所有言语都是诗人的道德律令。"

之后，第四版将《颂诗》与《长歌》分离，在序言中发展了对文学体裁概念的评论，将顺序与规律性相对立，将森林与法国式公园相对立，这已经有点《巴黎圣母院》的意味了。这就是斯塔尔夫人口中的席勒和毕尔

① Paul Klee (1879—1940)，瑞士画家。

格[①]的“浪漫”（romances，亦译“罗曼司”），盎格鲁撒克逊人的民歌，某个令人难忘的不幸传奇，与埃皮纳尔图片[②]所展示的哀怨接近，这就是雨果的叙事诗。它经过某个阅读过诺蒂耶作品的高手的努力，变成一种规则。1834 年《对一份指控的回答》（*Réponse à un acte d'accusation*）中的“对修辞开战，与句法讲和”的喊声在 1826 年已经出现过：“我们越是轻视修辞学，就越是尊重语法。”这个声明本身并没有意义，但是，这是向传统对新时代创新作品所作批评的历史性反击，尤其是，模仿性美学受到批评。这些起始于浪漫主义的观点保留了它们的时代性，它们的合理性，不是凭借“自然”的惯用语和“真实”的惯用语继续为我们服务，而是一个个的词——“不能用旧有的模式来创作，而要用灵魂和心灵创作”——筛选在现代语言中可以传情达意的词语，为的是控制现代学院派和作为创作源泉的想象中的艺术博物馆。在那里，苦行者抛弃了所有东西，除了荷马和《圣经》。希腊神话是花，《圣经》是它的果实。然而，我们仍然缺乏神话和历史的维度。

雨果让我们按编年顺序阅读他最后完工的作品，以便发现“他的思想所处的年代”，就如同他在历史的镜子前自我审视，如同他献身于历史！如果说他善于“修正他的思想”的话，那么他政治思想的发展就能证明：他不再赞颂 1824 年提到的“国家的荣誉和不幸，以及他所崇拜的苦修和迷醉”；他呼吁关注“人类思想的进步运动”。但是，如果不重新“加工他的作品”，这些就不会发生，不管他心里是怎样想的。十年间，他从没有停止自我审视，自我建构，从没停止表现出对伟大的崇拜。他同时还展现了对建筑学的平衡的兴趣。这里很少有“艺术给他的启发”：他在《〈克伦威尔〉序言》中写道，唯一本质的东西就是自由思想。从中产生了自流亡开始的文本中的自豪之情。他在流亡中看到的是发展，而不是放弃，看到的是献身而不是资产阶级化。尽管这种转变是真实的，使我们更感兴趣的还是诗歌所需的秩序——它是一座建筑，而不是一份抽样。

最终的这部诗集把最初的诗篇结构发展成三部分：政治道德篇、诗歌艺术篇和个人诗篇。既然雨果对“评论的剖析”表现得十分友好，我们便需要更近距离地分析他是怎样构建诗歌和自我的。“规律性”并不排除

---

① Bürger (1747—1794)，德国浪漫主义歌谣文学的奠基人之一。

② imagerie d'Epinal，法国孚日地区埃皮纳尔图片馆建于 1796 年，其中藏有并不断补充着带有故事描述、绘画和歌曲的木刻画片。

这个"秩序"。有时候，创作与其说是深邃的，还不如说是修辞性的，但是与作者的意愿都是不可分离的。

这种由大型章节构成的诗歌结构，与小型诗歌相比，都是同样的修辞和文字。它使一本书有意义，就如同词群对于诗歌的意义。这些章节构成的不是文集，而是一本书。这些诗篇的位置（比如说卷首诗，结束位置的诗，中间的诗），以及诗篇的分类，在这里都是指涉模式中不可分割的部分。

诗学结构

1828年创作的六卷诗中，每一卷都建立在诗人的真实境况之上。第一卷把他放置于"革命"中，第二卷将他置于历史使命中，第三卷讲其道德使命，第四卷讲其宗教使命；第五卷是一部个人诗集，以一个较为粗俗的笔调开始，描写了一幅青年时期的场面，讲述了诗人对情侣的责任；最后第六卷《长歌集》以对仙境享有权利的声明开始。

第一卷与最初的诗篇《革命中的诗人》（*Le Poète dans les révolutions*）相对立，最后一首诗《波拿巴》与《上帝选民》（*L'Élu*）相对立，《诅咒》（*Le maudit*）使崇拜与以后的诅咒相对立。让人吃惊的是，年轻的雨果是凭着本能（和满腔抱负）做到这样的，如同创作《墓畔回忆录》的夏多布里昂。书中的一组殉道者诗歌（如《旺代》、《凡尔登的圣女》和《基伯龙》，再加上《路易十七》第二版），一组保皇派诗歌，以及批判杀戮时代的《幻觉》章节中结束的四首诗歌，一同保持着某种平衡。

第二卷结束的时候与开始的时候相似：《最后的歌》是面向作者的，第一首诗歌题名为"献给我的诗歌"，结尾处确认了原先题名中的痛楚，不被人所知的痛苦（*nos canimus surdis*）：这位年轻的保皇派诗人的社会抱负与其文学抱负不相上下，同时他对自己的才能充满信心——"上帝把他的语言天赋交给了我"。但这"最后的歌"有些丧气：1823年该卷的最后一首诗歌中，他已用尽所有力气；这首诗置于此地，就仅仅是一个结束句：是对以前观点的修正。这卷诗放弃了最初表达的时代愿望，放弃了毁灭的过去，放弃了由父亲伴随的过去（"你的剑的光芒传给了我黑漆漆的诗琴"），放弃了远古以及旺代省的殉道者。与讽刺诗（《自由》）相对的，是对君主政体和战争的颂扬（"由于皇权的存在，战争就如同他的女伴"），以及在《写给星形广场上的凯旋门》中对国家荣誉的讴歌。西班牙之战解放了刚刚出现的波拿巴主义，但是，相应地，雨果写了篇题为《德·嵩埔伊小姐之死》的颂歌，与轻微的皇家式傲气相对。这在当时是敏感话题。

在第三卷中，在历史性诗篇的最后，雨果写了与时代结合的揭露现实的诗歌，而不是对时代的粉饰："我感觉到了当代诗琴的轻微震动。"诗歌《结束》重新提到了献给拉马丁的，也就是位于诗集开端的诗歌中的主题，并有所发展。作者向历史提问，通过与这本"绝妙的书"的面对面交流，诗人在历史之伟大中觉醒："它提出的谜语在很多诗篇中都没有得到回应。"他对于荣誉和衰败的思考首先从夏多布里昂开始，夏多布里昂在写诗描写各位国王前，刚刚失去了部长职务——"没有什么比毁灭的桂冠更可贵"。平衡只出现在《路易十八的葬礼》和《查理十世的加冕》这部赞颂法兰西之伟大的诗篇中。描写患足痛风的国王时，作者在国王和皇帝，祖国和流放，圣-德尼[①]和圣-海伦娜[②]之间夸张地进行对比。而在加冕的另一边，又是一个国王的放逐。作为过渡，描写科西嘉和圣赫勒拿岛的诗篇是对拿破仑的两面性思考（喝彩与诅咒带来的后果就是引起了"双重反响"），在诗歌《为旺多姆广场柱而作》中，拿破仑引起了普遍的崇拜。拿破仑又被纳入了查理大帝世系，成为国家情感与个人情感的融合体。拿破仑之所以被崇拜，是因为"父亲式的荣誉"，雨果被伟人身上的魔力成功征服了。

第四卷的长度是前三卷的两倍，其中的主题是诗歌本身，也是一个双重性的整体，由自我应答的诗歌构成。《诗人》(*Le poète*)这一节中，首先是《献给我的诗歌》(*À mes odes*)，它作为前言，标志着整本书从卷首诗开始往下发展：诗人是神的使者，与耶稣、摩西相似。诗歌《耶和华》在1828年创作完成，表现出诗人强烈的宗教使命感，这与其说是宗教，不如说是颂词，真正的圣诗。该主题来自诗歌《两竖琴》(*La lyre et la harpe*)，来自谢尼耶、拉马丁及圣经前的希腊，来自基督教情感之外的世俗主题，是富有荣耀的诗歌或是带有使命感的诗歌，代表着诗人的两种声音。该诗歌被诗人安排在此处，把现代与古典相对立。作为前言，它好像表现出一种犹豫，好似一个十字路口；这不过是作者在《文学保守者》上发表的

① Saint-Denis，第一位巴黎主教，巴黎为其建有教堂。

② Sainte-Hélène，圣海伦娜是君士坦丁大帝的母亲，与拿破仑被流放之地圣赫勒拿岛同名。

关于《沉思录》的文章主题的又一次修辞学练习。整卷诗紧接着交替使用这两首诗作为例子，有时候截取某些部分，采用有些书生气的方式进行分析。事实上，雨果早已下了决心。在摩西报喜的诗篇之后，有三首诗歌赞美道德抒情和痛苦，描述不幸成为天才的代价。对于这组"现代"诗，有两首诗以谢尼耶的方式进行了回应，一个是异乡主题，一个是用对比手法创作的古代主题。在书的中间部分，《灵魂》与"在心灵旁边游走"的灵魂相对立，对生命的意义进行梦幻般的探索。与之相对照地，《角斗场之歌》与《竞技场之歌》是装饰性诗歌，在这两首诗之间插入了讽刺诗《马戏场之歌》（*Le chant du cirque*）。接着是《反基督》（*L'Antéchrist*），它处于雨果启示录类型诗歌的开端，1824 年《新颂歌》的倒数第二篇，在 1828 年已经不仅仅起着过渡作用。它之后紧跟着两篇道德诗歌，沉思录《墓志铭》(*Épitaphe*)和讽刺诗《尼禄统治下的节日赞歌》：这是《马戏场之歌》之后，对衰落的过去的漫画式描写。在这三首诗后，《小姐》是在召唤圣伯夫（它与前一诗篇，"带有五彩翅膀的绿色小姐"有积极联系），号召文学运动，号召荣誉和战斗之前的短暂休息——与之前诗人的诗歌相比，它有一定的后退，从字里行间的亲密感可以看出这一点（"来吧，把你兄弟般的手加入我博爱的手掌"），这在《耶和华》中得到了修正。

第五卷，最细腻的一卷，也是最令人痛苦的一卷。它表现的并不是失去母亲，失去小孩的悲伤，就像爱情小说中暗示的那般，它所表现的可能是情感上的退缩。雨果于 1828 年再次执笔卷末诗《梦幻》("努力忘记吧，终于被遗忘了！")，这是年轻诗人在最初的诗歌中最没有预见到的绝望："我的孩子，我即将逝去，几乎没残留一丝希望。"只有在最后一版中他才创作出完整的一部有关自己的诗集。1823 年，他就删掉了两篇传统的无特色的爱情抒情诗，因此，他将《第一声叹息》置于首位，并在情感及自传顺序中把它位列第一，排在 1821—1822 年创作的诗歌集之前，排在订婚期之前（从《后悔》到《早晨》，排在 1823 年创作的诗歌集之前。从《我的童年》到《在孩子的影子中》，这一阶段诗歌包含了童年记忆的苏醒，献给妻子的诗歌，以及关于丧失孩子的诗。第一部分包含的都是悲伤的诗歌，从自传中就可以看出原因。由于《哦，塔希提的姑娘》于 1823 年在《后悔》之前创作完成，一旦中断了与《哦，塔希提的姑娘》的修辞连续性，《后悔》一诗在创作时，就与《第一声叹息》一起反映出更真实的声音以及不那么文学性的考虑。在带有不幸寓意的诗歌中，黑色浪漫主义对爱人的呼唤占据着主导地位。从《我的童年》开始，诗歌笔调开始转变。位于城市中的诗人运用欢快、自信的词语，并且最后找到了幸福：风景。这种笔调与以前形成鲜明对比。在书的中间部分，有诗歌《还是献给你》《他的名字》《宽恕行为》。在1825年创作的诗歌中，自我反省与不断加深的不幸、对妻子的感激、对童年的向往混杂在一起，与之相随的，还有对主题更迭的探索，这种探索在1826年初的诗篇的变化中是显而易见的：《致拉蒙》《致一位年轻姑娘》《为蒙-福尔-拉莫利而作》。在叙述失去孩子的诗篇《在孩子的影子中》之后，是描写童年的快乐的诗篇《致一个年轻姑娘》；在表达对妻子感激的诗篇《散步》后，是对不幸进行思考的诗篇；《致拉蒙》后，是《孩子的肖像》。前三部诗歌在爱情中，在大自然中，在与宇宙的诗意融合中展现了幸福。而对城市的抗拒、对一部分现实的抵触（"多么希望梦想将我带入天空"），使诗人比别人更接近生活的奥秘："看看最近的天空。"

最后，与所有其他卷不同的是《长歌》（*Ballades*）一卷，这是一卷对文字进行梦幻实验的诗。开篇《仙女》（*Une fée*）与最后一首诗《仙女与佩丽》（*La fée et la Péri*）形成呼应——两首诗将人带进东西方神话的世界，与恶魔、神怪、狂乱相区别，同时又为接下来的诗集《东方集》作准备：为此雨果删除了1825年创作的《东方赞歌》（*L'Hymne oriental*），将该诗歌融入《东方集》中第二十三首诗。为了展现现实世界，轻快的诗歌与沉重的诗歌相互掺杂组合。中世纪行吟诗人的神怪诗歌《仙女》带有爱情色彩，位于《祖母》之前，而《祖母》是雨果死后上映的第一批戏剧之一，通过舞台演出和情景画来完成。"两个小孩下跪请求"，这个场景也是《历代传说》和《惩罚集》中的片段。在长诗《致特尔比》后紧接着是《巨人》中的夸张，而《鼓手的未婚妻》中的个人痛苦，《混战》（*La Mêlée*）中的集体屠杀（修辞性地为《巨人》作准备），《两个弓箭手》中的恶魔崇拜，聚集成了四部黑色诗歌。在《听我说，玛德莱娜》中爱的召唤下，《致路人》（与《两个弓箭手》相对照，由于主题和对称等原因，该诗从1826年版的原定位置中删除）之后出现了对夜晚的期盼和崇拜。最后是两篇轻快的诗歌，《指挥官之猎》（*La Chasse du Burgrave*）和《让国王军队的脚步》（*Le Pas d'armes du Roi Jean*），诗中对语言进行了再次创作，将戏剧与笑话相结合。接着又是两篇黑色诗歌，《修女传奇》（*La Légende de la nonne*）和《夜魔圆舞曲》（*La Ronde du Sabbat*）。从这种内部更为循规蹈矩和紧密结合的梦幻般的神怪诗歌中，从文字的碰撞到陌生领域的探索，都表现出一种我们到处都能看到的，值得注意的东西。但是，让人感到好奇的是，其他诗歌仍保持沉默。那个时代的所有“号角”，在《仙女》（*Une fée*）、《气仙》（*Le Sylphe*）、《致特尔比》（*À Trilby*）中不断徒劳重复的行吟诗人，没发出任何声音。如果不是这样，那么也许在《仙女》的结尾，在诗句“木头深处远方的号角”的结尾，已酝酿着一种号角的“诗音”；这种声音只在两年后在文学界，在维尼身上有所体现，直到魏尔伦、阿波利奈尔之前都未停息——在他们那里，对声音的回忆变成了回忆的声音。

诗人的使命及权利

思想的力量和笔调的威力使之前我们提到的那个声音成为雨果成熟的标志。他的理念，他的写作方式，他独具特色的文字和口语已初见端倪。他的持续性是令人吃惊的。自从《颂诗与长歌》（*Odes et Ballades*）起，他就觉察到了文字的力量，1823 年以“*Nomen aut nument*”作为《他的名字》（*Son nom*）的题名，30 年后，《沉思集》中的两首诗歌发展了对文字的这种信心，这种信心既不天真也不被动，对文字能进行娴熟的驾驭；今天有些人因莫名的焦虑而制造出成为交流障碍的语言，雨果的语言与这样的语言是风马牛不相及的。雨果代表着一种语言的力量，按照“现实主义”一词在中世纪的理解，这个术语是从雨果那里来的。

当他在 1828 年创作《梦》时，“所有一切都在发出自己的声音……灵魂与灵魂之间相互交流”，这就已经在为《影中之嘴的声音》（*Ce que dit la bouche d'ombre*）中的“所有一切都是有灵魂的”进行准备，好比《耶和华》一诗中的“噢！所有创造在思考中消失”，指出了创造与创造者之间的一种直觉关系，我们将在后面继续分析这种关系。

他对使命感，对诗人被选中担任某项使命的理解，不仅仅是一种浪漫主义的特征。雨果对于诗的专注，就像《圣经》中预言家看见并聆听上帝时那样。对他来说：“如果说他不是上帝圣言的传声筒，那么他也不会是任何圣言的传声筒。”（1824 年诗集前言）这暗示着雨果与历史进行交流的探索，无论将付出怎样的代价——“如果诗人的荣誉等同于殉教者的荣誉”（《为我的颂歌而作》）。他提出诗人要在国家中扮演一个积极角色。《长歌》中对节奏的探索可以说是为了满足想象和怪异的需要，是第一个为艺术而艺术的例子：“唱歌就只是为了唱歌而唱。”因此我们不得不承认我们在这方面还不怎么了解雨果，我们倾向于把这部分作品从雨果作品的整个连续性中排除出去。然而《长歌》只是探索世界的一个冲动。雨果的信心不再仅仅表现为一种态度（“这既是一种优势，又是一种写诗的才能”），这就是先知诗人的状况，后来阿波利奈尔在《图画诗：山丘》（*Les Collines de Calligrammes*）中也表现出相同的样子：

诗人，当大地还在蒙昧中，他就受到神灵的启示，

如同那些高大的山峰，在太阳刚升起的时候就被第一缕曙光染成金黄色，

这些高大的山峰，久久地控制着阴影，

一直坚持到漆黑的夜晚的来临

直到太阳散尽最后一线光芒。

（《为我的颂歌而作》，第二卷，第一首）

阴影在这里倾向于代表雨果在晚些时候所展现的一种象征性价值。这位“现代”诗人的角色如同一位先知的角色，他不是一个逗乐者，而是一位道德家（“快去，告诉全世界人民，告诉他们，蓄势待发的风暴就要来临”，他在《两竖琴》中写道）。这就意味着一种净化的标准，一种带有预言性质的场面。不要把先知与职业占卜或是专业说教相混淆。先知这个领域是专为伟大的诗歌创作准备的。自年少时，这位保皇派诗人就酝酿着将来创作《穷人》或是《四人之夜》的可能性。

因为我的诗琴总是传出讨厌的
　　为所有不幸哭泣，
　　为所有善行祈福的声音。

（《自由》）

雨果肩负着历史使命、时代使命；使他满怀信心地歌颂王室，成为官方诗人，同时还在诺蒂耶之后成为旧式法兰西的捍卫者，成为城堡和教堂教堂的捍卫者——他通过各种方式履行着自己的使命，例如1825年的《阿尔卑斯山旅游小记》（*Le fragment d'un voyage aux Alpes*），1832年的

《向拆毁城市者开战》（*Guerre aux démolisseurs*）；从 1835 年到 1848 年，雨果加入了艺术及文物保护协会，他通过诗篇以及小说《巴黎圣母院》履行着自己的使命。

大众或集体抒情诗对我们来说显得那么陌生，我们已经丧失了阅读它们的习惯（除了抵抗运动中遇到历史危机的时候），由于诗歌文化的狭窄化，它总是限制着我们的文化中个人抒情诗的发展。在其他地方就不一样了：聂鲁达[①]，里索斯[②]，一种社会订单甚至政府订单般的抒情诗，《波尔多公爵的洗礼颂》（*L'Ode sur le baptême du duc de Bordeaux*）就属于这类。在文字与实际生活之间，文章的作者与社会命令之间，需要有某种关联，正如马雅可夫斯基说的那样；然而雨果还未经历这种关联。雨果内心是很真诚的，但他的文字却并非如此。晚些时候，他才与悲惨的人，与海洋，与上帝一起，和文字融为一体。这位保皇派诗人将路易十七看作耶稣，或是将波尔多公爵看作圣童，看作救赎者——夸张和拟人的写作方法使他的诗歌停滞不前，而充满了一种约瑟夫·德·梅斯特尔[③]式的政治哲学：革命和波拿巴是被上帝选中的活生生的灾害，用以惩罚人民。

有趣的是，自从第一部诗集后，"民众"这个词与形容词"人民的"之间出现了语义学的分离。对于"民众"这个词，我们要区分两种不同的文本含义："民众"只是在表示对皇帝或是国王的顺从，或者是与法兰西荣誉相关时才被使用。因此，在《查理十世的加冕礼》中，雨果痛斥"固执的，盲目的，低俗的民众"跟随着皇帝。在查理十世面前"所有民众都跪在地上"，这是一个"民众敬仰的国王"。谈到由国王指引的法兰西民众时，这位年轻的民族主义者称赞了这些"难以征服的民众"。形容词"人民的"，只有一种使用方法，它总是与一种可怕的力量相联系："人民的洪流"（在《自由》一诗中，它带有"在所有人流中，他是纯净的"和"他在国位宝座的阴影下流淌"的限制意义），以及《自由》中的"人民的云彩"；"人民的激情"（《路易十八的葬礼》）；"人民的暴君"（《查理十世的加冕礼》）；拿破仑，"人民的领袖"（《波拿巴》）。它的用法超出了保王诗人所要表达的范围，包含了一种后来的发展方向。这就是文字对意识形态的影响。在雨果身上可以看到对力量的崇拜——"我就是想痛斥这些人们为之欢

① Neruda（1904—1973），智利共产党人和超现实主义诗人。

② Ritsos（1909—1990），希腊左翼诗人。

③ Joseph de Maistre（1753—1821），法国思想家。

呼的刽子手，并为死难者复仇”（《基伯龙》，*Quiberon*）。后来，这些刽子手有所变化。仅仅是在童年——也就是《讲述的无能》（*L'Impuissance à parler*）的作者那里，在“我想”中，这仅仅是一个愿望，不是行动，是向他的言语的一个承诺，而不是一次文字练习，这就是语言的成熟。根据R.雅克布森的分类，这是语言的应酬功能，而不是诗性功能。

对父亲的崇拜使雨果对拿破仑的狂热痴迷变成了对拿破仑的崇拜，而对约瑟夫·德·梅斯特尔则恰恰相反。《波拿巴》中的题词是“德·戴奥”（De Deo）。诗人的保王主义使拿破仑成为“人民的领袖”。笔调开始改变，“遭诅咒的当选者”的地位在一首首诗中，在其他国王遭到的削弱中不断上升，从《献给我的父亲》到《路易十八的葬礼》，到《查理十世的加冕礼》（“燃烧着翅膀的征服者”），到跌落的国王（“这只飞行十二年的雄鹰开始疲倦了”），直到1825年的《两个小岛》。拿破仑“在本世纪见证了奇迹”，雨果也许对他既充满了惊叹，又充满了崇拜。但是几个月后，在《旅游》中，我们看到的只是崇拜：“皇帝啊，本世纪令人肃然起敬的奇迹。”这就是颂诗《致圆柱》（*À la colonne*）。不管他说了什么，雨果萌生了区分诗歌体裁的想法，从这首诗歌起，拿破仑再也没有出现在1828年后的三卷诗中：雨果用“圣赫勒拿岛隐士”代替了“领主的表白”（L'Aveu du Châtelain）（《听我说，玛德莱娜》），而“圣赫勒拿岛隐士”却因为献给诺蒂耶的“冬波莱娜岛隐士”（L'Ermite de Tombelaine）而落得“放逐”的命运。在《两个小岛》中不断累积的拟人手法，时不时出现的诅咒，是作者迷恋的一种游戏。“被抓住的巨人”，这个“巨兽”使所有被他触碰过的东西都长大。这两个岛就“好比是巨兽的脑袋”。作者喜欢重复形容词“大”，并用大写使其显得更加高大：“巨大帝国和庞大军队的碎片。”他在《结束》（*Fin*）中写道：

> 这就是我认为的
> 整个伟大的民族在骚动。

应该赋予她一个“伟大的名字，一个伟大的罪行”和“一个宏大的声音”。通过一个“我”（“我爱你”，“我爱……我爱……”）对伟大民族的礼赞，这已经超越了对拿破仑的赞扬（“在亨利的铜像面前，你我共同感到骄傲……哦，法兰西支柱”），但是，它将在很长一段时间内等待超越。在这段文字中，可以感觉到作者的投入。我们可以把它作为寻找这个伟大支柱的努力来解读，这个支柱在作者被放逐之后被赋予了新的涵义。表面上看，雨果的诗歌抱负不过是受自由党人团体的沙文主义所引诱。能说这比一个沙龙小花絮更无关紧要——说它是"一次离奇的违规"——这就促成了颂诗《致圆柱》的写作？雨果使他的颂诗带有集体情感。他的预见性比他自己的想象走得更远："时间可能使狮子的利爪得到生长。"他的伟大激情就是他征服诗歌意志的一种体现："我们歌唱，就像出发打仗时那样。"因此，雨果的诗歌是历史和虚幻中的诗歌。这种诗歌观念和实践意味着一种独特的修辞学和语言。

从表象到在场

雨果带着宣布自己历史使命和保皇主义情感时的激情加入了学院派。从那以后，学院派就有可能与诗歌练习或平庸的抒情诗连在一起了。通过《尼罗河畔的摩西》（*Moise sur le Nil*），他渴望百花诗赛大师的称号。根据法兰西学院提出的竞赛主题，他创作出《忠心》（*Le Dévouement*）。指责今天我们了解得最少的雨果作品中的《颂诗与长歌》（*Odes et Ballades*）有什么意义？幼鸟的歌声吗？要承认的是，当我们重读雨果作品的时候，我们才发现自己对他了解得太少，而对于雨果，我们是最不公正的。然而，对他作品的细读还是带来了一系列震惊：对现代修辞学的掌握，在语言方面的勃勃雄心和巨大振幅，某些搭配的别具一格。文学形式的未来就在这些作品中，用不着费力在一堆粪蛋中找珍珠。

雨果首先谈到了他那个时代的语言。因为那个时代的语言已失去生命力，就像那个时代的文学用语一样，只是一堆从上一代流传下来的陈词滥调——只有一个语言系统能通过作家既封闭又开放的世界。比如谢尼耶笔下的"暴君"、"复仇者"，《基伯龙》中的"吸烟的青铜像"，《凡尔登的圣女》中的"淌血的步兵"，《夏雨》中的"羞愧的平原"，一生都按其韵律生活的"船夫"以及某些古老的迂回说法（例如"佩拉热的儿子"代表西班牙人，"加勒加库斯的儿子"在《波拿巴》中指代苏格兰人）。更别说那些书本上的，不会重现的神话，一些大写的拟人表述（在《自由》一诗中"令人惶恐不安的痛苦，口吐白沫的折磨"）。它们在《惩罚集》中继续，并发生变化。

经院主义不仅仅表现在文字上。比方说，在表现用于描绘非连贯性的连贯性修辞方面，如在《德·培里公爵之死》（*La Mort du duc de Berry*）中。在一些更青春的诗中，文字表达的就是自己本身的意思，而不带有诗人强加的一种新的语言含义。最后，还有顿呼、拟人等修辞手法——法国图鲁兹百花诗赛的一位评委注意到了“疑问式的丰富性”，比如《波尔多公爵的洗礼》中的“我们带到神圣广场前的虚弱小孩是谁”——以及倒装，还有命令式的泛滥，这就是1823年的前言中所说的“吓人的热情手法”。经院主义还同样表现为“夸张和模糊”（《旺代》1828年笔记）。

然而从那时起，诗人就掌握了修辞学的构成性元素，对比和对照的运用得心应手，这种修辞手法主导着他最优秀诗歌的结构——最优秀的，也就是说是出自他本人，而且只有他才能创作出的，对文本本身的一种自我对照，而不是“韵文的艺术”。他在《波拿巴》中展现了一个“摆脱了囚犯的世界”；在《基伯龙》中，诗歌在对比中游走：“在胜利的恶魔那里，我们看到了被放逐的天使。”他写下了许多带有感官冲击性的诗句，例如：

> 寂静与黑暗跌了下来……听！
> 是谁推开了这些喧哗？是谁赶走了这些光明？

在这几句诗中，喧哗与光亮的共鸣增强了这种前象征主义的类比。他致力于具有对立意义的词之间的结合：“灰暗的闪光”（《凡尔登的圣女》，“被战败者看守”（《波拿巴》），“跌到你从未爬到的那么高”（《致A. M. 德·夏多布里昂》），“为了拍拍他的头，多么希望闪电再次来临——闪电又来了！”（《两个小岛》）作者发明了许多新的表达方式：“进食的死亡带来了具有繁殖力的尸体”（《忠心》）。他善于运用对称（“在年轻的天使中走来一颗年轻的心灵”——《路易十七》），重复（“他会到来——当最后的黑暗到来的时候”——《反基督》）。他练习着圣经式文体：“上帝赋予我语言的天赋”“深爱你的情人，进行你的战争”。如果这不是词源学的游戏，那就是把词语重新组合起来的叠韵法的运用——“使他讲对不起”（fait parler le pardon），“他们和平地通过了”（qu'ils passent en paix），“他们享受每天”（qu'ils jouissent des jours）——《最后的歌》。他通晓延迟这门艺术，也就是把句子中的一个词素与之前为它做准备的词分开，这样就赋予了分开部分压轴性的力量，逻辑联系被破坏，取而代之的是诗性色彩句法的建立。因此这节诗处于开端“为了所有死难者，要么……”和最后决定“和平的生活”(《致让第利》)之间。或者插入一些从句,或是像在《幻想》中那样加入地点状语(“朋友们……找到我……在某个荒凉的地方”),要么再次提及某一元素,或者增多列举的事物,像在《他的名字》中那样——这种造诣颇深的或者说是出自本能的修辞手法,已经到达了一种令人吃惊的巅峰的美学境界,在这种修辞手法下,整首诗与最后一节相平衡(《鼓手的未婚妻》)。如同阿拉贡说的那样,诗学句法“赋予了每个词语一种夸张性”。它不仅分开了句子中词与词之间的联系,还分开了传统段落之间的联系。比如这位伟大的诗人对颜色形容词的运用(更令人吃惊的是副歌部分,与诗歌竟没有直接联系):

孩子,牛过来了,
藏起你红色的罩衫!

(《修女的传奇》)

或者是这样,通过把各个词分开,雨果再创作出一种与原来词句的新的联系:

在国王的鼓励下他们在步伐中低下头,
他们的头保持了这么一个习惯。

(《致阿尔封斯 · 德 · L. 先生 》)

从他的第一卷诗中,我们就发现了这种带有强烈雨果特色的名词同位语之间的联系:“世界,火山”(《致夏多布里昂先生》)。他尝试着在诗歌内部运用专有名词:“Des murs de Saragosse, aux champs d'Almonacid”(《西班牙战争》)。在对名词音色的运用上,在对句法延迟效用的运用上,在对诗歌结尾的精彩布置上以及对各个部分的正确连接上,雨果诗歌的史诗风格已经显现:

长时间以来无情的声音
纠缠着这个罪恶的世纪
这个已万劫不复的年代。

(《观》)

尤其是以一种过度的激情面对现实的时候。在他对拿破仑的崇拜中，他对巨大（grand）的兴趣反映出作品中对庞大展开想象的倾向，这种想象使他看到了“一个又一个世纪轮回，这些庞大的兄弟”（《历史》），使他对圣伯夫作品中的不愉快的巨人动机发生兴趣，在《忠心》中（“一个面色苍白的巨人，一个巨大的幽灵”），在《巨人》中，在《混战》中，他“把两个钟楼看成了两个巨人”（《修女的传奇》），一直到“看上去像山，而其实仅仅是地下墓室”（《仙女与佩丽》，*La fée et la Péri*[①]）。雨果在情感上已经与这种庞大融为一体：“我愿意大声呼喊着，直到天空中翱翔的鹰受到惊吓”（《为蒙福尔特-拉莫里而作》）。与波德莱尔相反，波德莱尔认为女人等同于“巨人”，而在雨果看来，男性才是巨人，巨人就是“他”，就是发出的声音。

慢慢地，这些词改变了本身的意义，具有了雨果自身赋予的含义。“神秘的”这个词，他使用了三次，象征着他在诗集完成过程中的浪漫主义进程。这个词的第一次出现是非常正统的，符合17世纪和18世纪语言的继承法则，与《诗歌语言研究》一书中对圣伯夫、戈蒂耶、波德莱尔和R.L.瓦格纳对该词用法的研究表明的一样。该词侧重于心灵意义，与神学很接近。任何带有煽动性言论的文本都不能曲解这个意思，1823年在《空中精灵[②]》中：

突然，在古老塔楼前
慢慢响起，传来低沉连续的声音，好像神秘的召唤……
这肯定只是一个精灵！

一年过后，在《仙女与佩丽》中，由于语境和韵律的需要，诗歌去掉了该词的本来意义，而为其蒙上一种朦胧感，一层神秘的光环：

牧人在空气中看到，在神秘的歌声中，
神奇的唱诗班正在嬉笑打闹
在小村庄的塔楼周围。

---

① “佩丽”是古伊朗传说中的女精灵。

② 凯尔特神话中的精灵。

1825 年，在《夜魔圆舞曲》(*La Ronde du Sabbat*) 中，通过神秘语言与韵律的结合，黑色浪漫主义的影响继续改变着它的含义，例如戈蒂耶所写的那样：

> 巫师，带着神秘的尖尖帽，
> 神秘的词句在那里闪烁着火苗……

雨果形成了自己的语言。他开始拆解语言。从《颂诗与长歌》起，虚构词义的工作就开始了，这使他致力于某种未定型、未表明的东西。他"在遥远的世界中找寻某种类似 Y 的奇特形状，这代表着普遍存在"(《诗人》)。语言方面的苦苦修炼与神秘性的经历越来越不可分离。在词语平常的外表下，在语言本身的含义下，Ombre 和 Sombre 成为了一种机械玩偶般的装饰品，它们丧失了象征意义，而用于绕过那些没有含义的词，绕过那些超出寻常的、无法表达的东西——这些词相互搭配创造出了最初这样的诗歌：

> 我们相信看到了在黑暗中旋转的地狱
> 那可怕的黄道十二宫，充满了悲伤阴郁的符号。
>
> (《夜魔圆舞曲》, *La Ronde du Sabbat*)

但是，幸运的是，这些词没有吐露一丝颂扬的愿望，而是紧紧抓住黑暗的战利品。这些诗句写道：

> 狂乱的混沌在上帝面前逃逸了
>
> (《灵魂》)
>
> 当不安的灵魂将喧闹带进黑暗的时候
>
> (《反基督》)
>
> 跨过并再跨过上帝布下的巨大黑暗
>
> (《反基督》)

雨果向着"总是后退的光明"前进(《致路人》)。《颂诗与长歌》向我们展现了这样一出表演，对事物本质的这种强有力的操纵，从一开始就超越了伊夫·伯奈福[①]提出的对隐藏本质的“惊人的展现”。二十六岁的诗人，已经知道了如何通过修辞装饰来写作缺失之在（présence-absence）。

《东方集》

处境和努力

对于雨果来说，对东方的想象已经很久了。雨果在西班牙的童年生活也充满了阳光和色彩，就和他的作品中一样。雨果尝试在《东方集》中将这种光芒的影响发挥到极致。所以他把这些作品呈现为一种“无用的纯粹诗歌”，他首先写了他的“幻想”和“随想”。创作这部诗集的想法好像来自“过去的那个夏天，看到了落日美景之时”。这么说既是正确的，又是错误的，雨果创作诗集是为了重写体裁。1829 年 1 月，当《东方集》出版的时候，《一个死刑犯的最后一天》已创作完毕，并于一个月后出版，这部诗可以说是与《东方集》同时创作的。这部诗展现的并不是他对职业生涯的忧虑，像人们所说的那样，而是诗人的力量和清晰的头脑，敢于用一本书来赋予自己力量。这两卷诗之间并不是毫无联系：它们之间暗藏着某种实在关联。诗人亲历其文字，作品和体裁。在《〈克伦威尔〉序言》中对传统体裁进行的攻击与作品的创作实践之间没有任何矛盾之处。他提出了正剧，抛弃了喜剧和悲剧，他把不掺杂主观情感的抒情诗从个人诗歌中剥离，把描写型颂歌从幻想型颂歌中剥离，把预言类诗歌从耽于声色之乐的和欢快的诗歌中剥离出来。他善于把小说与辩护词适当融合。他把所有的这些都表现在了这部作品中而没有思路不清。在没有混合任何其他因素的情况下展示了他的**东方**，在出版了一系列政治诗歌后在这里假装玩弄诗意，这对于他来说才是重要的。而人们当时只是觉得很奇怪，直到现在仍有一部分人这样认为。

很明显，他通过这部诗集占领了诗歌的一个全新领域，他制造出一种不依赖任何模式的自发性诗歌的假象。然而这其实是一部经过精心准备，查阅大量资料后出版的应时作品。经过《长歌》的中世纪诗篇、对莱

① Yves Bonnefoy (1923—)，法国诗人。

维斯[①]和马图兰[②]狂热浪漫主义的探索、末世论的文学时期，雨果进行了东方之旅。他自从1820年读了《文学保守者》中关于托马斯·莫尔[③]的《拉拉·容可，或莫格勒[④]公主》(*Lalla Roukh ou la Princesse Mogole*)的文章后，开始对这个主题感兴趣。《东方集》与《冰岛的恶汉》的题名相关联。《仙女和佩丽》于1824年开始创作。1824年，德拉克鲁瓦发表《希奥岛的屠杀》，拜伦在希腊去世。1825年，雨果创作了第一首"东方诗"《沦陷的城市》[⑤]。1826年在希腊，迈索隆吉翁(Missolonghi)惨败发生后，他创作了《后宫的头颅》(*Les têtes du sérail*)。1827年，土耳其舰队在纳瓦里诺(Navarino)被摧毁，雨果以此为素材创作了《东方集》中的四首诗。在法国，人们对希腊充满激情。1827年沙龙活动中，德拉克鲁瓦推出了一出戏剧《土耳其和希腊之战》，他身穿苏里奥特(Souliote)服装(苏里奥特人曾经很英勇地对抗过土耳其人)，批评家奥古斯特·贾尔(Auguste Jal)在《1827年沙龙印象》(*Esquisse sur le Salon de 1827*)中也有对这个时期的惊人表述："诗人雨果可能是唯一能够洞察这位天才绘画家秘密的诗人，但丁能够完全读懂他。"东方，同样也是北非：1827年4月，奥斯曼帝国在阿尔及利亚的统治者羞辱了法国执政官，因此发生了后来的事情。雨果和所有人一样，转向支持柏柏尔人。诗篇草稿的随笔式题目为"阿尔及利亚人，亚洲和东方"，并对"阿尔及利亚人"做了批注。从这些写希腊现实的次文学作品中，雨果的希腊孩子诞生了，他要求火药和子弹。诗歌中的希腊和阿尔及利亚与"无用的纯粹诗歌"相违背。另外，在1829年1月出版的同一篇前言中，雨果在政治上表现得非常富有经验："这尊欧洲雕塑，已经过时且产生裂缝，在君士坦丁堡旁边噼啪作响。"在出版之初，"公众在重大忧虑之中"的时候，他没有表现出他自己所认为的笨拙——这位全才诗人全心投入了文学创作。如果说东方不是政治性的，那么它就是文学性的："在路易十四时期我们是希腊主义者，现在我们是东方主义者。"《一千零一夜》中的某种土耳其玩意儿之后，时髦的"摩尔诗"("西班牙，也是东方")的创作灵感来自《最后一位阿班

① Lewis (1775—1813)，英国小说家和戏剧家。

② Maturin (1782—1824)，爱尔兰小说家和戏剧家。

③ Th. Moore (1779—1852)，爱尔兰诗人。

④ Mogole (也写作 Moghole) 系于16世纪至19世纪统治过印度部分领土的蒙古王朝。

⑤ 按年月算为第一首，但在诗集中被排在第22首。

斯拉热人的历险》(*Aventures du dernier Abencérage*)。诗集结尾部分未出版,这些对阿拉伯诗歌的笔记和翻译节选表明这些资料是真实的。他既是开拓者又是追随者。偶然中,他还在作品之外发现了马莱交叉韵四行诗(Pantoum malais)的"有趣的独特之处"("蝴蝶摇着翅膀在四周玩耍……秃鹫向班达半岛飞去……它的羽毛散落在帕塔尼,他注意到这些诗歌在奈瓦尔[①]诗歌中找到了出路,并在一定程度通过他,成为了《厄立特里亚[②]》风格的诗句:

> 因为在这里,秃鹫在帕塔尼上空飞翔,
> 白色的蝴蝶淹没了海洋。

书中笔调的统一性是他首先追求的。在1828年作品中,他为处于准备阶段的《秋叶集》预留了一些遐想,也是为《东方集》中最富有描绘性的诗篇保留的。《落日》就不在其中。我们又在诗歌《西班牙的漂亮古城》和《你能找到一切》的城市对比中发现诗人不懈的勃勃雄心。作家应该说出**一切**,关注所有笔调。他的笔调是自信的,甚至有些傲慢。"无用的纯粹诗歌"?在接下来的2月的序言中,他放弃了这种造作姿态:"语言和文学的高深问题","艺术和诗歌的严肃问题"——这些词语表现了他的严肃的真正程度。《颂诗与长歌》使诗人变成一种力量,成为一位先知。这里,在《激情》(*Enthousiasme*)中,他把在世上无能的幻想者与行动着的人们进行对比:"可怜的诗人。""可怜的诗人"再次重复了1832年《一个死刑犯的最后一天》的序言:"老人们,还有小孩,与他们一起接受了我。我是什么?——一阵风带走了思想……我的日子像做梦一般一天天过去。"但是,他作为劣等的癖习来呈现的诗歌,在一个突然的出其不意的转变中,诗歌内容得到深化,诗人自己宝贵的方面被追回,得到新生:"所有的一切都使我遐想……有一天我会拥有如同两海峡间那样有力的气息……"渐渐地,词语"做梦""幻想""沉思"相互联系起来;在对神秘的探索中,在道德沉思中,在抽象思考中:"有一天,我思考着来到了海湾边上,面对着两个岬角的中间……就像我梦中那样,伤心地恳求上帝。"(《蛇段》(*Les Tronçons du serpent*)——流水、岬角就在眼前:这是装饰,

① Nerval (1808—1855),法国作家,歌德《浮士德》的第一位译者。

② Erythra,红海南岸地区。

催化剂，而不是深刻的修辞。这样，诗人抹去了他在战场上的不足，看到“比真实世界更遥远的地方”（《心醉神迷》，*Extase*），作者重新找回了诗人的伟大，重新成为世界的国王，在《马兹帕[①]》中探索“所有可能的领域和心灵世界”。

《东方集》采用阴性复数，同样是颂诗，其连续性表现在写战争和荣誉的诗歌中，表现在对拿破仑的赞歌中。1827 年作者首先创作了《旺多姆广场圆柱颂》（*Ode à la colonne de la place Vendôme*）。一种诗性的和弦在正义和邪恶之外建立起来，在这两种巨人之间，在“天才”和“超人”之间建立起来。

这本书可以说是为艺术而艺术的开端——对于这个观点，自居斯达夫·博朗希[②]作出评论后，就没人再补充新的内容：“在《东方集》中，维克多·雨果先生进行练声；他为歌唱而歌唱，他忘记了感觉和思考。他深信写诗的天分在于无限地拓展言语的延展性……漂亮的诗篇就是一切。一节节的诗就是一切，思想什么也不是。”这是糟糕的，或者部分地可以理解。对于德拉克鲁瓦，我们有同样的指责：他缺乏思想。但这也是一首描述画家的诗，一名像他那样的画家们所作的诗，雨果与画家有着经常性的来往：路易·布朗热，德维里亚兄弟[③]，他运用石印画坊的语言来讲作家生涯：“涂了这色”，“用色”；或者运用一些建筑学比较（他倾向于哥特式而不是巴洛克式，“卵饰和涡型装饰”——他可能不同意我们像其他人那样这么快地把他拉向巴洛克美学）。这里需要放宽或是摧毁传统施加给艺术的限制，并且不能把它和任何体裁相混淆。这就是诗人自由的含义。对诗歌节奏的探索不是毫无根据的。它与对语言下的工夫密不可分，也就是对感性的探索。与这些诗歌表面所呈现的相比，这种探索对于这位被誉为先知和预言家的诗人的诗歌来说并不是那么遥远——只有《天火》（*Le feu du ciel*）配得上《历代传说》。在记录某一种声音前，雨果先召唤出世间一切真实的声音。他需要新的节奏，不仅仅是为了让人看到这些颜色和听到这些声音，而是，除了表现绚丽之外，是为了在快乐中写作。《东方集》是一部快乐的作品。这部作品，“他承认了它并为之感到幸福”。

---

① Mazeppa，哥萨克部族首领，曾于 17 世纪统治乌克兰。

② Gustave Planche (1808—1857)，法国文学批评家。

③ les Devérias，法国 19 世纪著名画家和石印艺术家。

结构

几乎1828年所有诗歌的分类、发行都是在建构这部诗集，而不是按年代编排：《落日》中的五段诗歌，思考的成分比描写成分更多，就只停留在了草图阶段；《秋叶集》中表达爱之题献的第二十五首诗，《东方》，也是如此。战争，爱情和诗人是这部阿拉伯色彩诗集的主要描写对象。

卷首的颂诗，既是埃及式的，又是《圣经》式的，同时带有幻想色彩，与之前的那部作品相关联——之后则是卡纳里斯岛（Canaris）的节庆，对欧洲十字军的召唤，诗人的态度以及对希腊胜利和法国战争的赞歌，这些构成了一部希腊风作品。在其中，诗篇的安排是设计好的，遵循了时间顺序，从迈索隆吉翁到纳瓦里诺。纳瓦里诺在《火灾》的幻象中开始和结束，而《火灾》终结了《卡纳里斯》：语言上的建构加强了诗集的主题结构。之后则是比真实世界更鲜明的带修辞学色彩的对照，土耳其的战斗号角与随后的讽刺诗相对照。这两段诗使诗集从政治主题转向文学主题，而这已经在《激情》末尾有所铺垫。《东方集》第八篇到第十四篇是关于后宫（harem）的诗篇，是由拜伦筛选过的《一千零一夜》般的诗篇，这些诗篇通过一些描写重新相连接（《女俘》与《月光》，*La Captive* 和 *Clair de Lune*），通过一些名词相联系（《苦行僧》，《城堡》），并且不时变换着笔调，从讽刺（《奢侈的痛苦》）到放纵的快乐（《海盗之歌》）。战争主题又进入了这部诗集，从诗歌第十五篇到第十七篇，更有文学性，更具西班牙风格，并有所改写。《孩子》一诗中，真实的场景与文学创作有机融为一体。这四篇有关战争的诗中，相对应的人物就是四个东方女人（十九篇到二十二篇），其中的《拉扎拉》（Lazzara）中克莱夫特[①]、帕夏（奥斯曼帝国各省总督）的名字，希腊人的名字，这些相互联系在一起，成为表现窥视与等待的情爱诗的背景。对战争中灾难的描述（《沦陷的城市》）是与战争相关的诗的最后一篇，《愤怒的多瑙河》（*le Danube en colère*）紧随其后，其中的主题是爱情和对颂诗中一对组合的重新提及：诗人与“永不消失的人”。从《再见，阿拉伯女主人》到《蛇段》，失败的爱情主题逐渐加重，从书本延伸到现实生活中（对“沙”的再次提及引出诗篇《对永别的诅咒》，*Malédictions aux Adieux*）。最后一首诗中的恐惧，《对再见的诅

① Klephte，奥斯曼时期的绿林强盗。

咒》一诗中斥骂的爆发，并非与《一个死刑犯的最后一天》中的焦虑无关。在这两首黑色诗篇后，诗歌转向等待爱情的主题（二十七篇和二十九篇），利用"晋神"[1]来留住娱乐，这里不缺乏安德里·卢梭所说的"耍花招"[2]的企图，为的是继续变换想象和描写某些无法表达的东西。玩弄文字的乐趣驱散了故事的无情，冲淡了关于西班牙的那些诗性旅行，如同冲淡了《矢车菊》（*Les Bleuets*）中的悲伤情绪那样。对于得到满足但是受到惩罚的爱情，《幽灵》平淡无力地将（通过同样的词语以及同样的韵律把两首诗联系在一起）人的贪婪以及年轻人的死相对照。《马兹帕》是诗歌天才的象征，开启了最后一个主题，以一种双重对比展现出来，拟人化的多瑙河（通过想象的艺术加工，战争在那里仅有现实的影子而且逐渐远去），逐渐模糊的东方与喧闹声出现在了几乎可以称为魏尔伦式的《梦幻》（*Rêverie*）中；在《心醉神迷》中，与哈里发徒有其名的伟大相比，诗人名符其实地伟大（"我双眼看到了比真实世界更遥远的地方"）。最后是两首歌颂拿破仑的诗歌，"历史—诗歌"的融合，东方主题（"一颗帝王之星在东方升起"）通过"黑色巨人"主题与民族主题和自我崇拜融为一体。《十一月》中的巴黎图景在《梦幻》中已有铺垫（"这就是巴黎，现在是冬天"），模糊了过去那些描述，在那里，他反复思考，表现，继续着凋零时代的诗意。

"东方"与语言

"检查一下你是怎么写作的，而不是写了什么和为什么写。"这就是雨果口中的非话语的话语（discours non-discours），现代分析即文本现代分析的构成原则。《东方集》遵循这个原则，《颂诗与长歌》同样也是，通过对一系列问题夸张的（隐藏的）回答（《奢侈的痛苦》，《城堡》，《输掉的战争》），再加上一连串惊呼（《幽灵》中"怎么了，死了？什么，已经……什么！……"）来达到效果。他对各种修辞手法驾轻就熟，罗列、重复、重提、延迟效应、段落之间或者词与词的对比，以及赋予抽象事物以活力（"亡灵在苦海里飘荡"——《纳瓦里诺》第四篇），而这就是以后他与影子的对话形式——在各种修辞的杰作（在朋友和手工艺的意义上）中，比如《小孩》

① Djinns，阿拉伯传说中的精灵。

② André Rousseau，《评热拉尔·德·奈瓦尔的三篇手稿》，《信使报》法国版，1943年"三丘"出版社，日内瓦—巴黎，第316页。——原注

或是《他》里。还有一种独特的雨果式同位语，“这座木乃伊城市”（《他》，第三篇），另外有《天火》中的“星辰—国王”。他神奇地妙用某种工具，游戏就变成了创作，就成了一个不循常规者的发明。关于“火焰”和《卡纳里斯》里火灾的文字游戏，在诗歌第十一节关于《格拉纳达》的文字游戏，就是一些辞格，更像是针对文字而不是针对事物本身，既是形而上的，又能交流。通过延迟的修辞手法，在《纳瓦里诺》第六段中，对船的各种称呼的罗列，三十四个不同的名字，构成一个不可思议的声音（“安静！一切都完成了。一切都跌进了深渊”，以此开始了第七段）。从这一页开始出现的描写，可以与描写“晋神”的段落相提并论。是如同词典编纂者般的文献收集吗？诗歌穿越一切字典。我们来看“船”（barcarolle）一词，但是这个单词是船歌而不是船（“诗人的这个错误是完全可以原谅的”，阿尔布先生说道，“应该说的是‘barquerolle’”）——因此是半个错误，差不多是“正确的”，因为在语境中这个词被限定为“船”的意思。这些特殊的词并不是主要部分，正如伊夫·波奈福所说的那样，由于“词义”和“声音”的相互作用，“沿海航行的三桅帆船”成为了另外一种形状，这构成了一首诗，引起了回声的扩展，“失去操纵性能的摇橹平底船”。这些船的共同行为构成一首诗。他把大众语言加入到了贵族气息的文学作品中。他试图用这种新型诗歌代替原来的旧诗歌。《东方集》融合了各种各样的语言风格。

丰富的音律与视觉效果相互应和。在对动词“看”的完美运用中（同样伴随着音律效果），视线一直延伸到极致：

> 他看到了；一群惊慌逃窜的牲口，
> 轰隆作响的烟雾般跟随着他！
>
> （《马兹帕》，第一篇）

他看到了什么？不仅看到了动作，还看到了颜色，然后是运动着的颜色，如同在《法国和比利时》中提到的1839年创作的文字：“路边的花已不再是花，而是污点，或者更像红色的线条，白色的线条。不再有点，都成为了线条。麦子变成了长长的黄色的头发，苜蓿变成了长长的绿色的辫子……”惊人的印象主义，在我们看来这应该是梵高的观点，在《东方集》里这还是少见的。“看”的喜悦不断聚集着颜色——但是并不是什么颜色都有：红色—绿色—蓝色（《拉扎拉》第八节），黄色—绿色—金色（《心愿》第十一节)，栗色—蓝色—金黄色(《矢车菊》第一节)。主打的奢华颜色是金色，太阳光的颜色，它甚至可以入侵夜晚的漆黑("我期盼一轮炽热的，如同金子般火红的月亮")。《遐想》可能得到最多彩的实现("阳光和雨水侵蚀着森林")，同时避免各种色彩的涂鸦，避开光线与声音的应和、光与影的交融，自我与事物交流的开端。最常见的是颜色的成对过渡：某种红色和黑色("巴别塔黑色面额上红色的反光"——《十一月》)，红色与黄色("从红海到黄河"，《诗人致哈里发》，*Le poète au calife*[①])；一朵红色玫瑰和一棵绿色的青草("花岗石做成的红色的狮身人面像，大理石做成的绿色神"——《天火》)；白色—蓝色("月亮，死亡之星，蓝蓝的天空深处，闪着白色的光芒"，《诗人致哈里发》)。大部分对比，在整卷诗十六首中的十一首里，是将白色与黑色，或是与栗色相对照：

他们黑色手指下的白色牛奶

(《天火》)

乌云旁边的白色

(《狂热》)

在那眼睛黑黑皮肤白白的姑娘身上

(《心愿》)

在那长长的黑发下苍白的脸

(《他》)

这是乌贼墨汁与中国墨水之间的言语类比。《晋神》(*Djinns*)是18世纪某些思想和行动的表现(在其《法语的和谐》中，皮伊斯(Piis)的骑士模仿过一场暴风雨的声音和鸟的叫声)，同样也是对运动中某些不真实感受予以实现的全新尝试(十五个名词，其中有七个是象声词；二十个动词，其中三个都是"叫喊"：雨果命名的事物比他描写的客体形象更多)，另外，与音律和文字相比，他的诗歌节奏更能反映出一种世界的呼吸。最后一个单词"声音"表现了整篇诗歌对寂静的反抗、决裂以及最后重新回到寂静的过程，这种寂静被聪明地放在身边。雨果生来就是为了倾听阴影那"神奇的音节"(《格拉纳达》)。

① 也写作khalifa，哈里发，穆罕默德的继承者，伊斯兰国家的统治者。

元形象

对于雨果来说,《东方集》中的黑色获得了它真正的"色彩"。它以对照或者单独使用的方法被展开。通过描述和约定俗成的用法,成为了寓言:"两块发亮的黑色石头"(《房子的棕红色亮光》(*Nourmahal-la -rousse*)[①],然后是和"闪电蜿蜒的乌云","纱雾中的黑点","绵延起伏的黑色山峰"(《马兹帕》,第一篇),这种描述的增多很好地支持了作者希望得到的价值。如果没有这个人与黑夜之间,与这种发出回响的"脚步"、该隐的脚步、卡奴特(Kanut)的脚步之间的应和;没有与"斧头刀口般光滑的玻璃"和《一个死刑犯的最后一天》之间这种纠缠不清的联系,"逃进茫茫夜色中的黑色的谋杀者"(《诅咒》),这种带道德色彩的描述将毫无新意。《幽灵》中"疯狂的黑色",尤其是"沙漠!混沌的黑色"(《天火》),这些描述消除了这个词语的本来意义或是道德性意义:这成为了作品的一种特殊价值,一个"诗性的单词"(mot pétique),一个符号,不再代表一种语言,而是代表一种唯一的体系,除了他之外无人能理解的体系。因此它也不仅仅是语言的一种符号,尽管表面上它仍是那样。它不再仅仅是符号学的对象。它的作用标志着对某些存在于人类感知以外的事物的把握。"黑色"与"大"相联系:

谁在那里展开
那把巨大的黑色的折扇?
夜晚降临,令人悲伤……

(《马兹帕》,第一篇)

从《颂诗与长歌》起,拿破仑的赞歌主题中,就有对某种"巨型"的概念产生的兴趣,诗歌将黑色与巨大融为一体。作为意义的载体之外,这两个词还是史诗的标志:

像黑色的锤子,瑟蒙罩住一切

(《波尼拔[②]》)

---

① Nourmahal 为一阿拉伯语词,意为"房子的亮光",与一些阿拉伯人的棕红色头发一起构成一个独特的意象。

② Bounaberdi,阿拉伯人对拿破仑的称谓,是 Hannibal(汉尼拔)和 Napoléon Bonaparte 两个名字的混合。

无边无际的黑色总冒着烟，涌向天际！

（《他》，第三篇）

《波尼拔》和《他》中重复了多次“大”、“巨人”：在空间和时间上都具有无限性（“一支看不见，数不清的军队……在昏暗的天际不停地通过”），这种无限性就通过这种不停的累计表现出来，在诗集结尾处，这种无限性聚焦在了整卷诗中散乱的“大”上，从最初的“大海”，“大城市”，“大秃鹫”开始；《后宫的头颅》中“巨人的头盔”；“大车轮”，《峡谷》中的“大畜力车”；《诗人致哈里发》中的大刀和大象。这些都是世上“未知的形式”（《天火》，第七节）的一部分，他将这些未知元素带进语言中，并从语言中提炼出它的形式。他通过文字来创造神秘，而不是沉默不语。

如果我们对不那么严谨的类比嗤之以鼻（“我们突然看见奥斯曼王朝的老虎带着瞪羚般的四肢逃跑”，《狂热》，第四篇），如果我们对“蚊子的爪子”（ongles des brûlots）（《后宫的头颅》第三篇；《纳瓦里诺》，第六篇）这种说法感到吃惊，这些习惯搭配或非习惯搭配都是垃圾，不值得注意。在《东方集》中，几乎所有描述都好像用了一个独特的漏斗来过滤这个世界。因此就有了这样的诗句，使大海以两重天空形成圆形关闭的曲线（《天火》，第四篇；“布满星星的星球”，《后宫的头颅》，第一篇）；形成半圆（银质折扇，《女俘》，“巨大的黑色折扇”，《马兹帕》，第一篇），为《熟睡的博阿斯》（*Booz endormi*）中的镰刀作铺垫；《晋神》中表现的或暗含的螺旋型（巴别塔的“无限延伸的螺旋上溯”，《天火》，第六篇）；建筑学迷宫（《天火》，第七篇；《后宫的头颅》，第一篇）。这是幻像结构的表面图式。对于我们来说，表面的一些东西包含着我们在后来的象征手法中看到的某些东西。大海被比喻成家畜：

大海就像一头抖动着绒毛的羊

（《天火》，第二篇）

眼睛看到的事物，或者从语言中看到的，这两者是谁在“翻白浪”？这两者是不可分离，相互作用的，直到《沉思集》中的《牧羊人和羊群》，《历代传说》中《海边的农民》的“受到惊吓的母羊”，都是这样。同样地，在《岬角》里也是一样（《天火》，第七篇；《失败的战役》，第八节）。在《幽灵》（“无法表达的景象，在其中我就像她们那样死去，而她们，像我这样生气勃勃”）中，雨果尝试采用《熟睡的博阿斯》（“我们相互混杂在一起，她有一半生命力，我已死去一半”）的原型，这种幻像并不来自语言本身，它透露出将从雨果身上逃离的某种东西，某种属于两种王国的归属感，既是现实又是超现实，既一目了然又谜团重重。这个“系统”建造得如此完美，以至于它引来了许多外来词，并将其占为己有：

巴德沙阿[①] 的影子就是上帝本人的影子

（《苦行僧》）

雨果为其读者仿造苏丹王头衔（上帝在人间的影子）时，巧妙地运用了一种隐喻，这在《撒旦末日赞歌》里也是有意义的。不仅仅是词语，各种场景也被改造入诗，成为故事的组成元素。面对充斥整首诗的苦行僧的辱骂，最后一首诗与之相对；在其中，阿里（Ali）“向老人献上了皮大衣”，后来在《战后》中，这位主人被再次提到，“‘还是给他一点喝的吧’，我父亲说”。在《东方集》的出版评语中，E. 巴里诺（Barineau）注意到，“雨果根本没有抓住阿里–帕夏（Ali-Pacha）的性格特征和处事风格。……这些诗句表现了阿里身上一种发自伟大心灵的平和，然而真正的阿里在面对威胁时，通常表现得非常激动，甚至恐怖”。正是在这种对阿里稍作更改的描述中，我们才能进入寓言。他的传奇形象是需要一些伟大特质作支撑的。

因此《东方集》并不是杰出作品创作的幕间休息，不是毫无意义的对节奏的探索，我们过早地得出了这部作品不是雨果优秀作品的结论。写作的智慧、快乐和游戏在印象主义试验中交汇，而且不管是结构和节奏方面，还是描写和象征方面，这都并未破坏该作品的连贯性。

① Padischah 为波斯语，意为“伟大的国王”。

写作雨果（节译2）

作者［法国］亨利·麦硕尼克
译者 杨庭芳 罗国祥

《暮歌集》

两义性

这部诗集无论艺术内容，还是结构形式都俨然一体；诗句新颖而又紧密相连。现时，雨果开始追寻一种平衡和方向：旧的主题消失，新的主题出现，与《秋叶集》形成鲜明对比。诗集收录作者自1830年8月至1835年10月期间（尤其是最后两年在比埃弗尔河畔度过的惬意秋日时光）的拾掇之作，而此期间的同类作品后来被收入《心声集》。这部作品不是面对自我、细诉心蕴的絮絮叨叨，而开始投向他人，或者更确切地说是投向"她"、"她们"（妻子阿黛尔和情人朱丽叶）；也不是仅仅缅怀过去，而是浸透作者满腔的期待以及思索未来的焦虑心情。从诗集的选题人们即可看出：彷徨，在《暮歌集》中占据举足轻重的地位（Crépuscule——"日暮"，抑或"晨曦"、"曙光"，然而现代法语对其第二涵义已日渐遗忘）；雨果选择诗集名称本身就是一种彷徨，充满"两义性"。蕴含寓意的时刻，"我们所生存的时代，社会与灵魂的诡异……外面缥缈的轻雾，映衬内心的迷茫……半明半暗之间，我无法分辨围绕在身边的一切"。政治信仰的彷徨，私人情感的彷徨——诗人等待"天边或者大放光明，或者完全漆黑"——此时此刻，Crépuscule既是晨间的一缕微光，也是黄昏的一抹残阳：似明又暗、似暗又明。序言流露出来的矛盾心绪，不断在作品中反复出现——"真正的骄阳不复照耀：日暮，晨雾，光明的制度！"（XVII）。

模棱两可的诗句让人们以为黎明即将来临，然而诗人更加倾向于光明的缺席："到处洒落，白色的晨光，血红的残日。没有正午！没有太阳！"(XVII)，倾向拒绝社会感知以及灵魂感悟："这像搭脚手架一样建立在黑暗中的可怕的制度"（VII)。与《秋叶集》相比，这部作品是对现实的回避、拒绝，至少是短暂的，"年轻人！不要轻信这些冠冕堂皇、善变的制度……你们追寻的是一种未知的东西"。奥斯特里茨的烈阳（II, V)，光荣的三日（I, I)，这些都已逝去，永远尘封在记忆之中。同样，诗歌的时间绝非深夜的尽头，"夜更深了"；这里的夜，正在不断生成变化："如同深渊一般深沉的夜"（XIII)。与其看作清晨徐徐升起的朝阳，Crépuscule 更象征着黑夜："太阳，人们所憧憬的这轮太阳，也许正是落日"（《序曲》)。Crépuscule，是卡纳里斯，"西下的夕阳"（VIII)；是信仰："难道理性背后的信仰，如同天边的斜阳，日渐衰落？"（XIII）那么此时，Crépuscule 采用现代法语的含义，与晨曦相对："温和的风与冰冷的风，黎明与傍晚"(XXVIII)。因此，雨果对于这种"两义"词汇的用法也是模棱两可的。[①]

困惑的诗歌。1835 年 10 月，雨果创作《思即疑》[②]、《啊，多少疑虑占据了我们的心》和《序曲》。那个时代，上帝之死以及信仰的沦丧成为文人墨客经常表现的主题，从缪塞的《罗拉》（*Rolla*)，到纳瓦尔的《橄榄枝遮身的基督》（*Christ aux oliviers*)。丧失信仰的雨果再也无法延续《秋叶集》的视角，诗人原本坚定的信念此刻变得空洞疲乏："啊，人有一天在上帝面前投出冷静的最后的目光"（XX, II)，但是目光的探索从来没有停止，只是充满叛逆和反抗。这种踌躇疑虑是通向另一种世界观的途径——未知与神秘，"事物"因而获得一种特殊的用法。从默默无声的同伴（"人们与万物乱成一团，纷纷滚向黑暗的深渊。"—— V, VI, 1832 年 8 月）到神秘沟通的象征（"啊，事物向灵魂发出的光明！"—— XX, II, 1834 年 12 月；"世界到处充满复杂的事物，我们不过管中窥豹，略有所知。"—— XXVI, 1835 年 3 月)。直到最后，事物获得自己的声音："人们在现实旁边悲叹"（1835 年 10 月《序曲》)。

这部诗集面向外在世界，与其说是代表他人抒发观点，不如说是对

① 原题中的"暮"字，法语可有双解，古义可作日出前的微光，今解多指日落后的暮色，两者都指一种似明又暗、似暗又明的朦胧时刻，一种光线过渡的中间阶段。"暮歌"是旧译名，实际意思是"朦胧之歌"。"朦胧"的引申意义是"犹豫"、"彷徨"和"等待"。

② 雨果《心声集》第二十八首诗的篇名。

大家的一种召唤。“哦！不管您是谁！”每次召唤不是在于参与，而是在于见证，“啊，无论您是谁，请为她祝福，将她赞美！”这是诗人孤立分离的表现。雨果审视忖度，但是拒绝投身其中。正如作者所说，他“不在否定的人群中，也不在肯定的人群中”，他在划清界限，他在等待观望。悄悄地，作家敲响时代的鼓声，准备投身戏剧创作，等待新生时代的到来。诗人不厌其烦地称颂拿破仑的丰功伟绩（“英勇善战的士兵始终与他同在，他们的名字他全知道”——II, I）：《1830 年 7 月抒情》、《铜柱颂》、《拿破仑二世》、《被打败的伟大人物》；将他神化（“因为我们将你视为上帝而不是视为主宰！”——II, VII），甚至认为拿破仑传奇堪比人类修筑巴别通天塔的创举：“正是他……曾经一步一步登上称霸全球的宝座，整整二十年间……将珀隆山堆向俄萨山！”——II, I）。1830 年的法国不禁让雨果想起先辈的创世史诗。革命群众化身成为“耶拿[①]长矛的铁尖”（I, IV）。作品以法兰西大帝为主题，围绕“一道道血肉筑成的墙壁”（V, III），运用浓重的笔墨呈现拿破仑时代的史诗。拿破仑一世高大伟岸：“如此伟大的威名”——II, III），“巨人般的双手”（II, I），“巨大的影子”（IV）。史诗时代的英雄同样高大伟岸（“你们是顶天立地的巨人的子孙”——I, I；“你们顶天立地的祖先”——I, VI）；他们崇尚自由，“巨人”（XVII）；热衷革命，“伟大而动荡的时刻”（XV）；期待未来，“啊！明天，可是重要的事情！”（V）。总而言之，法国人民和伟大的帝王荣辱与共，息息相通。

《暮歌集》意味着雨果开始放弃家长作风的人道主义，变得谨小慎微。诗人认为，社会是由两类密切相关的群体构成的：下等公民 / 上等公民。两者之间相互渗透多过相互抗衡，亦如高山和深渊：“啊，山峰，你使一切都川流不息！啊，深渊，你使一切都归于灭亡！”（XX, II）。“反衬”并非单纯的对比，而是不同事物之间的消融，圣保罗式的既高又深。“大” / “小”：“我们最好还是……将车间扩大，将断头台缩小，将盘旋而上的扶梯用支柱撑牢”（VI），“请别容忍大人物折磨小人物的险恶”（VII）。当然，这种渺小也指道义和品德的卑劣：“庸人”（I, V），“根本不能和他较量”的国王（II, I），“啊！你们真是无耻之徒！”（II, V），以及拿破仑一世的仇敌。直到“拿破仑二世”。在雨果看来，从低到高的过渡源于对大众的怜悯（“人们在冬天感到寒冷，总是饥肠辘辘”——XV）；源于慈悲

① 耶拿，德国城市，拿破仑曾经在此战胜普鲁士军队。

（“请用您的恩典润泽人们的心灵！”—— XV）；与此同时，雨果模仿寓言作家平淡庸俗的口吻：“您的善行将会名垂千古”（XV）。这就是“面向穷人”的政治道德关怀。人民是“穷苦而不信宗教的大众”（VI），难以信任（“你对……人们说道……他们如此强大”—— XVII）或会引发恐惧：“人民大众的雄狮”（I，II；《颂歌集》II，V，《自由的盛宴》中雨果写道：“人民群众的猛虎”），“热血沸腾的人民”（I，III），“人流”，“千千万万的群众汇成海洋”（II，VII；XV），“海潮”，“洪水”，“波涛”，“海洋”，“群情激愤的民众”（XV）；而恩惠和施舍正是挡住这股滔滔洪流的堤坝。其实，这类隐喻早已屡见不鲜，但是对此进行极致发挥却成为这部诗集的特色。雨果把人民群众分为两类：“新兴人物”，亦即资产阶级知识分子；“露出狰狞笑意的人群”，“狂热的大众”（XV），“乌合之众”。针对后者，作者如是描述：“这群刁民，棕色头发，眼神呆滞笨拙，伏在门槛朝人乱吠”。犹如现代寓言里面的猛兽（“我们必须看到革命残酷可怕的一面！”）；透过邪恶的颜色，“水深火热的民众”，“红棕色的头发”与“革命那依然一片通红的灰烬”相互呼应。与此同时，邪恶的影子变成“无形”的时候，达到了极限：“黑暗中，无形的群体慢慢集结”。正是通过这样一种嘲讽的方式，《秋叶集》的“无形”幻象再次在《暮歌集》中得到重现。

面对人民，为什么诗人的敬畏之情会日益加深？直至此时，雨果将人民形象化为“海洋”，更多代表一种叙事手法，没有太多的政治现实意义。激烈狂暴的场景描写（XV）凸显作者对于宁静的渴求，而非和平的期待：“睡意正需要安宁时刻之际”（VII）；对于 1834 年 4 月那段时光，作者除了回避，仍是回避。为什么“倾向民众”的诗人，现在的表现却是无动于衷呢？《暮歌集》里，第一部分都是政治诗，充满困惑，没有掺杂个人情感；写到中途，即诗集的第二部分，抒情诗，诗人重新获得了信仰，通篇流露出坚定的信仰和满溢的幸福，随之而来的幸福感、安全感造就“亲如手足的宇宙”、“鲜艳而灿烂的拂晓”（XX）。整部诗集的构建不仅仅是随意而为，而是与作品本身的构思，与诗人在贝尔坦夫妇家度过的两个秋天，与两位不可或缺的高贵女性——情人朱丽叶和妻子阿黛尔——都不可分割。雨果甚至写道，重新找回的爱情，以及妻子与情人之间至关重要的和解，让他渴望新的家庭安宁与舒适：“我感激上帝……让你与夜获得如此和谐的一致，为了给我安宁，为了给我快乐，他使你与夜如此纯洁，如此美丽……”（XXI）。“平静，安宁的时光”终于合而为一。新鲜的爱情似乎唤醒了诗人内心的信仰："他（上帝）正是我在任何奥秘深处的发现！"（XXI）而这并非作者在《秋叶集》里追寻的目标。这份信仰再次加剧了雨果的反伏尔泰倾向。两份爱情的统一使整部诗集趋向非政治色彩。

诗人对于朱丽叶·德鲁埃的爱情往往超出言语的赞美。相反，对于妻子的感情逐渐理想化，甚至有时不堪卒读："啊，最高层上的王后，圣洁的娇娃"（VI）。但是，在我[①]看来，作品中最重要的，也是真正处于过渡状态的，并不是这位或者那位恋人，而是诗人游离于两位女性之间，逐渐走向其中一位、疏远另一位的心理历程。我们将它称为"困惑和飘摇"。时间的不确定性（"现在，漫无目的，在过去飘摇"—— XVII），人物主体的不确定性（"越是黑暗深处，人们越是动摇不定"—— XXIX；"任我们的心飘荡不定的黑暗"—— XXXIII，IV；"现在害得他们殚精竭虑……他们的思想在怀疑，在犹豫"—— XXXV）。所有这些不确定性，发生的地点都在黑暗之处，主语是"他们"与"人们"或"我们"的交集，"我们"的"我"属于"他们"的一员，而非"你们"的一员，也不是"你"和"我"（"你呀，我的灯塔，我的目标，我的极，我的磁石，当我们在任何情况下都动摇不已"—— XXXV），接着，通过描写黑暗和光明的对立（"你的一切又公正，又灿烂"），以及动荡与和谐的对立（"你在这里，就好比一颗星球在天空深处！"），作者再次加深人称代词之间的对立（"当你一直向我们弯下了你的腰"—— XXXVI；"这正是我们的烦恼，作为痛苦的儿女"—— XXXVIII），直至最后，所有的对比都被赋予精神的意义："别人都是噪音，只有你才是歌声！"（XXXV）。妻子化身成为"美玉般纯洁的顶峰"（XXXVI），犹如光明，完美无瑕，而丈夫却身处黑暗，因此对她渐行渐远："照亮我的家，照亮我这蒙上阴影的脸。"（XXXVI）妻子超凡脱俗，几乎失去人性的特点："假如，人间什么也没留给哀怨的天使"（XXXIX），然而诗人，此刻正迈着踌躇的步履，沿着街道走向流浪的人群："他们只是来去匆匆的过客，并不珍惜自己的道路。"（XXXV）"这就是为什么我满面愁容而满腹心事地徘徊；为什么我常常深夜独自凝望，独自谛听，在路上信步游荡。"（XXXVIII）"在征途上，我努力地向前迈步。"（XXXIX）两段诗句恰巧也是诗人内心的真实写照。最后，对于妻子的神化也就意

① 本文的作者。

味着对她的放弃。维吉尔的《献上百合花》[1] 成为爱情葬礼的祭品：赞扬和永别。请成为孩子的母亲吧，请成为慈祥的夫人吧！从此以后，这份新生的爱情就像过滤的容器，传递的只有生活的乐趣。

结构

面对诸多复杂的矛盾和对立，雨果总能全身而退。《暮歌集》正是诗人怀着战战兢兢的心情，努力调和与消融两种对立的真实写照。踌躇、迟疑、选择、矛盾，如果整部作品充斥"一切相对的事物，疑虑和真理，白天和黑夜"，那么雨果在《序言》当中（篇幅更小，观点更为浓缩）就已罗列出十四种不同的对立，其中还不包括圣伯夫提到的"互不相容的两份赞美"，但是，作者提出许多相对的事物并非是为了彼此敌对。它们之间不是辨证的相互作用，而是相互渗透，相互融合，你中有我，我中有你。由此产生的，无论是政治信仰还是爱情生活方面，是一种似明又暗、似暗又明的朦胧时刻，一种光线过渡的中间阶段，一种漂流不定的状态，诗集的构思也是因此而来。构思，是一种阅读，一种写作，一种诗歌的元创作。

《序曲》呈现了一幅黄昏景象，重新回到"目光"与"回声"等主题。第一首至第五首，诗人秉承《颂歌集》的论调，歌颂雄鹰拿破仑的子民以及 1830 年的革命英雄。荣耀与自由让前面三部作品自成一体。《婚礼与宴会》，生命的宴会，纹章的动物图案（"预算，庞大的怪物，奇妙的鱼"）。逝者的荣耀之后（《赞歌》），便是荣耀的消亡。命运并非一成不变，而是充满变化，既是流放也是死亡。随后，雨果在《黑夜》（《惩罚集》，III，XIII）中写道："未来，上帝的捍卫者……"更加具有特色的命运。透过所有公式化的陈词滥调，诗人力求一语惊人，并且对此毫不避讳（"蜡烛"，"宾客"）。海底涌浪，属于他的视角。《拿破仑二世》是有关拿破仑主题的尾声，同时和《婚礼与宴会》有着一定联系，与此同时象征另一主题的开始，第六首至第十七首，关于道德和政治。《市政厅舞会有感》延续《路人关于国王的沉思》的社会思索。紧随其后，《啊，上帝！假如你把法兰西置于你的保护下》，描写一对夫妇在夜间睡意正浓之时被大炮的声音惊扰，手稿显示作品写于 1835 年 8 月 30 日，但是诗集出版的时候却改成 1832 年 8 月，以此显示诗人的政治先见之明，影射 1832 年 6 月以及 1834

① 诗题选自古罗马诗人维吉尔的史诗《埃涅阿斯记》中，颂扬古罗马将军马塞鲁斯（约前 268—前 208）为国捐躯的美德的诗句。

年 4 月的工人起义。随后的两首诗歌（VIII, XIX），献给卡纳里斯的哀歌（《致卡纳里斯》），献给沦陷的波兰（《你孤零零地倒在炮楼脚下》），刚好与之形成鲜明对照，开始吹响自由的号角。笔调截然不同，但是主题仍然一致：摇身一变成为叛徒的当权集团；与此同时，另一声音悄然升起，就是流放，"放逐"此时此刻"令人肃然起敬"——诗人发出新的心声。《写给一位出卖女人的男人》，这是《惩罚集》诞生之前，雨果抨击讽刺的系列佳作之一。至于道德方面，《献给奥尔良公爵》（XIX）延续《市政厅舞会有感》（VI）的观点和主张，并且凭借《劝谏》（XV）得到进一步发展。从政治角度上施以恩德的神圣，是颇具路易 · 菲利普色彩的主题。《致卡纳里斯 2》（XII）绝不是《致卡纳里斯》（VIII）的翻版或复制：作者与作品人物之间的和谐，一唱一和，都是不断发展的诗歌艺术。对自杀行为的谴责（《他还不到二十岁》, XX），重新回到宴会的譬喻，诗人由此谈到令人担忧的局面，那就是信仰的沦丧，无论对于品行端正的上等公民，还是对于勤恳坚忍的普通市民。然后，就是两首短诗，《噢！千万不要侮辱一个失足的妇女》和《建议》；前者继续谈论《市政厅舞会有感》（VI）及《写给一位出卖女人的男人》（X）的相关主题，后者则是经过《1830 年 7 月抒情》（I）及《你孤零零地倒在炮楼脚下》（IX，同样写于 1834 年 12 月）的精心酝酿，促使雨果朝着政治诗人的方向又迈进一大步。接着，便是一首短诗《被打败的伟大人物》（XVI），回忆拿破仑时代的光辉历史，与第十四首作品存在共通之处。《献给阿方索》（XVII）同样属于政治思索的题材，与《劝谏》形成前后呼应之势。随后，既是别出心裁的构思，也是作品内在的推动，诗人在此特意安排两首简短精炼、轻松明快的诗歌：《秋叶集献词》、《啊，爱情之海的诗人阿纳克雷翁》，预示第二部分抒情诗歌的来临，此时的作品不再力求向外传递信息，而是投向诗歌本身。

《东方升起明灯》（XX）揭开爱情诗歌的序幕，既是承上启下的中心，也是对第一部分所有疑惑的解答。最后四个诗节引领读者走进上帝与作者共同创建的世界（"难道你只是一部书……优秀的书……神圣的书……有益的书……"）。这首诗歌，可能受到约瑟夫 · 德 · 迈斯特尔以及拉梅内[①]神秘主义学说的影响，他们主张古人尤其是毕达哥拉斯的前基督奥义传授。重要的是，雨果把这些学说转换成了诗歌。从第二十一首

① 拉梅内（1782—1854），法国天主教司铎，哲学和政治著作家。

到第三十一首，对朱丽叶·德鲁埃的爱情让诗人内心感到充实、平衡、愉悦和得意洋洋（XXV），尽管偶尔也会产生一股莫名的愁绪（XXVI）。爱情的滋润让作者的文笔逐渐变得轻佻，如他所述，充满“阿纳克雷翁风格”（XXII, XXIII, XXIV），此时，雨果倾向平淡媚俗的甜言蜜语；相比之下，第二十一首，《昨日那为我们降下帷幕的夏天的良宵》，赋予诗歌更为强烈的震撼和内涵：“我感谢上帝，他那无穷尽的恩赐，让你与夜获得如此和谐的一致”。借由爱情，诗人和自然之间，诗歌描写与精神升华之间，建立了新的联系（《在大海边》—— XXVIII，《既然百花争艳的五月在草地上呼唤我们》—— XXXI）。紧随其后，《既然我们的岁月充满烦恼与灾难》（XXIX）让作者再次回到黑暗与忧伤笼罩的世界，《对上帝的希望》（XXX）承认“我们的过失”。这些寥寥数行的作品旨在制造声势，迎接“回声”主题的回归：《献给路易丝·B小姐》（XXXII）。接着，便是雨果献给情人朱丽叶的两首诗：《在比埃弗尔教堂里》和《彼特拉克诗集首页题词》，分别赋予两人之间为人诟病的爱情以人性的尊严和文学的尊严。最后，是献给妻子的两首诗歌，“内心娴静”。赞美和祝圣，成为这段不幸败阵的爱情的主要基调，尽管这份爱情符合世间美德的所有规范，但是内心深处，诗人却在拒绝纯洁的身体。“任何果实都诱惑不了的夏娃”的果实，既是母性，也是原罪。妻子与女儿合而为一，与卢克莱修所谓“乱伦的纯洁”的伊菲格涅娅截然相反，罪恶的纯洁，妻子的纯洁与朱丽叶的情欲之躯毫无二致。雨果颂扬这位母亲，这位慈祥并且倍受寡妇和孤儿爱戴的夫人，如同旧制度下[①]贫民与资产阶级的情感（“德行”、“穷人”、“恳求者”、“可怜的寡妇”、“被抛弃的儿童”）。仰望妻子，感受她的启示，丈夫再也无法与她息息相通；而这并非空洞、虚无或者缺失，对她的仰视和赞美，以及膝下儿女，成为维系他们之间情感的纽带。夫妻情感并非只有道德的外衣。此时，两份爱情之间的对立已经消失，而这正是雨果的胜利。如此一来，诗歌的后半部分（XXXVII）重新谈论道德问题（XXXIII, II；XXXV，第一部分），将诗歌与和谐置于转瞬即逝的快乐之前。《啊，多少疑虑占据了我们的心》因而应运而生，它与《序曲》对称，形成前后呼应之势；但是疑虑并没有将作者引向惊恐或是屈从，如同《思即疑》。与题目刚好相反，这部作品里面的“两份互不相容的爱情”最终消除了一切障

① 指1789年前的王朝。

碍，和谐并存，尽管仍然夹杂着圣伯夫和社会道德问题。诗集的结尾部分，并非如同评论家所述——《眼中的一束百合》从他们的视角来看，看到的只是雨果的障眼把戏。作为第二部分抒情诗歌的总结，无疑比《在比埃弗尔教堂里》中的“爱，就是信仰的一半”那句话含义更多，雨果赋予自己与情人之间的肉欲之爱以伦理与历史的意义；与此同时，《献上百合花》是首伦理诗，从另一方面引导诗人走向洗涤心灵、精神超俗的道路。由此可见，诗集的构思同样充满朦胧的色彩。

黑暗之声

雨果无时无刻不在观察，倾听，诉说：“大地呼唤我：诗人啊！天空叮嘱我：预言家！请前进！畅谈！祝福！开导！”（XXVI）《秋叶集》里，最为重要的词汇就是“预言家”，援引《圣经》的含义：上帝的使者。诗人希望自己能够在国王身边扮演这样的角色，即必须像读《圣经》那样来读：“愿御座倾听任何恳求的人发自内心的呼声，让不幸的所有呻吟，让智慧的所有忠告，不断地在耳边萦绕，使国王更加英明！”（I，VI）因此，“呼唤”，或“心声”，在雨果的作品里被赋予很多价值。即便面对耳熟能详的事物，我们也不能将它们简化成为一种世界观，使之概念化。这是雨果作品一开始就追求的前提条件之一。如果说诗人只是一点点地透露出来，那是因为他在酝酿，正在探索。大自然的呼唤（“所有的气息，都变成一片呼唤！”——XX，I）背后传来上帝的回声（“所有呼唤的深处，我们重新听见这个伟大的名字。”——XXXII，III），与诗人的声音一唱一和：“我对树林宣告：啊，阴暗的林子，我像你一样有无数声音！”（XXVI）“呼唤”和“心声”似乎是等值的，但是为了更好地交流，雨果认为“呼唤”主要针对“事物”，“心声”主要针对“人类”：“迎接所有绝妙而悦耳的心声……诗人……反映忧伤的回声……”（《序曲》）。这些呼唤存在于他的内心，却又超越了内心：“智者仔细倾听内心呼唤”（XXXII，4），重新奏起“心的乐章”（《秋叶集》，XV）。“来吧！收起你的倦容，让你的灵魂飞向乡村，飞向树林，飞向可爱的绿荫，飞向月光溶溶的海滨的梦境”（XXXI），不同的场所，不同的地点，成就诗人心灵修炼的旅行，成就梦的象征，揭示想象与修辞之间的关系，这是单靠语言修辞所不能解决的。《秋叶集》之后，我们在此重新发现“注视”与“呼唤”之间惊人的联系（仅有一例：“当不见你时，我听到你充满朝气的呼唤”）。看得见的心声是前额，“这宽广的前额”（XX，I），“思想深邃、思路宽广”（XX，III），“朴实无华”（XXXII，VI），“安之若素”（XXXIII，IV），而且“永远矗立”（XXXII，III）；高度与“深度”相接（“思想深远的诗人”，XII）。根据赫拉克里特的观点，“上行与下行是同一的，两条道路的同一性表明过程是一种圆周模式，尽管保留上与下的对立，但是这种对立同时通过圆周被否定”，同时，“人类的活动，只有通过对立转换而形成的循环，才能向更高更深的层次发展”。为了达到更加深远的写作目标（《无限的和谐最为重要！》—— XXXII，III），诗人在1834年开始消融美与有用之间的矛盾，改变了1930年的立场，并且超越了巴尔扎克在文章《艺术家》中宣扬的“只为艺术而艺术”。

通过一系列的感观和知觉体验（一种缓慢发展的过程，而非瞬间灵感的迸发——经过对立事物的长期比较和不断过滤沉淀，最终形成象征；这种过程是可以被感知的：它是精神体验的轨迹），“钟”成为象征诗人所有心声的存在：呼唤、心声、回声。《颂歌》如此写道：钟是“上天降临人间的回声”。钟—诗人，他们模样丑陋难看，但是高大伟岸（“巨大而有力的钟，怪物一般的钟锤”）。通过这种方式，雨果与加西莫多之间丝丝缕缕的联系被呈现出来。诗人曾经在手稿中写道：“丑陋的敲钟人，一份感情足以让他满足。”这是《暮歌集》的价值所在。

具有象征意义的“青铜”。雨果充分挖掘“青铜”约定俗成的、高贵的寓意，放弃追求“青铜”一词的语言新奇性和独创性；当他使用它的时候，还它以最为真实最为原始的面貌。青铜不是铜器，“青铜铸成的纪念碑……光荣的结晶雄视千古”（II，I）。青铜象征胜利、凯旋（意思接近权力、威望、盔甲、荣耀、武器、反抗）以及统治。仅有一次，诗人使用该词形容冷酷：“冷酷无情的世界”（XXXIII，IV）。七次押韵的过程，青铜四次与“宁静”，两次与“至高无上的统治者”押韵。“青铜的雄鹰”（II，I）庇护着钟，即“青铜鸟”。既是战争的背景，也是文学的素材，雨果将“青铜”纳入“钟”的体系。“青铜”由此经历洗练和升华。“祈祷”、“灵魂”、“污点”三者相邻，“青铜，总是，默默祷告”，“青铜高尚的灵魂，正在天堂悲叹”，“污点不复存在，一切将成为青铜”，淡化了种种突兀的军事色彩，为其蒙上一层道德的光辉。从“青铜”这一高贵的词语出发，雨果开启了道德史诗的时代。

《暮歌集》这部政治兼抒情诗歌没有沿袭雨果以往的表现形式。这里的“深渊”（V，VI；XV；XXXII，V）几乎闭合。《秋叶集》中，贯穿始终的巴别塔，除了在第十二首诗中出现并且用来影射语言而非制度的混乱之外，几乎没有提及。螺旋（《他，正在攀爬螺旋式阶梯》，XXXII）只不过是阶梯。《秋叶集》与《死囚末日记》中，"活人铸成的城墙"只保留原先一半的涵义（"当他加厚了一道道血肉筑成的墙壁"—— V, III）。《暮歌集》不以表现形式见长，但却是修辞的盛宴，通篇充斥着"既然"和"当……的时候"。如果说雨果仍在不断推敲"沉思"和"深邃"，也是进展缓慢。唯一的充实和丰富在于"沉思"，除了表达忧伤的情绪（"闷闷不乐而耽于沉思"，XXXVIII）或是思索神秘的未知之外（"漫无边际的思索！棘手的难题……使得……思绪万千的诗人游移不定……"—— XIII），诗人补充说，"当我因想入非非而陷入烦恼与痛苦"（XXXIX）。我们甚至认为，这是对于"沉思"的深度挖掘，是真正的道德进步，是真正的"心—词"（mot-expérience）的挖掘。让我们想起"丑陋的敲钟人"。"深邃"一词只用了十五种左右用法中的两三种。具体层面（"夜晚"，"坟墓"，"沟壑"，"流水"，"天穹"）平淡无奇，只有"幽深的花园，露天营地，烛火通明"引入了别样的景观（XV）。抽象层面（"过往"，"诗人"，"精神错乱"，"词句"，"信仰"，"直觉"，"话语"）程度不一，"无法确定，深不可测的生命"（XXXII, VI）除外——那是雨果作品中罕见的，富于奈瓦尔式忧伤的笔触；还有深渊一般的战争，"越来越黑暗、越来越可悲"（VII）。《暮歌集》不是一部富于深度的作品。

唯一得以延续和发展的是关于黑暗之声的隐喻，这同时也是《暮歌集》真正的发展，"阳光"让人想起"欢呼"，"阴影"让人想起"喧嚣"："阴影引起的喧嚣使思想烦躁"（《序曲》）。可以聆听的视觉，可以聆听的触摸（"如同有声的浮云，我们四处飘摇"—— XXXII），声音进入全新的感观范畴，管风琴手弹奏悦耳的音符如同"海绵里的水，顺着根根硕大无朋的青铜管向外流泻"（XXXIII, I）。此时，阴影的四周几乎没有"光明"或者"光辉"的存在（"黑暗到处都与光明互相纠缠"——《序曲》；"上帝……使你与夜……如此光辉"—— XXI）。阴影，只有阴影，成为内心的主宰："啊，漫漫长夜！无休无止的风暴！空中没有一角蓝天"（V, VI）。无处不在的阴影是忧伤，是梦想，是狂欢，是寒冬，是贫穷，是人类，甚至是"内心令人陶醉，却也阴暗如黑夜"的女子（XXXIII, VI）。阴影，既与快乐如影随行（XXXIII, II），也象征着快乐的转瞬即逝（XXXIII, IV）。它总是和不幸、苦难形影相随："黑暗中失去面包"的儿童（VI）。最值得一提的是，阴影是令人不安之"物"（"我不了解……上帝在暗中设计的一切”—— V, VI；“充满黑暗的世纪”—— XVII；“因为我们越是走向黑暗深处，就越是心神不定”—— XXIX），阴影是一种色彩，象征思索（XIII），幻影（XVII），是世界（XX, II），最后成为话语（XX, III）。同时，它也象征拒绝，拒绝“像搭脚手架一样建立在黑暗中的可怕的制度”（VII），“这是一些以黑浪一般的法律、野心和思想建立起来的制度，它们像无边的巨浪向世人袭来”（VII），就像“革命的黑浪”席卷而来一样（XXXVIII）。雨果赋予本非颜色却具有色彩意味的词语以价值，最终抹去它的外延即语言价值；这种手法在暗影重重的《暮歌集》中出现（“充满模糊的阴影”—— XXXII, III；“走廊尽头有盏灯微光朦胧，几乎透不过阴郁的黑暗”—— XXXIII, I），就像阅读文学时见到的那些陈词滥调（同义叠用）以及在阅读文字时见到的进入雨果文学作品的那些蹩脚的词语符号。从“感观”过渡到“价值”。阴影与阳光并不是完全对立的，它们之间的界限是模糊不清，相互渗透的，就像政治和爱情两个部分，就像《暮歌集》中的两份爱情那样。

《心声集》

高尚

通过诗歌创作，成为奥林匹斯山神，是雨果一直以来的梦想。在这部诗集中，他实现了这个愿望。每一首诗，都朝着目标一点点地迈进。为此，诗人酝酿，表露心迹，随后循序渐进。《光影集》的《序言》就是这项宏伟蓝图的最佳例证。为了达到目的，诗人必须将自我客观化，否则所有的一切都是空谈，而这正是《心声集》的显著特点。奥林匹欧正是在《心声集》中出现的。此前的自我诗和无我诗为《沉思集》（《序曲》）做了些准备：“仍然关于人，但不再是自我。”早在《暮歌集》中，诗人已经指出：“他不让自我的成分在他的作品中继续存在，就是因为有时这正是为了反映普遍的东西。”

雨果从一开始就高瞻远瞩：“诗人有一个严肃的使命……高尚的使命……艰难的使命……”，必须“超越一切尘嚣”。诗歌的艺术，如同生活的艺术；借由一连串的“必须……”，《序言》宣告诗人的任务和责任。“我们，心灵的引路人”（II, X）既是“行进路途”的观察者，也是参与者：“快些把理性传递给愚昧的心灵。"它有着摩西般的先知作用，献给维吉尔的那首短诗（XVIII）提示了这一点，这首短诗通过置入《牧歌》的中世纪传说和基督诞生的预言而易于理解。然而，诗集却将经受神灵启示的作家塑造成为神（"上帝，守护之神"—— XVIII；"他们将永远对你满怀恶毒的怨恨。"—— XXX, IV）。每部诗集里面反复出现"前额"，它是最明显的诗学标志，上帝之选的标记，此时俨然成为奥林匹斯神降临凡间的征兆，带着特有的标识、光辉和雷电："受到上帝神佑的才华横溢的诗人，那富有灵感的头脑向我们发出光辉"（I），"神，泰然自若的头脑，两眼充满光辉"（XXVII），"宁静却又暴烈的前额"（XXX, I），"额间的光芒……庄严伟岸的额"（XXX, IV）。前额是可见的、肉体的神化。因此，人被置于自然之上（"大自然，正以神圣的面貌"—— V, I），置于万人敬仰的神殿之上（"从容尊贵的前额"——IV, I）。诗人就是主宰一切的奥林匹欧——"奥林匹欧：竖琴。"心神凌空："任由狂风暴雨在下面隆隆轰鸣；我们在高处岿然不动，如同顶峰冰雪。"（XXX, IV）这是诗人的镇静沉着，也是启发诗人灵感的缪斯"超凡脱俗的姿态"。庄严朴素的从容，高深莫测的力量，求索刻画的才能，这些都是《心声集》的创新之处。

对于诗人而言，《心声集》不是装腔作势的训诫之作，尽管仍然充当着传道者的角色。诗集告别了漠不关心，字里行间"充满善意"。也不是持续紧张：这是雨果第一部懂得微笑的诗集。诗人或是透过孩童的视野观察世界（"常春藤像浓密的绿胡须，覆盖在古老的石头河上"——XXI），或是描写孩童（"大红唇淘气鬼"，第二十二首），或是依照孩童的口吻进行创作（"上帝的诗篇远胜于我的作品"），或是玩弄新奇，或是谈论爱情，创造雨果式的格言（"满桶火药怕火星"—— XII；诗句片段："不屑的眼神，如同双轮马车看到四轮马车"）。战争的、精神的、技艺的张力（节奏的游戏也许就是"神奇"，它们不仅仅是一种文学的技巧，而且是人类的微笑，正如下面这句诗："粗大的汉字，就像黄瓜"）、文学技巧的张力制约了诗人。所以奥林匹斯神开始学习微笑。

这份从容是一种积淀。《暮歌集》的开篇发出肯定的话语："这个世界是伟大和强盛的。"除了词语的肯定，现实的肯定才是定调的词语，比如《暮歌集》的第一句："我们这个动荡的时代，我们如何命名它呢？"同时，这种肯定又通过它所产生的疑问定义这部诗集（一个文本的语法就是价值,它就是这个文本),正如《秋叶集》,第一行诗的未完成时为诗集定了向:"本世纪正好两岁。"所有这些都是作者的精心安排,绝非偶然。此时的坚定,完全不同于《暮歌集》中飘荡不定的心绪。1835 年 3 月,雨果曾经写道:"希望通向紧闭的门户"(《暮歌集》, XXVI);可是,1837 年 4 月他又写道:"朴素的真理不会有紧闭的大门"(I)。过去他认为:"美好的书均由天真的心灵完成;人们能在书中梦见你未知的含义"(《暮歌集》, XX, III),如今,诗人相信"在对于世界万物的观察中,我们狂喜的精神每天都出乎意外地发现新的见解"(I)。从"梦见"到"发现",存在着一种假定:"所有圣言都能破译。"

雨果视野开阔。"伟岸","庞大","巨大","硕大"的象征,超越《颂诗》描述的拿破仑时代:"啊! 那是多么伟大的时代!"(IV, IV);"伟大人民的仇恨是伟大的仇恨"(II, IX);"巨大的拱门",就是凯旋门(IV, I);"皇帝身后,硕大的背影"(II, VIII);"广大群众"(II, IV);"欧洲巨人"(IV, II)。《心声集》的"伟大"不具社会现实涵义,即不代表卑微与强大的对立。本部诗集中,社会几乎是缺失的,这也恰恰是奥林匹斯神的特征。"伟"在这里标志着孩童进入雨果的诗歌("面对大人,小孩不应过于严肃"—— XXII),在此之前,孩子也曾出现在《秋叶集》里,不过仅仅作为客体;如今,他们也是一种语言,是微笑的另一种元素。如果说《暮歌集》的孩子曾经只是陪衬——或是祷告的理由(XXX),或是赞美妻子的理由(XXXI),那么经由《暮歌集》,孩子已经在《心声集》与《秋叶集》之间建立了联系。"伟大",最终成为宇宙的化身("伟大的天空与渺小的人类"—— XVII;"宇宙间某种茫无边际的安宁"—— XIX),以及象征符号:"美丽高大"的母牛(1837 年 5 月 15 日);并且,由于彼此影响,富人的牛都是"巨人般的牛群"(1837 年 5 月 22 日),雨果－荷马橡树成为"巨大的橡树"(1837 年 5 月 18 日):1837 年 5 月的诗句将诗集推向更加深远的意境。

雨果对于革命与骚乱的区分("令人振奋的睿智革命,蔑视一切骚乱"),以及人民与"暴民"的划分("对人民的尊重,夹杂着对乌合之众的蔑视"——"俯首帖耳的人们"—— XXX, I;"奴化的大众"—— II, IV,不禁让人想到《死囚末日记》I, II 中描写的断头台),似乎再次印证了诗人对政治与社会的区分,以及 1830 年革命与 1832、1834 年暴动的区分。正如《安日洛》序言宣称的那样(仅具文学涵义),诗人敬重的"人民",取代了读者观众，被搬上戏剧舞台，他将他们和仇恨（II, IX）、愤怒（I；II, I）、欲望相连（“内心遭受欲望噬咬的人民”）。浩浩荡荡的人民只是一个载体，伟大如上帝，渺小如蝼蚁。人民如同海洋（VII, XXIX），伴随一片斥责之声。相对革命而言（II, VII；II, X），雨果运用更多笔墨描绘的是惊人的矛盾，在歌颂机器时代的进步（I）和描写前工业时代人民的诗篇之间，“茅屋”与“宫殿”（V）之间的矛盾同时展现了“不再充满仇恨，不再双眼迸出火星”的“乞丐”，他们就是伟大的世纪；最后呼唤“眼神阴沉，亵渎宗教的人”（“穷人啊，你们都不要灰心失望……你们的生活虽然经过苦难的历程，但请满怀希望，上帝正关心着你们！”）。诗歌宣扬的只有道德，仅此而已，无关政治。如果说充满18世纪色彩的“茅屋”和“宫殿”和雨果笔下表达爱的语言相连的话，那么新的元素如“迷失的水手”，仅是个别例子，这种元素只显现为一个草图（“人们叫作法律的东西，就像一棵黑乎乎的树”—— II, X；“流放……阴险的恶魔”—— II, X；“黑暗中的畸形人群”），继续《暮歌集》的论调。奥林匹欧望向别处。

雨果从未如此梦想过。他用梦呓般的语言编织幻境：“我看到的不是此地的人间，而是未知的世界”。（XXX, IV）幻境因目光得以展现：（“崎岖小路令人遐想”—— XIX；“我是幻想者，我在日光中看到戏耍的鸟”—— XXI）；或借助声音寻找不可见之物：“我，梦想！听见柏树的喃喃低语……听见鸟儿低声鸣叫”—— XXX, IV；“我们听见呼唤，我们长久地梦想着”—— XXVIII；阴影开始的地方就是未知世界，那里，维系着人们的内心思想：“黑暗中……有一只梦想的眼睛”（IV, I），“他在思考，他在梦想，他在疑惑……人性的奥秘！”（XXXVIII）。梦追寻着一种无法用语言描述的东西（“在孤寂中，幻想的人们将在无意之间发现神秘”—— VII），这是维吉尔的预言。此时的梦成为关键词语，它是一种感官固着，只与黑暗、知觉有关。唯一的例外，《致飞鸟》（“我，痛苦忧伤的冥想者，突然将椅子推向墙角”）中，孩子的出场烘托出写作现实的缺失。沉思与梦截然不同，并非通过梦幻这一途径得以完成，而是内心的想法，且试图与外在的世界产生联系：“步出门庭，浮想联翩，采摘鲜花……时而驻足，拿着还未看完的书……”（XIX）。“还未看完的书”是一种启示：中断书本阅读意味着可以引起过渡的条件出现，中断意味着联系，与大自然的联系，通过书本，与爱联系：“你仿佛看到，向着如此可爱的美貌，平摊在膝间，那本古老的书籍正在微笑。”（IX）——模仿古老的原型《神曲：地狱篇》第五首"那一天我们就不读下去了"。沉思无不弥漫着忧伤的情绪，雨果诗歌系列因而开始思索更加底层的问题："孩子啊，我在思念你们……独自徘徊在水手的歌声中间"（XXIII）；"我思索着人类的不幸"（XXX, IV）。未挣脱传统氛围的沉思者往往是不足的（"可悲的沉思者，只能部分揭开神秘阴影的面纱"—— VI），最多只是迈向思想家的过渡阶段："儿时的沉思者可成为伟大的思想家"（XXV）。思想家传递梦幻强大的价值："思想家是重建者"（I），"……思想家朝着梦幻"（II, I）。"若有所思"，伴随忧伤（II, II；XXX, I），伴随阴影（XXX, III），同时更加陷入对未知世界的莫名恐惧（"啊！沉思的老画家！啊！丢勒！我的老师！"X；XXIII；XXV）。从来没有哪部作品能像《心声集》这样充满新的"严肃"、"庄严"，甚至有些"严酷"，从《序言》到最后，尤其第二十九首和第三十首。这种庄严，只是因为诗集的含义以及结构布局——沿着"幻想之坡"而显得愈发深刻。这份庄严涉及方方面面：自然（"庄严的沙滩"—— XXX, I），诗人（"为奥秘着迷的严谨心灵"—— XIX），内心需求与诗歌艺术（"我有庄严的快乐……我追求改变人类的……艺术"—— XXIX），无处不在的神秘（"神秘无处不在"—— IV, VIII），问题，答案——诗集注目于万物的内涵，诗人关注万物："我，忧郁的诗人，我倾听大海对我的嘱咐。"（XVII）

结构

历经五年的彷徨和犹豫（即《暮歌集》），《心声集》最终问世了，此诗集三十二首诗中有二十四首是 1837 年上半年的作品。构思简洁，题材丰富：历史、爱情和家庭、周而复始的自然风光、大海、森林，沉思更是诗集的重点所在。

《序言》认为："所有的人""生命皆由三个方面构成：家庭、田野和街道"。这部诗集以描写家庭为始，以缅怀兄长结束。然而它并非直线发展，而是循环深入。《序曲》讲述世纪的进步，随后的三首作品谈论诗人和历史：国王（II），皇帝（IV），《万物的眼泪》再次扩充了《暮歌集》涉及的主题，针对放逐——人们宣告查理十世之死（I）和大炮戎马的远去（II），只有诗人仍旧怀着"慈悲"心怀，超越所有仇恨（III）。对凡尔赛宫的历史的对照式追忆（IV），未来的不幸（V, VI），对于历史的思考（VII），为人性弱点的辩护（VIII）以及请求宽恕（IX），完成了对诗之力量和放逐之恐怖的揭示，作品的结构充满雄辩的力量。第三首短诗抽象出内在的寓意，同时，像在雨果作品中常见的那样，也起着那种两首长诗之间的小小休憩的作用。这说明其中有一种结构语义：《献给凯旋门》是站在废墟之上的冥想，彰显诗人的历史作用。歌颂往昔的荣耀，却因后代无法继承先帝伟业而引起深深遗憾。《上帝永远在这里》是穷人、街巷、呼吁慈善的诗篇，与酒神狂欢式的描写相伴相随——关于盛宴的题材是雨果自《颂歌集》以来一直热衷的，在《暮歌集》又曾重提。这首作品与接下来的诗歌，与此前歌颂国王和拿破仑荣耀（拿破仑在这里和第二十九首诗中只是一个影子）的诗形成鲜明对照，构成上帝与道德主题。

这部诗集最为重要的就是对于自然的关注和描写，第七首至第十九首，其中“田野”更多是指森林和海洋。大自然是爱情和诗歌的庇护之神，时而轻快诙谐（VIII, IX）时而激情四溢（XXI, XXII）；时而喜悦欢欣（VII）时而愁云密布（XX）；恋人的初次相遇拥有不同情景（VIII, XII）。一首论战之诗（XIII）回顾“硕大的橡树”和丢勒的森林回声，随后传来彼岸享受爱情和春天的呼唤（XIV），将人们的目光引向“众生之母”（XV）的终极象征。《过去》连接了爱情和幽会场所，连接这份爱情、各种爱情和永恒的爱情；“自然在思量”继续了《母牛》的结尾部分（不是按照写作时间而是诗歌阅读的次序）：“思量着你的上帝”，借由持久的思量，梦想着的人们得以延续诗歌的梦想，如同人性的延续。假如雨果真如我们所说，意欲重写奈瓦尔的《荒诞》，那么他们之间唯一的共同之处就是以写石头开始。在《荒诞》里面，现在只是过去的体现，过去是一切存在，现时是过去的追忆。而雨果的《过去》是带着忧伤狂欢面具的现在，是一种重构；关键词“那时就像今天”反复出现了三次：“一切现在都正在过去”（《大海之夜》—— XVII），以船、桨、帆比喻人类的命运。这也是诗学三步曲的开始：对命运的诘问（XVII），简短的预言（XVIII），精神世界（XIX）。尽管“心智泉涌”，《致一位富翁》仍与第七、第十和第十五首相辅相成，成为这部咏叹自然的诗集最为重要的作品之一。

随之而来的是《家庭》，四首关于孩子的诗歌（XX-XXIII, XXV）。母亲此时不再像《暮歌集》中那样处于中心地位。如果说她年轻，充满活力（《姐姐》—— XX，《小孩》—— XXV）的话，那么这是因为她的母亲和妻子角色逐渐淡化，既温柔慈爱，又充满忧虑（“不安”—— XX，“慈爱”XXIII，“温柔而又忧虑的母亲”—— XXV），出场只是为了给予小孩庇护和仁慈（XX）。“沙滩的鸟群”延续了《大海之夜》中海的主题（XXI）。母爱之后登场的父爱，是大自然里的爱意。因为自然、小孩、诗情画意的完美和谐，《致飞鸟》成为立意最为新颖的一部作品。在雨果的笔下，将孩子喻为小鸟并非慈爱父辈公式化的陈词滥调，而含有非同一般的意义，与诗人擅长表现的主题之间有着深刻的联系，例如，诗人对黄莺有着宗教般的爱。作品的结尾，雨果再次提及大海，“埃特勒塔[①]的渔夫”。《我在想什么呢？》（XXIII）颠倒小孩和大海的关系：小孩成为诗歌的主题，只在结尾部分略微提到渔夫。这里是大海的边缘，“海浪”、“水手”、“悬崖”，都能让他想到孩子。透过鲜花“彩虹色的酒杯”（XIX）、“馥郁的馨香”（XXI），象征小孩“犹如两朵初放的花朵”，浓浓的爱意将自然、上帝和小孩合为一体。

曾经在四首诗里作为铺垫的大海，此时俨然成为中心主题。“我的主人，是不是？”是对上一首诗“远离你们所在的家”的回应。“声音”，疑问，“迷失的水手”预示着“深渊”系列诗篇的到来。“前行”（Tentanda via est）再次颠倒小孩和大海的位置。忧郁不安成为重要主题；深渊是双重的：关乎时间，关乎空间。爱情犹如深渊（XXVI），生命如同“螺旋，望不到边，瞧不着底”（XXVII）。《阅读但丁》唤起丢勒的敬畏和恐惧：这部诗集恰恰正是维吉尔“斜坡”的反面（VII，XVIII）。《思即疑》诘问自然，重新回到大海的象征主题，继续前面诗篇中的“地狱”和深渊：“凹陷的深渊”、“深渊的峭壁”、“深渊上的冰川”、“深邃的话语中暗藏深渊”。诗歌的结尾为下一首诗作出铺垫，从而走向神秘的遐想（“瓶子太小，无法容纳”一切真相）。“词语”的隐义被隐藏（“正如，不会说话的人最能体会词语的玄机”）——面对神秘和玄妙，诗人只能暂时选择屈居。《啊，多少疑虑占据了我们的心》中，爱就是大答案的一半，这是一首爱的诗歌：《思即疑》无法提供答案，但仍然在“声音”的诗[②]中占据一席之地。

《献给犹金子爵》和《献给奥林匹欧》共同为诗中生活的艺术作总结。遐想的神秘，“无边的海洋”，如同自然的神秘：“让你沉默的声音。”《献给奥林匹欧》将诗人化作“悬崖”、“巨大的深渊”，此时此刻，痛苦让雨果陷入对自然的沉思：诗人的声音与自然相互融合。一个月以前，《思即疑》里面虚幻的听觉通过《献给犹金子爵》和《献给奥林匹欧》（1835 年 10

---

① 法国城镇，位于滨海塞纳省。

② 指《心声集》。

月）得到了延续。两部作品并没有按照创作时间列入《暮歌集》，而被收录于《心声集》，除了基于文笔相通的考虑之外，与整部诗集的寓意和结构也是相关的。《献给奥林匹欧》两次简单的重复（“脸色苍白的水手”，“水手的心”）之后，海的主题最终结束。诗人采用内在对照手法，最后一首诗则是全诗集的两大疑问——自然与死亡——浓缩成的一则简短的寓言。从《暮歌集》(XXVII)的“花朵与蝴蝶”开始，从一部诗集到另一诗集，雨果式的寓言得到延续。

这最后一首诗几乎用同样的词句，与《秋叶集》最后一首诗所唱的“青铜颂”起着几乎同等的作用。此诗从关注自然转向关注社会，以此弥补奥林匹欧的非社会性（“我，仰望天空”），并由此得出结论：“注视天空，凝望世界。”雨果将诗人与社会之间看似散乱脱节的关系（XXIX, XXX）置于重要地位。诗集以肯定语气开篇，以命令语式结束：力量和惩罚的宣告——最后重现酒神狂欢（VI），诗人重新回到政治与史诗题材。尽管这两部诗集之间彼此连贯，层层推进，体现出雨果思想与诗艺的日臻成熟，然而这并非重回《秋叶集》。《秋叶集》是这样结束的：“于是我忘却了爱情、家庭、孩童，软绵绵的歌曲和清静无为的悠闲，……可是加上去的青铜琴弦却让一切变得毫无可能。”如今，“神色安详”的诗神“凝望”着自然和人类；爱情、家庭、孩童久久吟唱：凭借对世界的觉悟，雨果更加贴近事物的内在了。

奥林匹亚的沉思

“在我们的内心应和我们在身外听到的歌声”，雨果将此定义为“诗本身”。《心声集》这部诗集的创新点在于田野与自然之声的联系[1]，在于两位诗人维吉尔与但丁的出场（文学无界），在于诗人的双重话语，在于两种自然的话语。

从一部诗集到另一部诗集，雨果不断锤炼着听觉，努力捕捉古老悠远的“诗性”的声音：飞鸟、树木、流水甚至寂静。诗人似乎蔑视“尘世所有的议论”（XVII, 1836 年 9 月），但仍为它保留一席之地（“巴黎悄无声息的时刻，世间将会失去多少声音”—— IV, II；1837 年 2 月）；这股声音融入宇宙万物（“劳动的谐音与创世的神奇的回声溶成一片”—— I；1837

① “田野”（le champ）和“歌声”（le chant）二词在法文中发音完全相同。

年4月)，因而不像《山上听到的声音》那么清晰可辨。《海风呼啸之夜》中，或远或近的景象环绕四周，大海“低沉的咆哮”“深邃的声音”此起彼伏，但在这里不再扮演森林的重要角色。此时尤为重要的是：交流（“你将你的思想融入充满混杂的伟大和谐”—— XXX, III；1835年10月)，尤其是与自然的交流：“鲜花，鲜活的诗章”正是第12首诗歌“诗章”一词的价值所在；再如，1837年5月《致一位富翁》：“风儿的私语犹如变幻不定的诗章，犹如清泉不绝于耳的吟唱。”

跨越《暮歌集》，《秋叶集》的心眼与肉眼得以重新开启。尽管背景有所变化，但某种关联继续存在。仍有观看—聆听之间的联系：“我们听见呼唤，久久地幻想着，仿佛看见……”（XXVIII）；“我和你一样，每当我在森林里徘徊，总是看见阴影下，吓人的橡树遍布丛林，彼此低声说话”（X；视觉与听觉借助“树林”一词建立联系，自然的联系是双重的）。在《序曲》的最后两段诗句中，我们看到对称的两段四行诗，“人类看到自己的命运”，“这是对你呼唤的回应”。有些声音甚至是可见的：“不计其数的声音隐隐约约地穿越布满星辰的天空”（IV, V）。同样含义的“仿佛看见”（XXVIII；V, II：“他仿佛看见一只冷冰冰的手……”）。这份具有预知能力”的“专业”目光，带给诗人无穷的乐趣：“从不……你过去从来没有这样享受过。”（XIX）观察的对象也延伸至可怕的事物：“久久地凝视某个黑色的蘑菇，草丛怪物。”（XIX）《幻想之坡》后，这种目光更强了。无论观看什么，都是诗人在与上帝进行心灵的对话。《暮歌集》中紧闭的上帝之眼（XX, II）重新睁开：看见世界末日（“原野空无一人，只有人类呆滞的眼与上帝光辉的眼”—— IV, VIII)，或是简单的仰视：“夏天，就是上帝的注目”（V, I)，“你竟然感知不到，上帝在曙光中凝视”（XIX）。

自《落日》以来，雨果从来没有在哪部作品中描写过如此绚丽的色彩。这是一个五彩斑斓，赏心悦目，直观而又精致的世界（“远影一片苍翠”—— XIX)，为此，雨果不吝笔墨，几乎穷尽“美丽”一词涵盖的所有意义：从《过去》“鲜艳的彩窗”到“红褐色美丽的鸟儿”（IV, VI)，到“公鸡颜色鲜艳，阳光下金袍闪耀”（XV)，到母牛“棕色的皮毛，白斑点点”，到“池塘，在晚霞映照下闪着银色的光芒，波光粼粼”（XIX）。同时，雨果对自然的刻画和欣赏从来不分昼夜：从晨曦，正午（XV)，夜晚（XXIV)，直至月色降临（VII）。《致一位富翁》恰巧描写不同时段的自然景观：早晨，中午，黄昏，月色之下，留下一连串的美妙印象。如果说正午强烈光线照射之下的母牛象征暴露无疑，那么神秘莫测的时刻仍然是晚上。

"阴影"不是从前的阴影。但总有一种素描般淡淡的阴影（"窗外此时正是满窗月色，满园绰影"—— XIX；IV，I；IV，III）。"阴影"象征浓浓的暗色调（"令人疑惑的问题"—— XXVIII；"神秘的黑色"—— XXIX），否定性（"甚至晨曦也是阴暗的"—— XXVIII），既是海浪的颜色，也是诗人的心情。阴影是未知的，难以言表，深陷其中却又无从描述（"世间诸事，一面是光明，一面是阴暗"—— XXX，II）。阴影，就是未知的变故（II），未知的将来（XXV），未知的上帝（X），未知的死亡（XVII）；就是渐已钝化的心灵——"迷茫的心"（XXVIII），"人类的影子遮住他的目光"（XXV），"而你这个庸人却只不过是行尸走肉"（XIX）；就是日益缩小的人类的存在——"唉，回来吧！回到我的影子里面"（XXII）；甚至就是邪恶，"欲望堆积的阴影"（XXX，IV）；最后是物质的象征："肉体拖曳着长长的影子"（XXVIII）。此刻，阴影少了以往的具体意象，多了一层形而上学的抽象涵义。

与《秋叶集》相比，这部诗集的"光线"和"明亮"被作者赋予了更多的精神寓意。它们出现的十六处，便有十四处指代：回忆之光（VIII）；爱情之光（IX）；简单举止之光（XXVIII），人类之光（XII，XXIX）；孩子是"光线，我用它照亮时而黯淡的诗句"（XXII）。光与影彼此交替："昏暗的夜磨损了月光，月光又驱散了黑暗，黑暗也在吞没亮色。"（IV，I）因此，两者的价值似乎初次出现转换了：富人的"脸庞沐浴在阳光中"，为"高傲的礼服"押韵，而那些"天真、贫穷、卑微的人""被黑暗笼罩着，面容憔悴"（V，II）——社会与道德色彩的变化，势必对光亮产生负面影响，对处于阴影的一方有利。对于具有预见能力的人，光亮开始变得令人不安："许多奇怪的光线……另一处黑暗的深处，有一处闪亮的目光。"（X）价值的内在化导致某种改观，"阴沉的春天"：因为爱情（"在花草欣欣向荣的阴暗处"—— VII；"我的生命止步于您的覆荫庇护"—— IX），也是因为对自然的领悟（"在你永衡的胁部寻求乳汁和庇荫"—— XV；"在浓荫如盖的温柔森林里徜徉"—— XIX）。这里正是作品的转折点。

描写黑暗的恐怖阴森和恬静柔美，这是雨果同一"教义"的两个方面。因为"圣洁"，所以温柔，就像一张没有人像的底片（"秋季温和的夜晚，散发出圣洁的气息""喃喃自语的枝丛里圣洁的黑暗"—— XIX）；"圣洁"与阴影相关，与树林相关："一条条林荫道，隐入一片如此圣洁而远影模糊的椴树林”（XXI）。“香炉”（XXI，XXVIII）已燃；我们曾经认为这是波德莱尔惯用的手法，实际却是雨果的首创，此时的“香炉”是令人敬畏的：“自然”是上帝的呈现（XV，XIX），是神秘的“邻居”。《心声集》里，诗人最为钟爱的场所就是森林。但是，森林是阴森可怕的地方，是丢勒笔下的“丑陋世界”，“丑陋的叶丛”（IV，VII）；“奇形怪状”的树木带给人们的恐惧甚至超越阴影：雨果描绘的树木“痛苦地扭曲着长臂”（XXX，III），“多结的老树身影在暮色中显出千奇百怪的人形”（VII），荆棘的“根脚疙疙瘩瘩，黑乎乎的”，还有榆树“扭曲的枝桠”（X）。然而，我们无法分辨到底是树林本身令人畏惧，还是树木成为雨果的化身。有时，树木具有人类的行为（“弯着腰的老榆树，宛如智者埋头思索”），有时，人类具有树木的形态：“巨大的橡树”，“垂头丧气的雪松”。树木，抑或森林，是变形的场所，是无生命到有生命的过渡（VII，X），是死亡到生存的过渡，“没有东西完全死，没有东西完全活”（从某一受到扰乱的空间向未来新空间的过渡：“她气息犹存，而我奄奄一息”），是现实到幻境的过渡（IV，VIII；X），是物质到思想的过渡。是说教式表达出的真实的通感，“形成茫茫林海的每个客体，和灵魂森林里的某种同类互相应答”（XIX）。当它说“格鲁克[①]就是森林”，冷漠的富商就是一粒“假珍珠”时，这种通感绝不仅仅是一个词格或字面的过渡，而是“精神！物质！”的接触，是在隐喻中发端出来的精神化（spiritualisation）和去隐喻化（démétaphorisation）。

雨果通过各种手法来使这种转变成为可感知的：“模糊”（“心不在焉，目光朦胧地望向某处”（XV，XIX，XXVII，XXVIII）；“飘摇”（“我们的目光飘向远方”——XIX），与《暮歌集》中“飘摇踌躇”的心态毫无共同之处：不同的关系，不同的涵义；另外，也会借助“某人，某物”感知上帝借以显现的对应言语：《母牛》的“某处”，“蹑手蹑脚，好像生怕惊醒什么人”（XIX）。《暮歌集》里，诗人就曾写道：“好像我在等待某个隐秘的人”（XXXVIII）。在一段诗中：“无时无刻，无处不在，我们总能看到某些东西”——日常用语“某些东西”在雨果笔下成为了诗的语言。

名称缺失和模糊性能通向幽深。但丁是这方面的高手，直逼维吉尔。他的诗里充满太多的不可测知：黑夜、海洋、洞穴，以及死亡、思想、疑问的深不可测，在此诗集中比比皆是；它是一部具有与《暮歌集》反向的深度

① 格鲁克（1714—1787），德国歌剧作曲家。

的诗集。人类的深渊（XXVIII），上帝的深渊（II，VII）："充满诱惑的深渊"（II，VIII）。就雨果而言，从来没有哪部作品曾经触及如此的深度："渊口的冰川，海角，无数次，我在此深度上沉思……"（XXVIII）。"岬""海角"把纵向的追问横向地投射，投向地狱的"旋梯"（XXVIII），投向天堂的旋梯（"那些攀登青铜旋梯登上天堂的人们"—— IV，VIII），"巴别塔"只不过是名称而已（"连接大地与天空的阶梯"—— IV，II）；这把横跨两极的旋梯，就是他，奥林匹欧："他们探身向你，看到万丈深渊……我知道，如果再走向前，人们也许可以看到星光熠熠的苍穹！"（XXX，II）。"我们于是趋步，仰见星辉重现"——但丁之路，变成了文字：

"离开此地，便有灿烂的满天繁星。"

编后记

亨利·麦硕尼克（Henri Meschonnic，1932—2009）是法国当代著名语言学家和诗人，巴黎第八大学文学教授，国立文学中心主任。主要著作有《论诗学》（1970）、《论诗学 II——文本认识论，翻译诗学》（1973）、《论诗学 III 话语与文字》（1973）、《论诗学 IV——写作雨果》（1977）等诗学文本理论著作三十余部、译著数部和诗集十余部。

雨果作品中的神话创造（节译）

作者 ［法国］皮埃尔·阿尔布

译者 罗国祥 赵鸣

提坦史诗

捷克文学评论家瓦茨拉夫·切尔尼认为，在西欧的浪漫主义诗作中都隐含着来自提坦神话式的灵感，通常会涉及个体对不公平天条或是无视人类苦难的宇宙秩序的反抗[①]。这些分析可以完美地运用于雪莱和维尼的作品，但对雨果是个例外[②]。在后者看来，提坦代表人民，也代表人民的反抗，而反抗的对象永远是国王而不是上帝——人民和提坦至高无上的同盟者。

雨果的提坦情结可以从1875年4月3日写下题为“提坦”的一诗中得到印证，这首诗最后发表在1877年的《历代传说》中。这首迟到的诗是作为一个结果或者术语来呈现的。例如，在《历代传说》第一部中，已经出现了半兽神。我们认为，《提坦》中的提坦神福托斯与其他角色之间的本质联系，使我们将雨果笔下的人物当作提坦诸神一般看待，并构成本章中讨论的神话体系。

---

① 参见《论1815—1850年间西方浪漫诗歌中的提坦主义》。——原注（如无特别说明，本篇注释均为原注。）

② 雪尼在《撒旦的末日》（第213页）中看到了雨果式巨人思想的高峰。在接下来的篇章中，我们将会就为何雨果笔下的撒旦不能等同于受到众神残暴对待的普罗米修斯这一点进行分析。

一、引子

巨人和提坦总是能激发雨果的灵感。莫洛先生和布都先生认为，“在大师维吉尔那里，这些人物总能唤起他对于庞大怪物的联想……尤其使他着迷”[①]，于是，雨果少年时就将诗歌《伊尼特》译为法文，这首诗中有描写西西里岛独眼巨人和大恶魔凯克斯的段落[②]。同时，诗人见证了滑铁卢一战的失败，他将这次失败看成是幸运的，因为他将战败的波拿巴比作被主神宙斯用雷电击倒的提坦诸神[③]。在1817年《夜晚漫步》中，用黑色枝叶包裹起来的有威慑力的巨石让雨果联想到提坦，他们是“大地引以为傲的孩子”：

“眼睛，在这峻峭的巨石之间，
分辨着他们高傲的头颅，
……那里是他们巨大的手臂，
畸硕的额头，
古老的松枝就是他们的头发。”[④]

这样就出现了三个景象：畸硕的人物、拿破仑——现世的提坦、自然中存在的提坦般的样貌。

维吉尔笔下的波吕斐摩斯在诺迪埃的时代被《叙事曲》中的一位中世纪巨人[⑤]所替代，对于它的庞大，圣伯夫惊异不安[⑥]；事实上，这些非凡的库克罗普斯[⑦]的记忆多次出现在雨果的巨人题材的创作中，并且他常常将拿破仑比作巨神：

---

① 见莫洛先生和布都先生著作，第45页。

② 《独眼巨人、凯克斯和阿赫美尼德的洞穴》(1817年，发表于《文学保守主义者》，后于V.H.R中)。阿美德·吉阿尔在冰岛凶汉和哈比布拉的身上看到了“独眼巨人与凯克斯野性的混合”，加西莫多杀了杰昂·弗罗洛，其残酷程度好比“波利斐摩斯的人宴”(第51页，第53页，也见25-29页)。

③ 《三书簿》，第123页。

④ 同上，第66页。

⑤ 《叙事曲》，卷五。

⑥ 见他发表于1828年1月2日《星球》中的文章。

⑦ 希腊传说中的独眼巨人。——译者注

“他像恩塞拉德一样，
用石头堆起通往天堂的路……
把韦戈拉姆叠在马伦戈之上，尚波贝尔叠在阿荷高勒之上，
再把皮立翁山叠在奥萨山之上！”①

他为炫耀自己的功勋竖立起的柱子好像是：

昔日提坦神巨大的号角②，

他以胜利者的形象站在圣海伦斯山的峭壁上，好似普罗米修斯。滑铁卢一役后，诗人在1840年12月的《王者归来》中呼喊：

“……宇宙再次见证了这传奇般的一幕，
锁链，非洲天空燃烧的悬崖，
还有提坦——和秃鹫！”③

在《赎罪》一诗中，画面被衔接起来，组成一部微缩的完整神话：

“命运之神拿起铁钉，铁锤和枷锁，
抓住这个偷盗天火的人，他苍白而又奄奄一息，
快乐却降临在古老高耸的山峰上，
将他牢牢钉住，秃鹫啄食着他的心脏，
仿佛被他的嘲笑所刺激。”④

这首诗的灵感可能来自于雨果不久前读过的夏多布里昂的《墓畔回

① 《暮歌集》，195-96页。

② 《心声集》，第382页。

③ 《历代传说》卷二，第224页。——这也许是一出荷马风格的戏剧。在创作《老顽固们》之前，雨果的风格中还未见埃斯库罗斯的影子。

④ 《惩罚集》，183-184页（对于这些诗句及其异本，可参考莫洛和布都的评论，前已引用，85页）。——也见《心声集》卷一，第489页。作于1849年9月9日—10日的“睡梦中完成的诗句”，在《自由戏剧集》的结尾，也可看到这一未付诸实践的计划（手稿24753，片段421）：“精神上的戏剧或者：自由的戏剧。——普罗米修斯（拿破仑）。”

忆录》，后者把拿破仑描写成一个在圣赫勒拿山峭壁上的，被死神撕咬折磨的普罗米修斯[①]。这样的比喻十分常见，我们在巴泰勒米和梅瑞的《拿破仑在埃及》以及埃德加·奎奈特的《拿破仑》中都可以读到类似的内容[②]。巴朗什极大地丰富了这一角色，将文明、进步、圣赫勒拿山峭壁上的新巨人普罗米修斯，与自私、迟钝的神灵普罗米修斯作对照[③]。亚力山大·苏梅在《神圣史诗》中继承了巴朗什的思路和词汇，不同的是他将普罗米修斯塑造成一个：

> 解放了世界人民的英雄；[④]

在雨果的作品中，这样的相似并不具有任何这类象征意义。提坦之所以叫提坦，是因为他们硕大的体形和巨人的姿态，拿破仑只可能是雨果笔下创造的特殊的"提坦"。

雨果所有的作品均可谓错综复杂，环境险恶，可不断地使其中发生巨大的冒险故事。如1828年《东方集》中那样的"沟壑"就好像是被提坦巨大的车轮压过而留下的车辙。[⑤]在1859年的《历代传说》中，马斯费尔，这个比利牛斯山的匪盗的巢穴被比作：

> "一位埋葬在此的提坦，人们仍能看到他的脚踵，
> 这只强壮的脚踵一可怕地张开，
> 就成了洞穴，"[⑥]

① 夏多布里昂，《墓畔回忆录》第1部，第24卷，第11章，布雷亚特出版社出版，第1018页。

② 巴泰勒米和梅瑞，《拿破仑在埃及》（1828年），第194页；奎奈特，《拿破仑》，第309页。

③ 巴朗什，《变态再生》，卷三，246-247页（及115-116页，第121页）。

④ 苏梅，《神圣史诗》，第6节。

⑤ 《东方集》，第687页。

⑥ 《历代传说》卷一，第484页。——在《撒旦的末日》（第276页）的结尾处，写着这样的诗句：

"在这恐怖的山峰上，可怕的撒旦在兴风作浪；
蓝色的天底冒出黑色的山峰。
他的脚踵被上帝的铁锤所伤，
当上帝抓住他，气喘吁吁地历数他的罪行，
好像是一枚可怕的钉子将他钉在了深渊之中。"

而1869年的《莱茵河瀑布》则让诗人想到咆哮中战斗的提坦：

好象是卡利班与波利斐摩斯在搏斗；

水上升腾起的彩虹也拥有了神话般的景象：我们好像看到戴安娜伫立在那儿：

用她圣洁的弓角平息着地狱的纷争；[①]

在《莱茵河瀑布》中这样的对照比比皆是，我们仅仅举了其中一例。想象使神话般的景象出现，这样的方法我们已经在前面的章节讨论过。一旦找到了相似点，例如雨果常常将山峰比喻成巨大的头颅，那么问题也就出现了：头颅的意义是什么呢？巨人以这样的姿态出现要做什么呢？于是，被埋葬在地狱深处的巨人的神话因为有了逃离的意图而变得完整了："好像神话里的巨人一样被压在山峰下面喘不过气来，他抬起几块巨石，挣扎着露出自己的头颅，就在这时，阿波罗或是圣·米歇尔降临了这座山峰，被压的怪物发出一声嗥叫，接着就断气了。"[②] 这种压在山下的巨人逃跑的情节也出现在福托斯的神话当中，而且具有这里所没有的象征意义。

提坦神话的这种象征意义与后来戏剧《老顽固们》的完全不同。如果说序言赞颂了埃斯库罗斯无尚的伟大，却没有提到其实他也是"提坦之一"。雨果提到了普罗米修斯和上天为了给他严厉惩罚而派去啄食他的秃鹫，却没有提及他为人类造福而犯下的"高尚的罪孽"。在戏剧《老顽固们》中，约伯以莱茵河老巨神的形象出现[③]：

他被征服了，活活地被帝国的雄鹰啃食，……
一动不动，最后的爵爷，固守着他最后的悬岩！[④]

---

① 《最后一首诗》，第319页。
② 《莱茵河》，131–132页。
③ 《老顽固们》，第535页。
④ 同上，第562页。

雨果称正义的英雄——腓特烈·巴布鲁斯是12世纪的朱庇特，这首诗的立场是站在朱庇特一边反对叛乱的提坦巨神。事实上，《老顽固们》另有含义，我们将在以后的篇章里展开阐述。

对维吉尔的追忆出现在1843年到1848年的怀古诗中。在《翁法勒的纺车》中，我们可以看到恶心的、恐怖的、巨大的怪物败在大力神海格力斯的狼牙棒下。

> “罪恶的洞穴里罪恶的强盗卡库斯，
> 三头巨人格律翁、提丰们来自波涛”[①]

美女与野兽的艳情也在其中：我们由此联想到车尼尔，而不是埃斯库罗斯。《沉思集》中的田园诗与埃斯库罗斯的风格相去甚远：美女与提坦老神在西西里的山巅凝望着日暮，这位“可怜的巨人”在天神的眼皮底下躲来藏去，为的是不被天神看到他们太美满的爱情，招来嫉妒。[②]

人们注意到，雨果在遭到流放之前，不论是描写拿破仑还是一些自然场景，或者是模仿埃斯库罗斯，其想象风格正好可以创造出提坦般的人物。然而，雨果式提坦的始祖既不是拿破仑——尽管他很伟大，也不是长眠于莱茵河岩石下的巨尸，更不是埃斯库罗斯那样的古人。

如果人们同意我们在这一章节中所说的，完美的雨果式提坦是《历代传说》中的半兽神和《笑面人》中的主角——格温普兰，那么就可以说，他们真正的始祖是《巴黎圣母院》中的加西莫多和作为《文学和哲学札记》结尾的1834年政治小册子中的米哈博。

丑陋是这四个人物[③]的共同点——怪诞的丑陋。卡西莫多是一个“独眼巨人”，一个“波利斐摩斯”，一个被粉碎后却没有重塑好的巨人[④]。三十岁的米哈博仍然被大家当作是一个“失败品”，一个“残缺的造物”[⑤]，一个半兽人般的“雄性怪物”[⑥]。这四个人物都有着丑陋的外表和一颗平民的

---

① 《静观集》，第74页。
② 同上，第87页。
③ 半兽神，格温普兰，加西莫多和米哈博。——译者注
④ 《巴黎圣母院》，第37页，第39页。
⑤ 《米哈博桥》，第191页。
⑥ 同上，第201页。

灵魂[①]。事实上，雨果笔下的米哈博最能完整地代表1789年的法国民众，因为作为其中的一员，他属于被控制的弱势群体，没有接受过良好的教育，受到排挤、嘲笑、羞辱和轻视[②]，在一定意义上与半兽神和格温普兰一样。

加西莫多和米哈博的丑陋可以说与格温普兰一样被概括和浓缩了。首先是面孔，加西莫多的第一次出场时，身体并没有展示出来，全身的重点整个聚焦在正义宫[③]花窗上露出的一张可怕的脸上[④]。"他一脸怪相。"[⑤]而笑面人格温普兰从童年时起，怪相——永远的笑就被刻在了他的脸上。在加西莫多怪脸之前花窗边出现的其他怪诞鬼脸使雨果想到了这样的比喻："巴黎新桥的所有柱头像，即在日尔曼·皮隆手下化为石头的那些梦魇，个个得到了复活……"[⑥]在三十年后的《革命》一诗中，日尔曼·皮隆塑造的这些石像成为被囚禁的提坦，代表着被束缚的愤怒的人民，在挣扎中龇牙咧嘴地表达着他们的愤怒、痛苦和复仇的希望。[⑦]

米哈博也一样，他那仿佛戈耳贡[⑧]一样的脸充满了力量。正如雨果所说的，当顽固的君主制与旧思想试图向革命发起进攻，并发出胜利的欢呼时，米哈博巨人一般的头颅出现在战壕，让侵略者为之惊恐。革命的勇士拥有一只神盾，这件武器集合了伏尔泰、爱尔维斯、狄德罗、陪尔、孟德斯鸠、霍布斯、洛克和卢梭的思想武器，他们围绕在米哈博的周围，给他

---

① 需要注意的是，在《巴黎圣母院》中，中世纪艺术中怪诞的人物是以人民为依托的。著名章节《此杀彼》不像罗曼司的艺术那样带有神权政治和宗教色彩，而是哥特艺术，是自由的艺术，人的艺术，不再属于教会的艺术；是人民的艺术，而不再是特权阶级的艺术。宗教的外壳上被覆盖了人民共和的旗帜。"永别了，神秘，神话和法则。现在是梦幻和热情的时代"，怪诞的艺术便诞生于这种民众智慧的独创性之上。

② 《米哈博桥》，第194页。

③ 法院。——译者注

④ 我们发现雨果自己也指出了这一节的出处。在1820年3月的《文学保守主义者》分册中，他以讽刺的口吻对一首关于《语言技巧艺术》的教益诗进行了概括："如果作家仍然执意于此的话，那么文学创作就会变成竞赛，就像继阿迪森之后在苏格兰小村庄里发生的那样，憨厚老实的村民们轮番登台，扮出最丑的鬼脸。"（《文学保守主义者》，第93页）

⑤ 《巴黎圣母院》，第37页。

⑥ 同上，第35页。

⑦ 这一处关联也被莫洛先生和布都先生注意到（前已引用，卷一，第290页，第2期）。

⑧ 蛇发女妖。——译者注

力量。[①]

雨果式提坦，以及他在流放前塑造的两位始祖（加西莫多、米哈博）的第二个共同点是他们的出现和转变都非常突然。人民陷入黑暗的灾难中；突然，他出现了，有着可怕的面孔，就像在上议院的格温普兰和望着奥林匹斯山的福托斯。这是为艾丝梅哈尔达遇到危难时，加西莫多好像是从圣母院的塔楼跃下，突然跳出来救她埋下的伏笔，证明在这个残酷的世界上仍然有爱的存在。我们在这个独眼畸人的眼中看到几乎已经看不到的美丽灵魂在闪光。就像夏努瓦·汪扎克先生理解的那样[②]，加西莫多从刽子手那里夺回艾丝梅哈尔达，就代表着人民凭借上帝的力量粉碎了国王的权力。加西莫多是“美”的，他蓬乱的头发与米哈博的一样，宛若狮鬃[③]。畸怪变得令人惊叹。

我们知道，米哈博直到三十岁还是一个畸形的怪物，然而到了四十岁，一下子，一句话就使他高大起来，使众人震惊：“一直保持着沉默的他，在 1759 年 6 月 23 日，终于向德·布雷泽先生发出了呼喊：‘去告诉你的主人……’他的呼喊在革命中游走，就从这句话起，米哈博成为了众人皆知的民族英雄。”[④] 他一个人就是 1789[⑤]。在《小拿破仑》的一章中，雨果写下了有关民权卫士的下一段，米哈博首次以提坦神的形象出现：从 1852 年起，我们在其中看到半兽神动人心魄的形象。在召开全国三级会议的大厅有一个台子，“大家刚坐下，就看到一个与众不同的人物登上台子，站在那里。一些人问：这个怪物是谁？另一些人却说：这个巨人是谁？这个人是这么地独一无二，出乎意料，陌生怪异，突然从阴暗处走出，让人害怕，却又让人好奇……”接着，“从这个长相畸形的人口中说出了庄严的话……好像是 1789 年站起来在质疑，在控诉……有关于他的过去，他肩上的记号标志了他曾经是杀人犯、奴隶、苦役犯的事实，不幸的过去在大声呼唤着未来，被解放的未来！……他的言语时而如惊雷，诉说着偏见、虚妄、流弊、迷信……撼动着一切应该终结的事物，标志着它们的崩溃和灭亡的开始”[⑥]。

---

① 《米哈博桥》，208-209 页。
② 《宗教起源》，626-627 页。
③ 《巴黎圣母院》，第 295 页。
④ 《米哈博桥》，第 202 页。
⑤ 法国大革命。——译者注
⑥ 《小拿破仑》，第 114 页。

1789年6月23日米哈博坚定的话语如同福托斯向着奥林匹斯神呼喊一般。半兽神和格温普兰也是如此。1834年雨果曾经说①："米哈博与格温普兰一样，代表着长久以来沉默压抑中的人民，他们呼出的第一口气，讲出的第一句话能使一切历史的堆积坍塌。"1852年，《小拿破仑》的第五卷出版，他在其中提到米哈博，题为"议会主义"，也就是说依靠话语建构世俗政府。当米哈博登上论坛时，他实际上开启了一个新的时代，即人的话语时代："人类从上帝的话语中诞生，社会从人的话语中诞生。"②话语象征着巨人发挥力量的武器③。怪异的面孔变成了张开的嘴巴。话语从中发出。

可加西莫多几乎不讲话。他是聋人，听不到人类的话语。在第一个场景中，他既聋又哑④。15世纪的人们依然十分接近原始，不懂得表达自我。但他能学会，冈城大法官雅克·科佩努拉在路易十一面前预言过巴士底狱的衰亡⑤。半兽神一直在等待着蜕变，到了17世纪，人类社会的进化时进时停。格温普兰之前的吕依·布拉斯如同他一样，代表了17世纪的人，"聪明而强壮……背上带着奴隶的记号，心中却酝酿着伟大的计划"⑥。吕依·布拉斯背负着奴隶的记号，他的心中怀着成为第一大臣的梦想，然而在他的主人撒鲁斯特面前又重新迷失了自己，成为了奴仆。这样的状况代表了心中充满希望等待时机到来的人民，如果人们将这样的奴隶记号显性化，将它呈现于身体上，使人物身负伤残，把奴隶的印记渗入肉体和骨骼，或者将奴仆降为奴隶，使他成为小丑，简单地说，如果我们将吕依·布拉斯与另一位平民特布勒融合，成为一个整体，那么除了格温普兰，还会想到谁呢？⑦

① 《米哈博桥》，第199页。

② 《小拿破仑》，第120页。

③ 雨果·冯·霍夫曼斯塔尔所说有理，在雨果笔下，"灵魂的高尚借由语言的高尚凸显出来。雨果心目中的伟大的人物并不是身处爱情中的人，也不是行动中的英雄，或者殉道者，而是演说家"，他注意到《历代传说》中多有这样的人物出现，比如维尔夫、卡斯特朗·德·奥斯波尔，还有整整说了四天话的埃尔西斯——其实雨果本计划将他说话的时间设为七天！（第47页，第49页）

④ 《巴黎圣母院》，第430页。

⑤ 同上，381-382页。

⑥ 《吕依·布拉斯》，第333页。

⑦ 特布勒和格温普兰的联系见245页。在一篇深入分析雨果作品开篇的文章中，皮埃特罗·多勒多称吕依·布拉斯的叱喝预示着格温普兰在众议院的发言（R.H.L.F，1919年，第372页）。

雨果的提坦神话构成元素开始于 1830 年和 1834 年的加西莫多和米哈博，雨果探究着平民的处境，并开始和人民群众站在一边[①]。人民是灵魂的承载者——如加西莫多和吕依 · 布拉斯所证明的那样；米哈博的的话语开启了自由时代的到来。但是加西莫多和吕依 · 布拉斯在这一点上没有成功。从 1848 年的流放开始，直至政治理论确定后，平民中的巨人才开始以半兽神的形象屹立起来。

二、提坦神话元素

在流放期间，雨果作品最主要的象征意象为提坦，它代表了人民，其中的要素包括我们刚刚说过的：畸形的面容，从怪诞到崇高的突然变身，以及掷地有声的话语得到的深化，这些补充元素正是我们现在要讨论的。

第一种是在《老顽固们》序中提到的埃斯库罗斯式的希腊风格。在有关半兽神和提坦神的诗歌中的新颖的人物形象，也同样出现在《女像柱》和《革命》这两首诗歌的"现代神话"和格温普兰身上。

1854 年 2 月，雨果在《撒旦的末日》中描写了提坦神与奥林匹斯神的战斗，在《奥尔菲斯与麦基洗德讲述的奈洛德》一卷的第二节中，奥尔菲斯讲述了提坦如何不甘失败，与上帝这个战胜者抗争到底。比如：

> "安第斯，阿斯特的兄弟，塔罗的父亲，
> 他大步流星踏入水中，
> 爱琴海没过他的腰际，"

宙斯，也就是朱庇特将他变成了一块岩石；这位提坦神喊道：

> ……谢谢！你赋予我们武器！
> ……把安第斯放在当中，

① 见 1831 年、1833 年、1835 年有关《秋叶集》、《吕克莱斯 · 波尔吉》和《安杰罗》的卷首宣言。

他将巨人抛向神的头顶。①

在撒旦旁边的提坦成为奈姆洛崇拜的反抗者②。这时的雨果,并不总是站在提坦一边。继奥尔菲斯之后,另一位希腊英雄即将出现,他将成为雨果笔下提坦英雄的范式——普罗米修斯。

在欧洲浪漫主义文学中,普罗米修斯扮演着和该隐一样重要的角色,几乎可与撒旦比肩③。在这里先简要指出雨果同时代作家们赋予这位英雄的主要意义④。

已有多位神父们认为普罗米修斯的经历"隐隐预示着基督教",奥古斯特·史莱格尔在《戏剧文学教程》中如是说⑤。约瑟夫·德·麦斯特继承了这种说法,圣彼得堡的第九场沙龙对话中详细谈到了这位缚于高加索

① 在这些诗句中,可以隐约联想到《埃奈曲》第三曲中的阿赫美尼德。雨果曾在1817年翻译了664-665句:波利斐摩斯在波涛中前进,在波涛中划开深重的大海,前行着,波浪托举着他的双翼(《颂诗与长歌》,415)。至于提坦的行动,好像是击倒希伊斯蒙的埃维哈德努斯,还像投石器一样,将迪斯拉斯的尸体举起来在空中打转;保尔·贝莱找到了《历代传说》这一章节中的有关例子,比如《天使的堕落》,里面的赛达尔击垮了六位巨人,并将第一个倒下的巨人举起来,像狼牙棒一样地挥舞,还有《愤怒的罗兰》中的阿里尔斯特,他用手下败将的身体去打击其他的敌人(《历代传说》1—313页)。这些情节都可以在勒贡特·德·里斯勒1852年12月写于《古代诗歌》中的诗《凯龙》中找到,最早的线索可追溯到1847年《步兵方阵》中的《奥尔菲斯和凯龙》。原因是奥尔菲斯将提坦与奥林匹斯众神的搏斗告知了人马兽,就像在《撒旦的末日》中,他将此情节放在了《大森林》的故事中。勒贡特·德·里斯勒的诗歌后来是这么写的:

"迪奥弗抓住惊恐的帕拉斯;
用健壮的胳臂,将他向宙斯的女儿抛去,
巨人的身体打着滚,重重地摔下……
疯狂的波利波特遁往幽深的海底,
他强大的腰肢主宰着浪涛的拍打。"

(巴尼尔神甫提到了波利波特乘着海浪逃跑的过程,只是没有细说;参考莫洛先生和布都先生著作,第963页)

② 《撒旦的末日》,43-45页。——提坦的反抗与邪恶天使的反抗经常被拿来比照,提坦对抗奥林匹斯众神的战争与弥尔顿笔下的恶魔和天使之争也会被比较(比如说,勒梅锡尔,《分析学》卷三,第111页);不知雨果是否记得提坦,在《丢失的天堂》中,是一位强大的恶魔的名字?在《神话》中,凡人神化论者巴尼尔神甫讲述了提坦王子,尤拉纳儿子的历险(卷二,第22页,第129页),雨果正是从他那里学到了Zéus的写法(贝莱,《雨果的《〈历代传说〉》,卷三,58-60页)。

③ 见瓦茨拉夫·切尔尼的专门研究,第34页,第15期。

④ 这里不涉及19世纪文学中关于普罗米修斯的描写,我们会忽略掉那些与雨果描写的普罗米修斯没有关联的其他象征,比如说,阿克曼夫人的《普罗米修斯》。

⑤ 史莱格尔,《戏剧文学教程》,耐克尔·德·索绪尔翻译,卷一,第183页。

山上的英雄怎样预示了耶稣的雄心。巴朗什在《奥尔菲斯》的第七部中，赋予塔米里斯相同的处境。埃德加·基奈在他的史诗《普罗米修斯》中进一步发展了这一观点——称他是“古希腊真正的先知耶稣”[①]，他从峭壁上和秃鹫的爪牙下解放出来，并不是拜海格力斯所赐，而是多亏了天使米歇尔和拉斐尔。

巴朗什的史诗除了能以基督教的方式解读外，还能从拜物教神话角度进行分析。被缚的普罗米修斯象征着他的作品，他说：“人们，从我这里接受了智慧与科学……然而众神却赋予自然对抗人类的能量；我给予人类征服瞎子自然的力量。”[②]奥尔菲斯称提坦代表着努力征服自然的人类，在宿命的束缚下仍发展自我，尽力做到完美……以人类的精英为首不断向前，为其他人开辟道路，取得进步[③]。

第二种解释更有生命力，巴朗什在上述文字中总结了人类的历史，米什莱在其四十年后这样简述这段文字说：“人类就是自己的普罗米修斯。”[④]巴朗什的解释更加带有圣西蒙的意味。事实上，蒸汽机的时代向盗火者致敬，他是瓦特先辈。安东尼·德尚像欣赏一位普罗米修斯一样欣赏蒸汽火车[⑤]，拉尚波迪称铁路代表着普罗米修斯的胜利[⑥]，巴特雷米称蒸汽轮船的发明家——美国人弗尔通是普罗米修斯的儿子[⑦]。1843 年路易·梅纳尔《被释放的普罗米修斯》代表的便是被科学启蒙的人类，就像波德莱尔讽喻的那样：“富兰克林把朱庇特赶下了王位[⑧]”。

丘比特的敌人普罗米修斯在雪莱笔下成为人类反抗不公平上天的象征，在《洛拉》中，缪塞将普罗米修斯设定为撒旦的哥哥；在米什莱 1830 年的《历史导论》中，他又成为浪漫主义家族的先人：“代表没有上帝的自由，没有顾忌的英雄主义，在文学中，撒旦派从希腊时代起，就在埃斯库罗斯的《普罗米修斯》中成名，在哈姆雷特的悲剧中被赋予新意，在弥尔顿的撒旦中被真正理想化，在拜伦的绝望中完成自我的塑造。”[⑨]基奈

① 基奈，《普罗米修斯》前言，第 8 页。

② 巴朗什，卷四，第 384 页。

③ 同上，第 389 页。

④ 《法国史》，1869 年版前言。

⑤ 由 P. 莫洛引用，《阿尔弗莱德·缪塞的命运》，第 69 页。

⑥ 拉尚波迪，《蒸汽》，第 13 页。

⑦ 巴特雷米，《蒸汽》，第 6 页。

⑧ 见关于海盗的一篇文章（《浪漫主义艺术》，《作品集》卷二，第 381 页）。

⑨ 米什莱，如前，第 35 章，457-458 页。

的普罗米修斯仍与拜伦的一样："英雄在秃鹫的爪牙下笑着屈服了，只有怀疑让他痛苦。"[①] 稍后在《宗教的真谛》中，他解释说约伯的宗教疑惑正是对普罗米修斯的继承，直到诅咒。约伯从东边来，很快就变得顺从和屈服。"在希腊，人类的高傲自负走得更远，普罗米修斯象征了欧洲精神的觉醒，开始反抗东方。"[②] 基奈之后，菲拉莱特·夏斯勒在1865年的《评论家之旅》又将约伯与普罗米修斯对比，称普罗米修斯的真正继承者是伏尔泰：从他开始，欧洲人开始反攻，被缚的朱庇特在呻吟颤抖；普罗米修斯挣脱铁锁；宿命后退了，自由伴随着权利诞生了。"[③] 也许，他是从前一年米什莱的《人性的圣经》关于希腊神话巨人的部分中得到了灵感："被缚的普罗米修斯，最能代表自由——有力的自由，她是'正义之女'。她代表的不是徒劳的提坦的愤怒，而是对不公平的天条提出挑战的正义的自由"。[④]

在这个意义上，普罗米修斯的反抗不仅仅是理性对于失去了人性的宗教的反抗，还是对抗专制暴政的象征。19世纪，提坦成为了民主的先知。长久以来，人们都认为埃斯库罗斯的戏剧想要刻画的是伟大的灵魂，也就像1764年苏阿尔和阿尔诺说的那样，"其中展现了深重的，大部分君王都会不自觉的不公正……"[⑤]。1820年，安德烈厄在法案评议委员会公开反对拿破仑，称"希腊诗人想要表现的正是绝对君权的阴暗面，呈现出的是带着绝望的蛮横而又反复无常的至高专制权"；至于暴君朱庇特，他把不反抗压迫，甚至臣服于压迫者的沃尔坎，以及总是站在强者一边的奥西昂安排在自己身边，不幸的伊欧于是成为专制欲望的牺牲品；反对专制的普罗米修斯是一位博爱者，是"这些受到人类忘我之爱所启发的高傲的神灵"[⑥]。这样的象征意义也在基奈版的普罗米修斯中体现出来——六翼天使喊道：

---

① 基奈，《普罗米修斯》，第88页。

② 基奈，《宗教的真谛》，第二版，315-317页。——在普罗米修斯之后，基奈又论述了怀疑自己的哈姆雷特；如果将这种怀疑和绝望再极端化一些，那么就成为歌德笔下的浮士德。

③ 费拉莱特·夏斯勒，《一位评论家的人生和书籍之旅》，《东方卷》，第11页（他也在关于怀疑的作品中给予哈姆雷特和浮士德以象征意义）。

④ 米什莱，《人类的圣经》，第266页。

⑤ 《欧洲文学报》，卷一，259页。

⑥ 《论埃斯库罗斯笔下被缚的普罗米修斯》，《百科全书杂志》，1820年，卷六，第464页。

在峻峭的高加索山上，人民在呻吟；
我看到被束缚在峭壁上的人民的王。

后面的合唱与“人民——普罗米修斯终将获得解放”的预言相应和[①]。在1846年贡斯当神甫的一部传奇《最后的道成肉身》中，普罗米修斯代表的也是解放了的人类。其中涉及的有撒旦的末日，也就是社会主义民主的胜利。被拯救的撒旦成为了路西弗，他与耶稣和玛利亚一起，加入了砸碎高加索山上的锁链、解放普罗米修斯的行列[②]。

而雨果，则是在1853年底以圣西门的风格写出了第一部有关普罗米修斯的神话。《宇宙》一诗从1877年起成为《历代传说》的结尾。“人”的作品在其中得到弘扬，这让波德莱尔大为恼怒：

普罗米修斯，在高加索山上，发出一声吼叫，
他惊奇地看到盗取雷电的富兰克林，
被朱庇特化成粉末的弗尔通，
建造莱维坦，穿越海洋。[③]

1856年，《上帝》中一首诗劝诫人类安守自己在这个星球上的本分，而普罗米修斯却在“秃鹫的嘴缝之间”喊着：

人啊，成为提坦吧，撼天动地，
普罗米修斯-费尔迪南·德·勒赛普则喊出这样的话：
连接大西洋和太平洋……
打通它们之间的海峡……[④]

① 基奈，《普罗米修斯》，第130页。

② 贡斯当，《最后的象征》，112–114页。——这个民主的普罗米修斯甚至在1849年5月以滑稽怪诞的方式进入了滑稽歌舞剧之中：第一位温和派是亚伯，第一位社会主义者是该隐，第二位则是普罗米修斯。

③ 《历代传说》卷二，第414页。——这也是工业进步的神话：1846年，维克多·德·拉普拉德在《新时代》中称赞说蒸汽机彻底将“海怪”变成了“顺从的巨轮”（卷六，第185页；最终的名字是《乌托邦》）。

④ 《上帝》，第354页。

这样的进步使得人类成为自然、空气、水和宇宙空间的主人，在街垒战中的安佐拉将这称作是普罗米修斯的杰作[①]。

在这之前，诗歌《麻葛》曾将普罗米修斯比作"被束缚的解放者"[②]，1855年同年，《灵台集》中的一首诗赞颂了"希腊的耶稣"：

高加索在那位永恒的奄奄一息者的照耀下也光芒四射。[③]

1856年7月2日，保尔·莫里斯发表在《抒情集》中的一首名为《山上景象》的诗中将高加索与各各他作了对比，而奥林匹斯山则成为骄奢淫逸的专制者的居所：

那里，没有节制，没有怜悯，有的永远是可怕的欢乐。[④]

《上帝》中的一首诗《秃鹫》却道出了相反的观点，于是，两首诗成为提坦神话的两个方面，一边是孤独的烈士，他忍受痛苦，带来解放的承诺；另一方面，是纵情欢笑的众神，专制的篡权者。

秃鹫代表的是异教，"吃掉普罗米修斯的秃鹫"，当奥尔菲前来带走普罗米修斯时，却被一阵声音所吸引：

普罗米修斯就这样获得了解放；

如果说普罗米修斯被奥尔菲斯和圣言解救的神话还只是停留在草图阶段，那么在《半兽神》中则聚集了普罗米修斯式的人物、被众神击败的提坦，还有奥尔菲斯，以及歌唱至高无上神权的诗人：半兽神正是在吟唱之中长大的，变得可与众神比肩，甚至最后超越了他们，普罗米修斯—奥尔菲斯以诗歌式的圣言拯救了自己。正如人们所知，秃鹫仍然象征了异

① 《悲惨世界》，第六部，第25页。——在《天空》中，普罗米修斯"以目光追随"飞船升空（《历代传说》卷二，第400页）。

② 《静观集》，第409页。

③ 《灵台集》，第249页。

④ 《全琴集》，卷一，第16页。

教。下面的是蒙昧原始的物；在大地的混沌中，提坦们代表了从自然中释放出的力量。上层的诸神夹带着罪恶的兽性，夹带着维纳斯的热奥，在宿命中掺进了迷信，在物质中掺进了专制迷信的宿命，十二位神就这样执行着统治权：

>……胜利了，他们平静
>但凶残。

奥林匹斯山成为了篡位贵族们的象征，更加确切地说，是拿破仑三世的杜伊勒里宫，这样的比喻为提坦神话加入了时政的色彩。于是，

>奥林匹斯山被荣耀的幽灵们占据，
>如果没有神的名号，那他们根本就是匪盗……
>提坦巨人们被压在下面……
>提坦们带来灾难，而众神带来罪恶。

并且：

>人类就处在提坦和消失的神之间。

不过其中的一位提坦开启了进步的神话。普罗米修斯曾想：

>开垦人类苍莽的森林……
>征服自然……
>……但用正义来替代地图。

如果提坦：

>……摔下来，大海的女儿也为他哭泣，

奥尔菲斯仍然保持着他最高形式的教诲：精神的斗争及其结果，自

由、灵魂的法则在于战胜重力："展翅向着天空飞翔。"①

在《论威廉·莎士比亚》中，埃斯库罗斯和莎士比亚的对比导致了普罗米修斯与哈姆雷特的对比，在米什莱和基奈的作品中已经有过这样的情况。雨果称，"这是两个同样受到束缚的人，但是普罗米修斯的阻碍是外在的，显露的，而哈姆雷特的则是内在的，隐性的……普罗米修斯需要挣脱秃鹫的纠缠，而哈姆雷特需要摆脱复仇的阴影"②。"怀疑"折磨着哈姆雷特，而与基奈的情况相反的是，雨果笔下的普罗米修斯却完全没有这种烦恼。人们同样可以看到约伯与普罗米修斯的相似之处："约伯的屈从是与普罗米修斯的反抗相辅相成的"；约伯所要呈现的是"责任"，而雨果的普罗米修斯看到的是权利的萌芽③，他是以权利的名义抗争着的象征，米什莱在《人类圣经》中也表达过这样的观点。

这种反抗，在取得最终的胜利之前，要接受的首先是惩罚："缚于高加索山上的普罗米修斯，就是1772年之后的波兰、1815年之后的法国雾月之后的革命"④，如果这种说法成立，缚于高加索山的普罗米修斯可以被看作是雨果，那么缚于高加索山的普罗米修斯也可被看作12月2日以后的法兰西。德拉朗德先生在望海楼图书馆中找到了一出"寓言喜剧"，作者不详，但是这位作者却在1868年将这出喜剧寄给了雨果，并附上了埃斯库罗斯的诗句作为献词：献给当代的"普罗米修斯"⑤。在《论威廉·莎士比亚》中，关于埃斯库罗斯戏剧的解读让人想到安德烈厄的论文。不只是雨果从古典作品中汲取了灵感，安德烈厄也在拿破仑下台之后写下了自己的评论分析。和所有期盼着雾月后革命的人一样，他也被人们面对专制主义的不同表现震惊着：一个普罗米修斯的身边，有着多少殷勤的沃尔坎，又有着多少的奥西昂不顾一切地等着去伺候他们的主子。这样的场景，雨果过去、现在都看到了。朱庇特被他比作了拿破仑三世："普罗米修斯，是被战胜的正义。朱庇特却通过施加暴虐篡得了权位。"除了沃尔坎，还有为朱庇特效劳的独眼巨人们，埃斯库罗斯将他们丢弃，而选

---

① 《上帝》，416-429页。——在《彗星》一诗中，普罗米修斯成为了陌生的预言家们的"始祖"，注定遭到嘲笑和咒骂的先驱者（《历代传说》，卷二，第211页）。

② 《论威廉·莎士比亚》，125-126页。

③ 同上，第25页。

④ 同上，第127页。

⑤ 让·德·拉朗德，《在望海楼的雨果》，第110页。

择了卡宾达[1]。至于“众人的朋友”——墨丘利，他向普罗米修斯建议放弃政变，这是胆小而又诡计多端者对杀人犯的帮助，“外交官”尽管对普罗米修斯说了很多，但是流亡者却没有听进去：赦免的建议没有被接受，只有受刑者自己能够宽恕自己。到这里，我们的分析已经远远超过1820年的老自由古典主义者安德烈厄论文中的分析范围。这个丑闻引出了这篇散文，气势十足，透露出一种“被束缚者无法改变的焦虑”。整个世界“都因为普罗米修斯而痛苦着，束缚他的枷锁也在束缚着整个世界”[2]。普罗米修斯败于朱庇特，诗人雨果败于拿破仑三世，这些都是让人无法忍受的，因为正义反而被邪恶战胜，弱者、假神、昙花一现的君王“那波仑”（Naboléon）反而战胜了强者，即诗人和提坦。这样的愤怒于是成为雨果创作有关普罗米修斯的提坦神话的动因。

雨果笔下的提坦忍受着痛苦，受到羞辱，另一个此类形象的巨大化身就是约伯。

哦，约伯！作为前浪漫主义和浪漫主义的代表，不论对拉马丁还是雨果来说，他的影响都是巨大的，还从来没有一部重要作品研究浪漫主义的约伯那样的复杂人物[3]。他代表了“阴暗的崇高”，对巴古拉尔·德·阿尔诺来说，是一种“了不起的崇高”，对夏多布里昂来说，这两种解释都来自同一文本，也就是雨果后来让堂·克洛德·弗罗洛读过的：“灵魂在我的面前经过……”[4] 约伯同样出现在阿尔诺一部戏剧《尤菲米》的题词当中，之后甚至还出现在《墓畔回忆录》之中：Sicut nubes… quasi naves… velut umbra。这个痛苦的约伯，他的命运首先与杨[5]的命运联系起来，就像1769年《夜晚》的译者所说的那样，他发现了阅读、翻译约伯书的乐趣，感到就像在阅读自己不幸的命运一样[6]。从那时起，杨的改编者，在等待

① 《论威廉·莎士比亚》，第81页（见A.吉亚尔，第25页，第107页）。——埃斯库罗斯一部遗失的戏剧为《卡宾达》。

② 同上，127-128页。

③ 戈里耶神甫曾研究过雨果在写给约伯的作品中的意象，主题和修辞。

④ 巴古拉尔·德·阿尔诺，戏剧《高曼日伯爵》的《第二引言》，18—19页，《基督教的真谛》，卷二，第五章第4节。夏多布里昂放弃了萨希的翻译：“一颗灵魂在我面前经过，我的头发都在头上立了起来”，而亲自将希伯来文翻译过来，使文字更加生动：“灵魂从我的脸前走过，我的毛孔都因为害怕而竖了起来”。在《巴黎圣母院》中，雨果沿用了夏多布里昂的翻译。

⑤ Edward Young（1683—1765），英国诗人。——译者注

⑥ 勒·都尔纳，《杨之夜》卷一，《序言》，第77页。

出版一部关于翻译约伯书的十四行诗期间，巴乌尔-洛尔米安在他的《诗歌与道德之夜》中加入了“约伯，抒情诗”，以及一首赞颂耶和华的出色对话者的“赞歌”。在《忧伤》的作者，也就是年轻的自杀者最喜爱的书中，诺迪耶将约伯与怀特放在一起。1842 年，P. 克里斯蒂安在杨的《夜晚》和埃尔维的《坟墓》再版之前，出版了《论约伯主义》，其中分三部分分析了约伯、杨和勒内之间的关联。约伯可以说是勒内的先驱，也是洛拉的先驱，基奈描述他深受怀疑之苦。1851 年，在《约伯诗哲学梗概》中，伊希多尔·卡恩用大胆的思维描写了不被现代世界所理解的英雄的否定与怀疑主义。在这个意义上说，“约伯比起普罗米修斯来说，更加富有时代性……因为他更加能够代表文明飞速发展后人类的痛苦和绝望”①。这样的一个约伯让我们从扬联想到勒内，从勒内联想到拜伦②。

人们经常将约伯与普罗米修斯放在一起比较，基奈在他的《宗教真谛》中特意地称他为“希伯莱的提坦”③。在巴朗什的《奥尔菲斯》中，约伯与普罗米修斯有着类似的经历。希腊时代开启了反抗的历史，但是约伯却是第一个将恶提高到道德层面来讨论的。他也提出了解决的办法，在巴朗什的著作中我们看到不朽的灵魂“悲观的假设，看到世界上善的缺乏和多变”④。约伯也懂得表达命运的悲歌和上天佑人的圣诗，巴朗什指责拜伦只注意和发展了约伯诗的一部分，即悲观主义部分⑤。皮埃尔·勒鲁所说，约伯教义中也有乐观主义成分，在声明约伯悲剧与埃斯库罗斯笔下的普罗米修斯的关联之后，他指出了约伯所要表达的意义：“上帝通过进步的神话来回应万物的抱怨。”⑥

雨果的约伯，比起基奈笔下怀疑的约伯，或者卡恩笔下神经质的约伯来说，更像是一位代表了慈祥与进步的族长。尽管屈服了，他仍然好像一位提坦，就像在《上帝》的结尾处这些未出版的诗句中所写的：

① 第 6 页，第 8 页。

② 拜伦自称：“约伯书是世界第一戏剧……我曾想创作一部约伯，但发现他是太过崇高了。没有什么诗歌能够比得上约伯。”（《谈话集》，埃德蒙·拉德沃加，卷十二，第 326 页）

③ 基奈，第 315 页。

④ 巴朗什，卷四，365-366 页。

⑤ 同上，卷三，第 36 页（《绪论》）。

⑥ 勒鲁，《约伯》（1866 年），《序幕》（1860 年部分出版），卷十一，第 133 页。

伟大的屈服者，约伯
这个污秽之上的提坦
亲吻着自己身体上雷电的痕迹。①

1855年《不幸的人》这首诗将约伯塑造为一位伟大的反抗者：

即使前面有了普罗米修斯，约伯，你还是足以自傲
束缚你的痛苦将比高加索山更高。②

在前一年的《撒旦的末日》中，雨果赞颂的是痛苦赋予麻风病人的神性的伟大，在恶人的对面，他预示着耶稣。作为耶稣的象征，约伯将在《撒旦与耶稣》一章中占据一席之地，我们在这里要强调的首先是他提坦般的伟大。事实上，在《论威廉·莎士比亚》中，雨果将约伯的伟大和力量进行了强调。约伯于是成为一个巨人："即使失败了，他仍然是一位巨人。""人们在七天七夜的安静之后才敢同他讲话。"他仿佛和宇宙一样庞大："他用尽全力呼唤着群星。"至于人类，他主宰着他们："他的语言与上帝一样，国王们听了尖刻刺耳。"如此说来，这样的约伯就与杨和夏多布里昂作品中的挽歌般的约伯相去甚远了！那么，雨果笔下的约伯是不是就不再经历痛苦了呢？恰恰相反，他是最不幸的一个，也正因为如此，他又是最强大的一个："一切约伯诗都围绕着这一点：灾难是深渊深处的强大。"③

雨果笔下的提坦，即人民，不仅仅是普罗米修斯。除了普罗米修斯的反抗之外，现在又加入了约伯的屈辱。他是受难者和伟大的忍耐者。他这样一个不幸的人，被奴隶制度的恶疾折磨着，却又掌握着只有在这种不幸的环境中才能迸发出来的力量。这样的特点表现在提坦神话之中：不幸者和受辱者约伯，突然像巨人一般站立起来；人民提坦在灾难的深渊中寻得了"上帝的力量"，他将用这份力量击垮"王权的力量"。

在《论威廉·莎士比亚》中，还有第三位提坦推介者，那就是拉伯雷，

① 手稿24763，片段599。
② 《静观集》，第312页。
③ 《论威廉·莎士比亚》，24-25页。

或者叫笑面葛提坦。[①]

拉伯雷，跟随着阿里斯托芬，极大地改变了浪漫主义的趣味。雅克·布朗日在19世纪曾经研究过他的生平，将他与夏多布里昂和巴尔扎克相比[②]。对拉伯雷的评价主要在于两个方面：一个是有关哲学方面的，忧郁深沉的拉伯雷；另一个是倡导自由思想的，民主的，反教会的拉伯雷。

诺迪耶发现了这个多层次的拉伯雷[③]，并启发了雨果。在《〈克伦威尔〉序言》手稿中有关三个小丑式荷马的段落[④]，雨果在一份手稿中写道："这是诺迪耶先生为拉伯雷专门创造的表达……"[⑤]1829年，为了回应对方寄来的《放荡的国王》，雨果以诗歌的形式写下了《给诺迪耶的一封信》，他将朋友的才华与拉伯雷——这个"荷马的私生子"[⑥]相比。之后不久，诺迪耶笔下的拉伯雷成为了《麻葛》中一个无人能懂的拉伯雷：

> ……狂放的大笑，
> 仿佛灵魂上裂出一道深渊。[⑦]

1791年，甘戈内出版了一本书，名为《拉伯雷在当今革命和教会世俗化中的权威》，其中说他"不仅仅是将莫东神甫归到了时刻等待着愚蠢的政治与宗教灭亡的智者行列"[⑧]。之后，勒迈尔西耶（Lemercier）将他称为与阿里斯托芬一样的讽刺寓言大师，后者曾在《革命的达尔丢夫》中亲自尝试过这种写作风格；这样的狂欢语言由拉伯雷开创，伏尔泰继承，为的

---

① Titan Gueux，文艺复兴时期弗拉芒主张自由的新教教徒称谓。——译者注

② J. 布朗日，《穿越历史的拉伯雷》，77-168页。

③ 见他发表于1823年8月7日发表在《日常》（*La Quotidienne*）上的文章。

④ 《〈克伦威尔〉序言》，第20页。

⑤ 见莫里斯·苏里奥校订版《〈克伦威尔〉序言》；厄尼斯·莫甘·申克没有在诺迪埃的作品中找到一字不差的表达，在发表于《日常》的文章里，这个表达指的是一位"天才般的小丑"，"拥有荷马般思维的塔伯伦"；雨果也许是从诺迪埃那里听到了这个表达，他对于雨果来说更像是个健谈者，而不是作家（《夏尔乐·诺迪埃对于雨果浪漫主义思想形成的贡献》，90-91页）。雅克·布朗日在《法国16世纪诗歌写照》中称圣伯夫对于诺迪埃的影响与此相同（前已引用，第103页）。

⑥ 《最后的集子》，第293页。——1829年左右，在《文学与哲学杂谈》的手写稿中有一篇日期不明的文章，雨果写下了这一注释："杜夫莱斯尼将荷马与拉伯雷作了比照。（古代与现代的起源）"（第284页）

⑦ 《静观集》，第393页。

⑧ 值《庞大固埃》发表400周年之际，引用于国家图书馆的《目录注释》中（1933年）。

都是反对专制和教会[①]。然而，德廉美修道院不正是对法郎吉生产队[②]的一种预示吗？皮埃尔·勒鲁证实了这一点[③]，几乎在同一时间，贡斯当神甫也将莫东神甫归为傅立叶主义者[④]。1856年，米什莱在题献给亨利四世联盟的《法国史》中，将拉伯雷高高地定位为浪漫主义者和民主主义者。在文艺复兴提供的舞台上，在人类解放自己的大背景下，在"人类的大胆开拓"中，米什莱这样说道："真正的提坦式呐喊……由拉伯雷通过庞大固埃发出：'众神害怕了！'这个普罗米修斯式的拉伯雷，是赞美生命的快乐的先知，他的作品是迈向光明圣显的一次朝圣[⑤]。

雨果的拉伯雷是自由解放者的代表，在《论威廉·莎士比亚》中，他所塑造的拉伯雷的形象与米什莱的一样高大，并毫不犹豫地在其上加入了大量米什林也曾认可的象征寓意，雨果还将人物简化为一种"有力的形象"，带着狂放的大笑[⑥]。他就这样塑造着但丁之后的拉伯雷[⑦]：

肃穆的前额下是一张嘲笑的面孔。拉伯雷，代表了起自希腊台前角色的古代喜剧的生动面具，有着铜制的肉身，人的生动的面孔，在我们中间与我们一起嘲笑着我们。在《笑面人》中，我们可以看到这样的面具戴在了格温普兰的脸上[⑧]。但是，拉伯雷究竟为什么而发笑呢？取笑谁呢？雨果认为，在那个时代，还没有真正的历史学家，文明还没有得到普及，科学只是一种工具，宗教的势力强大，封建主义占据着统治权，王权强盛；所

① 勒梅希尔，《分析学》卷二，72-78页。

② 法国空想社会主义者设想的社会主义生产组织。——译者注

③ 见1847年1月发表的《关于傅立叶主义的信》的第九封，刊登于《社会杂志》，名为《德莱姆神甫和法伦斯泰尔》。

④ 见《巴斯迈特的拉伯雷》和《德维涅尔王》，于1847年和1850年由法伦斯泰尔图出版社出版；1860年在署名埃利法斯·勒维的《莫东的巫师》中，作者将拉伯雷比作"玄秘术最伟大的大师之一"。

⑤ 米什莱，《法国史》，卷十，56-59页。

⑥ 也许是雨果对拉伯雷的作品知之甚少；布朗日在《〈克伦威尔〉序言》手写稿中，只引用了这部作品中的一句话，并且指出，当雨果提到拉伯雷时，都是简略地带过而已（前已引用，114—117页）。保尔·贝莱在欧特维尔别馆中没有看到任何有关拉伯雷的资料（《中世纪》，第189页，第3期）。雨果笔下的拉伯雷只是一个象征形象。

⑦ 但丁与拉伯雷的对照其实已经出现在《静观集》中，诗歌写于1854年10月14日，名为《献给安德烈·切尼尔》，在《黑暗之口在说》启示录的前夕：自然，联结了拉伯雷与满是烦忧的但丁，阴沉的乌戈兰与畸形的格朗古西埃，在沉重的悲痛面前，呈现着大笑（《静观集》，第13页）。

⑧ 见252-253页。

以，拉伯雷嘲笑这样的时代。这样可怕的笑预示了世界的末日，“这个腐朽的世界终会消亡”；拉伯雷看到了灾难的深渊。“但丁将这个世界放入地狱，拉伯雷将它装入桶中。他的书中没有别的意思。但丁的七重地狱都包含在拉伯雷神奇的桶中。”[①] 拉伯雷就好像是平民式的埃斯库罗斯：“拉伯雷以提坦方式戏谑的教皇制度终会因腐朽而走向没落。”这样就看到了拉伯雷人物的提坦特点和埃斯库罗斯笔下笑着的普罗米修斯。这样的主题都是反抗式的笑，回应专制者的笑，书的结尾和开始一样，以提坦欢快大笑的描写作结：“庞大固埃的笑和丘比特的欢笑一样伟大。王权和教权是张开大口吃人的制度；而拉伯雷却张开口大笑。谁读了拉伯雷的文章都会看到这种严肃的对照，戴着喜剧面具的脸正睁大眼睛死盯着神权的面具。[②]

拉伯雷是雨果提坦神话中必不可少的元素。在《悲惨世界》有关康伯朗纳的篇章那段著名的引起思考有这样一句话：“在这些巨人之中，有一位提坦，名叫康伯朗纳。”是什么让这位巨人成为了提坦？是话语！“让这个回答直面危险吧，让拉伯雷来使莱奥尼达斯[③] 更加完整……太宏大了。这是雷电般的叫骂。这已经达到了埃斯库罗斯的高度。”[④] 史诗一般的拉伯雷的笑拥有解放的力量，承担这项解放任务的就是提坦：“同样的闪电从普罗米修斯的火把传到了康伯朗纳的烟斗。”[⑤] 雨果在《悲惨世界》描写巴黎顽童的篇章写到了这些。一句玩笑却预言了革命的可怕力量。他又详细说道：“巴黎的顽童，就是小拉伯雷。”为什么这样说？因为孩童象征着一切的可能性，从唯美的事物到污秽，他们蹲在奥林匹斯山上，在污浊中打滚，却披着满天星辰出来。”[⑥] 那么，我们是不是也可以这样来看半兽神呢？雨果的提坦不仅仅是普罗米修斯和约伯，他还代表了怪人。是刚刚脱离了兽性的民众，可又再次陷入深深的黑暗之中。他的

---

① 雨果 1840 年在海德堡的城堡地窖中见到了拉伯雷的神奇的桶：“硕大的桶放在海德堡的地窖中，就像是拉伯雷住在荷马家里一样”。(《莱茵河》，第 336 页)

② 《论威廉 · 莎士比亚》，38-41 页。

③ 公元前 3 世纪希腊诗人，自称为流浪者并预言自己迟早客死他乡。——译者注

④ 《悲惨世界》，第二部，第 45 页。

⑤ 同上，第二部，第 305 页。

⑥ 同上，第二部，第 290 页。

形象是高大的，却背负着苦难，就像约伯的罪恶一样，复杂怪异。雨果的提坦就是约伯式的普罗米修斯，同时兼具拉伯雷的举止风格。在《我生命的附言》中，有着这样一段话："拉伯雷。——拖着酒神狂欢后的污秽，在肮脏处闲庭信步，在腐烂旁低吟诗句，好像是长着翅膀的猪。"这描写的不就是半兽神吗？据雨果自己说，如果将莫里哀与拉伯雷加以对照，就会发现"人类的天堂"就在"拉伯雷的史诗中"，而不是莫里哀的喜剧中，他还得出了下面的定律："莫里哀那里只看到猴子；拉伯雷这里却看到半兽神。"①

在《论威廉·莎士比亚》中，我们看到了提坦的三个原型：普罗米修斯或正义的反抗；约伯或痛苦的力量；拉伯雷或怪诞的大笑。这三种类型都频繁地出现在浪漫主义的作品中，带着雨果的特征：普罗米修斯是遭到流放的雨果，被惩罚蹲在自己的粪便之上；约伯展现了巨人伟大的一面；至于拉伯雷，他则带着政治的意义，其讽刺的辛辣堪比格温普兰。

皮埃尔·阿尔布

皮埃尔·阿尔布（Pierre Albouy）是法国当代著名文学、神话学批评家，巴黎索邦大学教授。主要著作有《法国文学中的神话与神话学》（1969）、《神话符号》（1976）、《雨果作品中的神话创造》（1988）等。

① 《我生命的附言》，第518页。

雨果作品的精神分析学研究（节译）

作者 [法国] 夏尔·波杜安
译者 罗国祥 赵鸣

父与母，俄狄浦斯情结

你是我们的神，而非王。
——《暮歌集》卷二

我的母亲——她曾是我的母亲。
——《光影集》卷十九

每个人一生的命运在很大程度上取决于童年时期与父母的情感培养。心理分析学家指出，在本初无意识阶段，这种情感通常表现为俄狄浦斯情结，这也是心理分析领域最重大的研究发现之一[①]。但是，俄狄浦斯情结也会根据具体的个人以不同的方式表现出来，换句话说，俄狄浦斯情结虽是人类身上共有的现象，但又因个体的具体情况而相异，因此，每个人的性格特征也就不尽相同。要了解某个具体的人，重要的就在于研究他异于旁人的最突出之处。我还注意到[②]，根据心理分析学家的研究，许多伟大的艺术家之所以患有某些心理疾病，正是因为童年时，他们与父母的相处出现过严重的失常问题。

① 男孩子依恋母亲，视父亲为对手和竞争者。——原注（如无特别说明，本篇注释均为原注。）

② 《艺术心理分析学》，第一部分，第三章。

维克多·雨果显然不缺乏这种条件。父亲是帝国将军，在雨果幼年时便常常离家在外征战。后来他又与阿勒梅格的寡妇玛丽·托马斯有染，两人同居于迪昂维尔，后来还与之结婚。1814 年，雨果母亲的到来反而成为了外来者的僭越。应该读读这一段故事：正是在这一年，她正式提出与雨果父亲离婚的诉讼。这个多年来一直处于摇摇欲坠状态的家庭终于破裂了。当时雨果 12 岁。

对于一个孩子来说，这个时刻意味着天堂的终结。之前的几年，三兄弟一直与母亲住在一座老修道院中，后来，雨果在作品中提到了其中令人难忘的弗朗蒂娜花园[①]。雨果在这里一直生活到 1809 年，接着开始了在马德里的生活。1814 年起，孩子们开始忍受父母间不断的争吵。欧仁和雨果被送往德高特和科迪埃的寄宿学校。安德烈·勒·布列东（André le Breton）曾这样写道："将军（雨果父亲）感觉到孩子们都是站在他们母亲那一边反对他的，于是开始实施报复。他硬是将孩子们从母亲身边夺走，将他们送往德科特和科迪埃寄宿学校。他把管教孩子的任务全权交予自己的姐妹之一——戈东（他总是习惯性地这么称呼她），让这位孩子们口中的'夫人'监督控制他们的言行。"[②] 布列东还一方面提出过这样的质疑：雨果在后来描写苦役犯监狱时，脑中也许回忆的是自己曾经生活过的科迪埃寄宿学校！另一方面，他向我们展示了欧仁和雨果（那时他们一个十六岁，一个十四岁）1816 年 12 月 12 日在科迪埃写给父亲的一封信。信的末尾这样写道：

……我们必须向你坦承，看到母亲所承受的痛苦，对我们来讲简直是折磨。而写下母亲情况的信却是在他人已经拆阅之后才送到我们手上。我们已经看过你和母亲的通信：您是否还记得和母亲的初识？是否还记得心甘情愿在她身边，与她一起找寻幸福的时光？是否知道母亲至今仍说着和当初一样的话？不管是过去还是现在，她从未改变过，一直还是那个她，那个您曾认识、熟知的她。这就是看过信后我们的所思所想。请认真考虑我们所说的话，也请相信我们对你的爱。

① 关于这一主题，雨果最著名的作品便是《1813 年前弗朗蒂娜花园二三事》（《光影集》）。伯努瓦·列维分别在《东方集》、《心声集》、《静观集》、《凶年集》等作品中搜集整理出诗人在人生各个时期写下的关于弗朗蒂娜花园的片段。

② 安德烈·勒·布列东，《年轻时期的维克多·雨果》，第 34 页。

你恭谨的儿子们。

欧仁·雨果

维克多·雨果

总之我们看到，童年的雨果与父亲的关系越来越疏远，对母亲的俄狄浦斯原始倾向越来越深厚。后来，在选择职业的问题上，雨果更是与父亲发生了正面冲突，维护自己的志向。考虑到儿子在数学和物理方面的天分，父亲一心希望雨果进入综合理工学校学习。而雨果自己觉得能成为诗人，他坚持着，哪怕被断绝生活来源。

少年雨果对父亲的背离常常可能导致了主体心理上“理想父亲”形象的突现。在众多伟大人物中，雨果选择了夏多布里昂。1816年，不仅是他在科迪埃寄宿学校的时期，也正是他最强烈排斥亲生父亲的时期，7月10日这一天，雨果在自己的练习册上写下了简单而又具有深远纪念意义的一句话：“我要成为夏多布里昂，别无他志。”[①] 也许连雨果自己也没有意识到，这正是他人生自我认同的开始[②]。夏多布里昂与拉奥利将军（雨果的教父）的形象奇妙地结合在一起，成为了雨果心中理想的父亲形象。很久以后，雨果在《行动与言语》中这样描述过拉奥利：“他是童年时活在我内心深处的游灵[③]，表现了这个理想父亲形象的真切。”他曾转述过第一句决定性的话语：“孩子啊，记得这一点：自由高于一切！”教父也曾经对雨果说，孩子的思维都像自己的母亲，而长大成人后，思维就会像父亲，这正印证了雨果后来的政治生涯。不仅如此，教父在戏剧方面也启发了雨果，带给他不少的灵感，是雨果的戏剧诗歌创作源头之一；他还给少年雨果讲述有关历史学家达西特的故事，告诉他达西特怎样通过犀

① 伯努瓦·列维，《青年时期的维克多·雨果》。

② 第五章。——另外重要的一点是，安德烈·勒·布列东曾对雨果在夏多布里昂葬礼上的反应有过详细的描述。他记下了诗人的感受：“真是远远不够。我原本认为等待夏多布里昂的不是国葬……就是穷人的灵车。”布列东还补充说：“参加夏多布里昂葬礼的那一天，他已经看到了37年后他自己的葬礼，1885年6月1日，灵车载着他的棺材，从凯旋门一直到先贤祠，一路上人头攒动。”

③ 《权利与法》（《行动与话语》）。伯努瓦·列维称：“《行动与话语》中讲述的场景完全出自诗人的想象。”我们认为，雨果关于拉奥利的叙述是富有深意的：“他看到我的出生，他对我的父亲说：‘雨果的姓氏代表北方，应该用一个代表南方的名字来冲淡它，用罗马来冲淡日耳曼。于是他给我取了维克多这个名字。”（《青年时期的维克多·雨果》）也见《雨果见证录》第七章中关于拉奥利的叙述。

利的拉丁语汇揭露出凯撒家族的罪恶，在客观上开启了雨果《惩罚集》的创作思路。

在这里应该说，雨果之所以选择夏多布里昂和拉奥利，主要在于这二人都是拿破仑的反对派，是“政治流亡者”的代表。之前，在雨果心目中，将军父亲与拿破仑的形象一直是紧密相连的[①]。而拉奥利则因为卷入了一场政治谋反风波，又在审判时拒传、缺席，因此被判死刑，雨果母亲暂时将他收留在弗朗蒂娜花园，但是最终拉奥利还是被处死。从这时起，“理想的父亲”与“现实的父亲”在雨果心中开始对立，“现实的父亲”成为“专制的暴君”，杀死了“理想的父亲”。另外，由于受到母亲保皇派思想的影响，雨果本身就憎恶拿破仑，这也是为什么在后来的《颂歌集》中，他将拿破仑（Bonaparte）称为“Buonaparte”的原因。

但是不久后，事态变得复杂起来。就像众所周知的那样，雨果对拿破仑的态度经历了一番变化，由最初的反感渐渐转为崇敬。关于这一点，安德烈·勒·布列东早已指出，在起初的咒骂与厌恶之下，雨果其实对拿破仑心怀仰慕和钦佩，只不过这是他主观上没有意识到，也是从心理上极力抗拒的。“他默默承受着这样的痛苦；拼命压抑着自己的真实想法。”[②]这正是雨果当时内心的真实写照。即使是被压抑的情感，雨果对拿破仑的崇敬已然在心中默默生根。

从我们的研究角度来看，更加值得探讨的是雨果对拿破仑的态度转变与对待自己父亲态度转变之间的相似性。这样的比较不会使我们奇怪，因为雨果一直在无意识中将父亲与拿破仑的形象紧密相连。母亲死后，雨果恢复了与在布洛瓦的父亲的联系，尽管一开始，父亲与情人玛丽·托马斯立即结婚的举动让雨果很不乐意，但他最终还是接受了现实。《本世纪正好两岁》（1830年）[③]的内容表现出的也正是雨果对待拿破仑与父亲的态度上的转变：

献给倒下的帝王，伫立起一座庙宇，

① 围绕这个事实的例子不胜枚举：由个人偶然事件引起的个人化的、偶然性的联想正好与集体无意识状态下的原始联想契合（我们也知道，父亲与国王、父亲与帝王结合的形象在神话与传说中常常出现）。而此时，个人的联想就从集体的原始联想中获取动力。

② 安德烈·勒·布列东，《年轻时期的维克多·雨果》，第168页。

③ 《秋叶集》。

热爱自由，为了她累累的果实和盛开的花朵，
热爱王位是为了权利，热爱国王是因为他不幸；
要忠于我身上流淌着的我的父亲
——一个老兵，和我的母亲——一个保皇派的血液！

几年后，雨果在《心声集》的《凯旋门》（1837年）一诗中，赞颂了拿破仑的荣光，但在这帝国伟业之上，雨果将军的名字被忽略了，而他将把这本书"献给约瑟夫-莱奥波德-西热丝伯尔，国王军队的雨果伯爵少将"，以记录父亲的军旅生涯。

细细分析这样的转变后，我们发现，雨果童年时代对父亲不是没有崇拜之情，只不过这种内心深层的崇拜之情因为长久以来的憎恶被掩盖了，直到后来才渐渐得以浮现。而这种对父亲感情的双重性，将成为雨果长期内心冲突的原因。童年时代雨果的内心，一定是被这两种情感交替左右的。我们知道，从1814年起，对父亲的敌对情绪占据了主导地位。然而到了西班牙战争、马德里和游马斯拉诺宫之行起，情况便不同了，如同《丽斯小姐》[①]一诗中所表现出的，雨果的自豪一方面来自于拥有一位将军父亲，另一方面来自于学习拉丁语，而且对前者的自豪丝毫不亚于甚至还超过了后者。那时的父亲是一位光荣的值得崇拜的英雄。[②]很久后，《历代传说》中的《毕瓦尔》和《父子情》两首诗仍然流露出孝心史诗的痕迹；保尔·贝雷在查阅过众多史料后，证实这两首诗是诗人本人作为儿子，对父亲真实情感的反映[③]。当然，雨果作为诗人，总是将自己的回忆与经历渗透入文字，巧妙地将内心真实情感隐藏于诗歌中，而贝雷的研究主要是从纯历史角度展开的，仅可以作为辅助材料补充我们的研究。但我们要指出的是，在雨果的作品中，一旦提到西班牙，一定与作者童年时代的一段特定时期和那段时期的内心情感有着密切的关系：雨果和母亲、两位哥哥曾跟随着倚仗约瑟夫国王（1811—1812）的父亲在西班牙度过了一段岁月。

至于雨果对待拿破仑这个父亲形象的态度，一开始也是爱憎并存，直到后来开始大肆为拿破仑写颂诗，但并非毫无保留地为其歌功颂德："你

① 《丽斯》（《静观集》）。
② 姑且不论同时存在的由俄狄浦斯情结引起的敌对倾向。
③ 保罗·贝雷，《〈历代传说〉描绘的中世纪欧洲》，第107页、第110页。

是我们的神，而非王。”[①]

然而，12 月 2 日，一个新拿破仑试图称帝，使得雨果心中的敌对情绪又再次被点燃。如果说雨果对拿破仑一世的态度是积极肯定的[②]，那么，他对于拿破仑三世的态度则完全是消极反对的，这一点从他赋予对方“小拿破仑”的轻蔑称呼上就可以看到。拿破仑三世的出现似乎不但使雨果心中的两重性对立更加明晰，而且从此确定了他的政治倾向。这时，仙逝的、理想的帝王和现时帝王之间的对立，是过去理想父亲与专制父亲的对立。拿破仑一世起初的形象（正面的）被其第二个形象（负面的）代替——如果能用这样一个简单的表达式的话。

在雨果的世界中，只要是与父亲有所关联的形象，都带有这种两极化的特征。“鹰”便是其中的最无可争议的例子之一。雨果从童年时代起就已经将“鹰”与帝王和将军们的形象联系在一起；他认为“鹰”是原始时代人们共同认知下的一种象征意象，代表了父权、阳刚和力量[③]。在《马德鲁斯男爵的军队》[④]中，“鹰”具有了双重形象。此诗分为两部分，第一部分：

当步兵队伍经过时，
长着利爪的双头奥地利鹰说：
现在走过的是我麾下
威风凛凛的步兵队伍。

神圣帝国的雄鹰在歌颂肃整威武的军队。而到了第二部分：

当步兵队伍经过时，
翱翔于山间和暴风雨中的
雄鹰对着悬崖峭壁高喊，

① 《致像柱》（《暮歌集》）。与之前引用的诗句进行对照：献给倒下的帝王，黑暗中矗立着一座庙宇（献给倒下的帝王，以及死去的父亲）。这种敬意与对父亲的敌对情绪并不冲突，因为后者可以在前者中找到满足。如果是伫立着的国王，那么情况便不同了。

② 详见保罗·贝雷的《历代传说》校勘本（5-10 页）；贝利索尔的《维克多·雨果》。

③ 联系对帝王形象的分析（个人联想与原始普遍心理联想重叠）。

④ 《历代传说》，卷三十一。

深渊听到了它的话语，它翱翔于皇冠宝座之上，
在茫茫天际寻找着它的国度，
它的自由和它的猎物……
它将头转向喧嚣，高昂的声音直入云霄：
哦！堕落吧，耻辱！ 这奇耻大辱！

这只鹰是真正的鹰，他痛斥大山的儿子们将自由出卖给帝国，他用纪尧姆·戴尔来和它们对照，斥责它们忘记了自己的根。这首诗歌一前一后两部分形成鲜明的对比感（从这里也可以看出，雨果在作品中运用对比的兴趣甚至手法，都与他内心情感，尤其是对待父亲情感上的双重矛盾性有着深刻的联系）[①]。奥地利之鹰代表了帝国和“专制的父亲”；阿尔卑斯之鹰代表了“理想的父亲”，我们从第二只鹰代表反抗者和流亡者讲话这一点看出，这种对比得到了完善。此外，之所以说这只鹰能够“对着悬崖峭壁高喊，深渊听到了它的话语”，也正是雨果特意以文字给予被放逐者（至少在诗人自己也是被放逐者的时期）的特权，他在“岬角倾听黑暗之口说的话”[②]。“鹰”既然代表了“理想的父亲”（雨果作为儿子想要努力与其同一），也就可以代表流亡者、诗人（如夏多布里昂的形象）。这就让我们看到这种两极化的形象之丰富。若进一步说，它（两极化的对立）就不仅仅存在于士兵和诗人的理想之间，也存在于物质与精神两种力量之间。电线短路般冲突的两种事物之间又存在着一种补偿关系：

如果我过去没有成为诗人，那么我就去做士兵了[③]。

① 见第九章。

② 流亡的诗人成为了“居住在神圣的黑暗和深渊之中的人”。（《献给那里的你》，《静观集》卷五）

被驱逐的马斯弗瑞住在鹰的地界（鹰是伟大而阴暗的孤独者），他也听到了这个秘密：

“因为阴暗中那个摇晃的魔石在向他致意。
他平静而伟大，即使身旁是荆棘，
黑暗，闪闪发光的雷电，龙卷风，
还伴随着残酷的严冬。”（《马斯弗瑞》，《历代传说》卷二十一）

③ 《我的童年》（《颂歌集》）。参看《秋叶集》卷十三：

“在篡位的土地上奔跑，是多么美好的事情啊，
用剑尖让君王屈服，
成为拿破仑，光荣的帝王，

我们还读到："如果我当初没有找到这奇妙的替代品，感受到像夏多布里昂那样以精神展现力量，那么，我就甘愿像拿破仑和我父亲那样，以刀剑展现力量。"事实上我们已经了解到，因为童年时代的阴影，雨果极力想要依靠精神方面的不断强大来弥补自己身体方面的缺陷和孱弱（"前额情结"）。我们注意到现在出现了又一相似情形：对"现实的父亲"的缺憾想要在"理想的父亲"身上得到弥补（对后者的认同出自于对后者失望后的报复）。

在歌颂精神力量的《伊布》[1]一诗中，第二种鹰的象征意义更加清楚了：

> 我便是阿莫斯梦想
> 成为的那只鸟，
> 出现在圣马克床头
> 的那只鸟，
> 光芒照耀着鹰中之鹰
> 骄傲的头
> 和雄狮们的鬣毛……
> 上帝已写下
> 我们的在世法律，
> 若这些规矩是一个谜，
> 那我便是精神。

流亡时期的雨果自诩为预言者，而鹰就是预言家的神鸟。在富有神秘色彩的诗集《上帝》中，他赋予每一个伟大宗教一种象征性的预言之鸟，鹰就是其中以色列的神鸟。

成为但丁，让一切嘈杂安静。
也许，英雄们和诗人们是幸福的，
英雄的胳膊让他们成为王，而诗人的灵魂让他们成为神。"

① 《静观集》卷六。也见《一天，阴郁的灵魂，伟大的先知》一诗中圣-让之鹰（《静观集》卷六、卷七）。

在《盔鹰》(1876年)[1]中,两极化的对立由一系列更具冲突意义的形象表现出来。杀害了年轻人昂古斯的提凡纳骑士表现为“专制的父亲”(迫害者)[2],然而提凡纳头盔上的雄鹰标志却又象征了“理想父亲”的美德;最后,他摇身一变,成为正义的化身,手提坏人的头颅。总之,两极化的二元对立一方面可以简单理解为:儿子出于报复的心态,与“理想的父亲”站在一边,反对专制的父亲[3];另一方面还可以理解为,诗人出于报复的心态,歌颂精神的强大,反抗物质上的强大;或者成为预言家,上帝之鹰,这又是流亡者对专制者凯撒的报复。

*

以上针对雨果“父亲情结”的详述,可以帮助我们从《老顽固们》中挖掘出更深层次的问题。前面已经分析过的是这类悲剧的“弑兄情结”,而我们现在要说的是,它实际上反映出的却是完完全全的“俄狄浦斯情结”。就像兰克指出的,这两种情结在其中是不可分离的。

被约伯(福斯克)杀害的多纳托——也就是腓特烈·巴布鲁斯,实际上是皇帝、父亲的完美代表[4]。吉娜汝拉对两兄弟的爱是不平等的,她与多纳托相爱;得不到爱的福斯克于是心生怨恨,杀死了多纳托。我们知道俄狄浦斯之所以弑父的最初动机(儿子看到相爱的父母,于是心生妒

---

① 《历代传说》卷十七。《盔鹰》的开头完全是对孩童时期潜意识下的心理冲突的反映,而这个冲突关系到禁忌(俄狄浦斯式的禁忌):

“无人了解深处。幽暗的过去
封锁了人类的回忆,使他们记不得
尼尼微的争执和艾吉纳的战争的起源,
在交换过凌辱的嘲笑后,只留下战士的尸体;……
一个人拿着剑走向另一个人……
为什么?我们不知道。天空的风,来吧!
只有上帝了解黑夜。”

② 这里有一处细节很有趣:诗人感到有必要向读者说明他笔下这两位主人公的年纪:一个40岁,一个16岁。当雨果本人16岁时,他父亲45岁。关于追逼的主题,见第五章。

③ 保罗·贝雷(《〈历代传说〉中描绘的中世纪欧洲》,第330页)将《盔鹰》的主题与《皇袍》(《惩罚集》)的主题紧密地联系起来,后一首诗中,作为审判者的蜂群冲向拿破仑三世。

④ 约伯承受的处罚与《弑父者》(《历代传说》卷十)中卡努承受的处罚极为相似。“名为愧疚的血”(第三部分,第一场)一滴一滴地落在他所犯下的罪行上,好像是从黑色的天空流到卡努身上的血一样。

忌)。这样的三角关系在他们的后代身上得到了延续[①]。瑞吉娜虽然爱的是冒险家奥特伯,但她却是哈托的未婚妻,也就是说,奥特伯爱着一个从法律意义上讲不属于他的人。瑞吉娜的名字本身已经带有强烈的母性暗示(reine = mère)[②],其次她又与主人公们是近亲关系:根据兰克的理论研究,这种所谓的"轻度的乱伦"以及前面所讲的"兄弟反目成仇的主题"都来自于隐性的"俄狄浦斯情结"。但我一直认为对兰克的看法应当保持有保留的接受态度。在兄弟情结中,只看到其背后的"俄狄浦斯情结",而不考虑其他具体的现实因素是不可取的。实际上,这里涉及的两种情结不但紧密相连,而且俄狄浦斯情结是凌驾于兄弟情结之上的,可以灵活穿插出现于表达之中[③]。

俄狄浦斯本身对事实的否认,这一特殊标志使得隐晦表达出的弑父情结明显化。以《老顽固们》为例,俄狄浦斯情结中的弑父部分在悲剧的前面部分一直以隐性的方式存在着,直到倒数第二幕才忽然出现。再如奥特伯,直到杀约伯的那一刻,他还不知道那就是自己的父亲。他也在怀疑这一点,但仅仅是怀疑,而这怀疑使他停了手。此外,当他正准备动手时,另一只手阻止了他;这就是巴布鲁斯,他是父亲的另一形象(这里又可以看出矛盾对立的双重性)。奥特伯与约伯面对面地站着,儿子意图杀掉老子,这两个对抗形象纠结在一起,俄狄浦斯情结得以直接再现。换句话说,这时是人类潜意识下压抑的真实情绪终于爆发的时刻:是所有人都有可能经历的悲怆时刻。

与此相比,更具代表意义的表达则是《老顽固们》序幕的开场白。那段文字是雨果最美的散文之一,值得一读再读,此外还从第一行起就让读者联想到俄狄浦斯的神话:

在埃斯库罗斯的时代,泰萨利是一个恐怖阴森之地,提坦诸神与朱庇特曾在那里殊死搏斗……而今日的欧洲,用诗学的眼光来看,也有同样一块埃斯库罗斯时代下的"泰萨利",那里是值得纪念的、伟大的战场。也许人们要说,那一定就是莱茵河畔。的确,就像泰萨利一样,那里(莱

① 奥特伯完全是约伯的延续。约伯这样说奥特伯:"在我堕落之前,我和他一模一样。"(第二部分,第四场)

② 《吕依·布拉斯》讲述的便是仆人爱上王后的主题。

③ 见《艺术心理分析学》,第一部分,第三章。

茵河畔）荒凉偏僻、满目疮痍[①]；一切的景象在向人们展示着这里曾上演过的残酷战争……就在那里，又一批"提坦们"和新的"朱庇特"经历了大战。只不过这一次的提坦是旧贵族们，日耳曼皇帝则扮演了朱庇特。

诗人在卷首写下"三部曲"一词，这并不是普通意义上的三部曲诗歌或三幕悲剧，而是要通过他的作品使读者自然地联想到"奥瑞斯提的老诗人"。雨果想依照埃斯库罗斯为提坦所做的那样，为旧贵族写作。

与此同时，雨果又感受到一种持续的谦恭，这对他来说是很少见的！好像是一种与父亲（埃斯库罗斯）争斗时儿子的质朴。这是有关家庭的复杂情绪的表露："不要指望他说出自己曾经做过的事，他只会说试图去做的事。并且仅此一次。"尽管说"仅此一次"，在雨果的序幕中，类似的意思还是被强调了三次："他遗憾的是，没有一位伟大的诗人来发掘这个伟大的主题"；接着，又让他安下心来的是，"大众在这部作品中寻找的不仅仅是作者已经表达出的，还有作者力图暗示的东西"；最后，他又怀疑"这样一部不完善的作品是否值得在这一点上探讨"。

在《老顽固们》中，父亲这一重要的艺术形象被分派到多位人物身上，如哈托、哈托的父亲马努斯、他的祖父约伯和国王巴布鲁斯，甚至涉及祖辈的众多人物（就像《埃尔那尼》中表现的一样）。此外我们已知，这些人物不是等效的。假如我们稍稍注意一下这部作品的主题是围绕着一个世代沿袭的家族展开的，那么对各个人物象征意义之间的差异就会理解得更加透彻。这个家族虽然一脉相承，却是每况愈下。雨果在开场白中已经作了明确的交代："这是一个家族的历史，他们的祖辈顺从于上帝，而父辈顺从于祖先；庄严的祖辈依靠悔敬之心保存了家族，伟大的父辈因为孝顺之心延续了家族，而他们的后代却因为日渐累积的罪恶而走向衰落和黑暗的深渊。我们通过这个家族展示的是人类族群广泛的道德衰落。"除此之外，这样的衰落也被看作是对人类祖先犯下的"原罪"的惩罚。正如兰克指出的那样，在所有俄狄浦斯式的神话中[②]，我们都可以

① 见第四章，"多尔格玛达情结"。

② 《吕克莱斯·波吉亚》中也有这样的例子。"在像我们家一样的家庭中，罪恶是遗传的，好像家族的姓氏一样从父亲传到儿子，这种无法摆脱的命运最后总是以杀人告终。"

找到这种家族遗传性的衰落。以《父权》[①]一诗为例：

阿斯卡涅是扎伊姆的儿子，而扎伊姆是阿隆兹的儿子。

阿斯卡涅并不是一位粗鲁的首领，而他的父亲也在战争中常常宽恕别人[②]。

这样，父亲在二人中更伟大。

至于阿隆兹，他死了：

幽灵，比任何活着的人都还要伟大。

很显然，《埃尔那尼》中表现的就是家族的主题（年老的吕戈迈、国王堂·卡洛斯和埃尔那尼扮演的分别是祖辈、父辈和子辈）。吕戈迈就像老顽固们一样，拒绝接受新时代的人：

我承认，熙德——我们所有人的祖先，
将他们视为卑劣之人，置于膝下，
他们玷污了篡夺而来的高贵，
用剑背随意践踏侮辱他们家族的徽章！
虽然一想到这里就很恼恨，但我还是要说，
这就是现在的人对前人所做的一切[③]。
更加典型的例子便是堂·吕戈迈轮流回忆每一位祖先的场景：
我们的身材也许穿不了他硕大的盔甲[④]。

除了其中对道德衰落的描写（这一点我们下面还要继续谈到）[⑤]，家族的主题还涉及琼斯所说的"祖父"和"想象中的家族辈分次序的

---

① 《历代传说》卷二十一。

② 这令人联想起《战争之后》中雨果的父亲。

③ 《埃尔那尼》，第一幕，第三场。

④ 《埃尔那尼》，第三幕，第六场。也见《〈克伦威尔〉序言》，第二幕，第二场："哦巨人们矮小的儿子，母狼生下的狐狸！"

⑤ 见第八章。

颠倒”[1]。

对这类研究应该完整地阅读。这样的情形通常出现在这样的家族中，父亲通常是一位失意者，在家中没有地位，这时，祖辈就与孙子联合起来反对父亲[2]，以至于到最后，祖辈与孙辈达成了同一。琼斯根据瑞克的理论[3]，认为这种特别的情结来源于对“转世”的信仰[4]。从《老顽固们》、《埃尔那尼》和《父权》中表现出的强烈的“家族情结”，可以看出雨果相信“灵魂转世”。

*

以上所有的分析都再次证明了：“弑兄”、“杀父”等一切家族关系下罪恶感的潜意识根源都是俄狄浦斯情结。俄狄浦斯情结仿佛成为了世间种族共有的原罪，所有当事人都如雨果笔下的“老顽固”一样承受着痛苦，接受惩罚。

心理分析学家们的观点更进一步，他们认为，这种罪恶感与其说来自于弑父情结，从更深层次上倒不如说来自于“乱伦的禁忌”，尽管这一点很难被察觉。然而，它的隐晦性不正说明了它在潜意识中被压抑地更加强烈吗？在人类的潜意识中，俄狄浦斯情结被认为是罪中之罪、极恶之罪，甚至到了人类谈之色变的程度。

《吕依·布拉斯》也是表现俄狄浦斯情结的最好例证[5]。仆从吕依·布拉斯爱上了王后。当王后也命中注定般地不得不爱上他时，她却以一种出其不意的方式表白了自己的爱，这种表达方式暗示出悲剧隐含的“恋母情结”：

---

① E. 琼斯，《论心理分析学》，第 28 章、第 39 章。

② 祖辈扮演的是理想父亲的角色。在《埃尔那尼》（第三幕，第五场）中，年老的吕戈迈（代表祖辈）为了保护反对堂·卡洛斯（代表父亲）的艾那尼（代表儿子），领他进入一个藏身之处，而那个地方的门就是“吕戈迈自己的画像”。

③ 瑞克，《拟分娩》，《意象》第三册，1914 年。

④ 吕戈迈用肯定的语气讲述那位祖先：“我们的身材也许穿不了他硕大的盔甲”，而祖先的名字竟与他一模一样！——吕戈迈·德·希尔华，吕戈迈自己好像是那位祖先转世再生的后代。

⑤ 另外值得注意的是，由俄狄浦斯情结引起的冲突是戏剧中经常表现的主题。《老顽固们》中涉及俄狄浦斯情结的内容也出现在雨果其他重要的戏剧作品中。比如《吕克莱斯·波吉亚》中明显的乱伦情节，杰那罗是吕克莱斯与其兄让所生的儿子。再比如《克伦威尔》中，弑君者等同于弑父者，于是，克伦威尔害怕遭到儿子的惩罚：

“我杀死了我的王；我的儿子也将杀死他的父亲。”（第二幕，第十场）

让你的母亲爱你吧，让我为你祝福吧。[1]

而吕依·布拉斯却发现，他只有像老顽固们和《父权》中的主人公那样，装扮成一位伯爵，才能够接近王后。在雨果描写父亲情结的作品中，总免不了出现“伯爵”这个头衔。这不正影射了他父亲是一位拿破仑帝国的伯爵这个事实吗？而雨果本人在年少时就以男爵的头衔签名。之前讲过，雨果曾专门作《献给欧仁·H. 子爵》一诗以悼念他的兄长。在欧仁死后（1837 年），雨果自然而然地继承了“子爵”的头衔，雨果的朋友们常拿这件事开他的玩笑。[2] 而吕依·布拉斯的故事除更加鲜明地带有与父亲一争高下的意味外，主人公还以“伯爵”头衔做伪装！

在分析过《吕依·布拉斯》之后，再看《老顽固们》，就显得有些令人生厌了。在这里，我们仅就其中涉及俄狄浦斯情结和“禁忌”的场景进行剖析。以下是吕依·布拉斯对堂·凯撒袒露心中秘密的话语：

编造吧，虚构吧，想象吧。

向你的灵魂深处挖掘吧。那里有种种奇怪的、荒谬的、可怕的、骇人听闻的事物，

有令人迷惑的无法摆脱的命运！

是的，造一种可怕的毒药，挖一条深渊，

比疯狂更晕眩，比罪恶更黑暗，

你还没有接近我的秘密。

—你不猜猜看吗？—嘿！谁来猜猜看呢？—

扎法利！我的命运牵托着我走向深渊，

仔细看吧！我爱上了王后！

还有：

他不在阿让汝埃，就在艾斯古瑞拉，

在用象征王权的金球拱顶下，

在这座宫殿中，我的兄弟，他是一个

① 《吕依·布拉斯》，第二幕，第二场。

② 伯努瓦·列维，《年轻时期的维克多·雨果》，第 15 页。

人人仰望，听说名字也感到害怕的男人；
对他而言，就像对上帝而言那样，人人都是平等的[1]，
我们颤栗地看着他，屈膝服侍他……
没错！——我就是奴仆，——你听到了，没错！是这样，
那个人，我妒忌的那个人，他就是王！[2]

这一长段极尽夸张的台词难道不会使人联想起铁面人说过的类似的话语吗？在这里，我们又要提到"可怕的秘密"主题；但我们注意到，对它的分析远远不够，而且这一次，分析"可怕秘密"的理由与俄狄浦斯的禁忌联系在了一起。这一点其实并不奇怪，因为与它相关的"敌对兄弟"主题也与俄狄浦斯情结有关（正像我们在《老顽固们》中证实的那样）。

在《吕依·布拉斯》中，还应该注意的一点便是"宿命"。我们下面还将回到在雨果作品中起着很大作用的宿命主题。这里要指出的是，"宿命"与"俄狄浦斯情结"不无关系：《老顽固们》和众多传统的古典悲剧都验证了这一点。尽管如此，我们会更明白，"难以逃脱的命运"在一定程度上象征着母亲，例如《老顽固们》的多纳托（父亲）、福斯克（儿子）形成的三角关系中，古昂乎马拉显然扮演着母亲的角色；当古昂乎马拉以吉娜芙拉的名字出现时，她成为了"可怕的母亲"，诗人显然有意识地将其塑造为"宿命"的象征。这样的分析已经超出了俄狄浦斯情结的范围，而延伸到了"自我陶醉"和"避静退省"的领域。关于母亲这一形象更多的神话意义，是我们以后要讨论的内容[3]。

除了古昂乎马拉，另一位女性瑞吉娜代表的是"具有吸引力的母亲"，也是最接近现实中母亲形象的。这里不必再赘述许多评论者讲过的雨果对于母亲的深切依恋，以及母亲的教育对于雨果心智成长的巨大影响。这里仅举《1813 年前弗朗蒂娜花园二三事》一例[4]：

我那金色的童年，唉！可惜太短！

① 这里可联系到敌对兄弟的主题和以下引用过的诗句：
"哦！一位母亲的爱……每个人只能独享他拥有的那一份。"

② 《吕依·布拉斯》，第一幕，第三场。

③ 见第六章。

④ 《光影集》。

有三位老师——一个花园、老神甫、我母亲。

在这三项中，雨果对于神甫的叙述甚少，他的诗歌中更多被提及的是花园和母亲。被送往科迪埃寄宿学校之前是幸福的时刻，母亲在身边陪伴保护着他，不上任何学校，让“弗朗蒂娜花园”做默默的老师，伴随他成长。在这所花园度过的时光成就了雨果后来在描写自然景物方面的灵感。夜晚的花园仿佛在喃喃低语，打开了孩子的心灵大门：

我们将孩子变为大人，将大人变为诗人。

这一段至关重要，是一个意义重大的联想关系，即母亲—花园—诗歌。母亲—花园的联想关系（和父亲—帝王—鹰的联想关系一样，且维拉让已对此进行过分析）[①] 包括了自然，这是有个人境遇带来的外在联想之一，它与集体联想是叠合的——后来一切与“自然”一词有词源关系的事物强化了这些联想（如 natal, nativité, naissance 等）。就像亚伯拉罕对画家赛冈提尼的作品和生平反映出的心理情结进行的研究一样，在雨果笔下，母亲这一角色与“大自然母亲”是有密切关系的；因此，二者的爱也是可以互通转化的[②]。在诗歌也总是与自然和母亲相连（比如缪斯作为母性形象的代表）。在《1813 年前弗朗蒂娜花园二三事》中，雨果将一部分本该对母亲表达的爱以转移的方式赋予诗歌及诗歌中的大自然；这一特征不仅在雨果整个的创作史中值得被记载，也对他以后的精神发展产生了重大影响。

维克多与欧仁的竞争一面体现在争夺母亲和阿黛勒·富歇的爱上，另外也体现在诗歌上。在诗歌创作方面，雨果显然还是胜利的一方，在《献给欧仁 · H. 子爵》的开头，他写下了这样的话：“诗人，既然是上帝乐意以他强劲的大手，紧紧挤压你的脑袋！”（从意识层面来说，这是一声痛苦的叫喊，而从无意识层面来说，这却是谢主恩典的颂歌！）仅从诗歌的题目和第一句诗中的两个词就可以看出雨果与兄弟竞争的主要对象

① 《维拉让的象征》，第一章。

② “哦万物的母亲，宽容的自然！……

我们在那里，学者们，诗人们，

围聚在它强大的母性下。”

(即“子爵”和“诗人”),诗歌接下来的内容也就不言自明了。

在对自然和诗歌表达热爱的同时,雨果也发现了升华他笔下俄狄浦斯情结的方法。这又呼应了前面提到的内容:面对比自己年长的哥哥们,雨果不断寻求在智力、才华上超越他们,兄弟之间的竞争由此得到升华。从前往科迪埃寄宿学校开始,雨果的生活可以说突然陷入了黑暗,诗歌对他而言,成为一种象征性的存在,它帮助雨果找回对母亲、弗朗蒂娜花园和飞逝的童年的记忆(这里,mère 与 éphémère 的押韵可谓绝妙!)①。令人沮丧的寄宿学校似乎荡然无存。然而,从另一个角度来看,雨果对诗歌创作的渴望不也恰恰是在此时练就的吗②?

夏尔 · 波杜安

夏尔 · 波杜安(Charles Bodouin),法国著名精神分析学家、文学批评家。师从荣格,同时深受弗洛伊德影响。主要著作有《童年意识与精神分析》(1931)、《现代神话与关联话语》(1946)、《从本能到意识:精神分析学概论》(1950)、《雨果作品的精神分析学研究》(1972)等。

---

① mère(母亲)与 éphémère(短暂的)像许多其他的押韵词(褒义的)一样,能够引起丰富的联想:是对母体依恋和回归童年向往的完美概括(这也是心理学不断研究的问题)。

② 《雨果夫人见证录》,卷二十八。

第二辑

英国

雨果——拉辛(节译)

作者 [英国] 特罗洛普

译者 王希苏

每当我提及维克多·雨果或其创作,凡是有美好的道德情操和修养者,决无人肯作出连我们英国公认的权威批评家也乐于首肯的有限的恭维。我或许可以说,法兰西似乎视他为耻辱……

雨果的作品充溢着浮泛的光彩——不,有时是真正的光芒,我曾料定他至少会赢得人口中较为年轻和较少思考的那部分人的热烈颂扬。

我也曾想过,他对堕落和恐怖场面的执着的迷恋,对被历史认为高雅情趣和情感的一切的极端鄙薄,可能渊源于动荡不定的时代精神,如果是这样,他不可能不得到制造这种动荡的人理所当然的同情和称道。

然而事情并非如此。人们承认他的部分描写狂放遒劲,这便是我在雨果的祖国听到的赏给他的戏剧的全部赞美。

他的戏剧面目可憎,情节令人瞠目、大胆、撩拨人心,它必须而且必然牵引初次光临的观众的注意,而炮制最能产生这种效果的货色,正是剧院老板的利益所在。

……

据说除了我们一无所知的几首早期抒情诗外,浪漫故事《巴黎圣母院》是雨果最杰出的作品。其中若干片断表现出不同凡响的叙述才能,即便如此,人们说起来,对它的轻蔑远胜于褒奖。

……

雨果一类的作品旨在戕害人的天性。它们想劝导我们相信,我们最文雅最美好的情感只能导致犯罪和无耻。我敢断言,在他的全部著作中,

找不到一丁点纯真、无邪和圣洁的观念：罪恶是他召唤的缪斯——他会

> 摘去玫瑰
> 从一位纯真爱人那美丽的前额，
> 并在那里安放一个肿包。

恐怖是他的侍女；更有"成千上万身着制服的魔鬼任他驱使"，他的终身职业就是用由此绘就的一幅幅肖像画使世界倒胃。

世上有一些糊涂虫，他们不仅对此人丑恶的放肆行为滥加赞赏，而且竟至于相信他堪称——至少他们嘴上这么说——莎士比亚第二！……一位莎士比亚！要说这些人的智力不健全，你想还有比这更雄辩的证据么！

一位作家如此丑化整个人类，可以说他与人类为敌。对这样的人进行应有的鞭挞，本需要一件比妇女所能挥舞的更坚硬更锋利的武器；然而，当他们把莎士比亚用于侈谈，我感到，该我们女子出来说话了。每一位妇女是如何地感激和爱戴莎士比亚呵！他深深地印在她们的心里，无论在他生前或死后，没有凡人可以与他相比。他是怎样描绘妇女的呢？如同鲍西亚、朱利叶、康斯丹丝、赫米温尼，——如同考狄利娅、伏伦妮娅·伊莎贝拉、苔丝狄蒙娜、伊摩琴！

让我们回过头，看一看我们这位现代画家是否值得我们称谢。他的女主人公是些什么人呢？——吕克雷斯·博尔日亚、玛里蓉·德·洛尔墨、白朗仕、玛格朗娜[1]等一群我说不清数目的此类角色，另外还有一位罕见的女主人公，一位被亨利·利顿·布尔沃[2]称为"浪漫的笔端绘出的最娇柔的女性"——拉斯爱梅拉达！……她的主要特长是在大街上跳舞唱歌，她……娇柔的人儿！……在一次午夜搏斗中与一名骑马军士邂逅，她立即用手臂搂住他的脖子，指天发誓说他如何英俊，从那以后，她便亮出她本性中娇柔的温存，如胶似漆，滥施爱情，根本无须对方的任何鼓励，除了某晚他喝醉酒后赐于她的那一次污辱性拥抱……"娇柔的女性！"

这种事不宜细述。但是，依我看，在谈论雨果的作品时，同时记录下

---

① 吕克雷斯·博尔日亚和玛丽蓉·德·洛尔墨分别是雨果同名剧中的女主人公，白朗仕和玛格朗娜是《国王寻欢作乐》中的两个人物。——编者注

② 布尔沃（H. L. Bulwer, 1801—1872），英国人，英国知名外交家，亦著有少量诗歌文学评论作品。

抗议这些作品的气氛和倾向的声音，是一项应该肯定的道德责任……

编后记

特罗洛普(F. Trollope, 1780—1863)，英国女小说家。主要作品有《寡妇巴那比》、《雷克斯希尔的牧师》等。本文系节选自她所著《1853年的巴黎和巴黎人》，转译自《19世纪文学评论》第3卷(底特律，盖尔·里瑟奇公司，1983年版)。她评价雨果的出发点是英国维多利亚时代正统的道德观念。

雨果新的传奇作品（节译）

作者［英国］G.H. 刘易斯

译者 王希苏

雨果的作品非常有特色，他的描写生动，技艺超群，笔者却不十分推崇它们。在对这位天才表示应有的尊敬的同时，我想大略谈一谈这位诗人为什么没有也不可能得到大作家所受到的那种喜爱……

他有什么严重的缺陷呢？我们说问题在于从根本上缺乏真诚。我们既然承认他作为艺术家是严肃的，那么我们似乎在表达一种相左的意见。不过，只需少许文字便可解释这一表面矛盾的现象。完全真诚的艺术家热爱他的艺术，首先在于它是真理的光华。一位艺术家不真诚（我们特定意义上的不真诚），表现在他追求"效果"而不是求真；表现在他运用全部技巧，将一些幽灵乔装打扮，以捕捉迟钝的目光，而非耐心、深情、苦心孤诣地表现他心灵中实在的幻景，并且自信被他真实感受到的东西，同样可以被他人真实地感受，或者，即使全世界对其真实性视而不见，他也在所不计，因为他得到心灵的证实。我们的言辞可能唐突，我们却丝毫无意暗示说，雨果是通常意义上所说的那种不真诚的人。同时我们深信，雨果确有不真诚之处。这种不真诚削弱那些不完善的作家的力量，他们的目光紧紧盯着读者而不是作品，他们不去仿照他们所见到的原型描绘幻景，相反，他们描绘他们想象读者期待见到或者最能博得他们掌声的东西。这种不真诚，如果降至最低下的形式，变成哗众取宠的噱头。无论何种形式，不真诚都是一种虚假——有时是虚假的传统理想主义，有时是对公众偏见的虚假的有害的逢迎。

毋庸置疑，雨果是位功力极深的作家。他绘出一幅幅图画，使最冷漠的人也为之惊讶;他时时激起读者的想象,显示出他的想象的力量。不过,宛若吹过的一阵微风,仅此而已,他很少触动他们深处的心弦。所以,我们惊讶,但不感动;我们赞叹——我们不喜爱。他的作品里没有伟大心脏的搏动,灿烂之中没有恬静的灵魂向外辐射的光芒。我们认为他充满灵气,又相当愚蠢,胆子壮,头脑活,口气大;自命不凡,言语不逊,尽管置身于原本就自命不凡、出言不逊的法国人之中……他的风格同样如此——有熠熠发光的形象,迭起的警句,但是它们不服务于真理,也从不表达不朽的内容。单就风格而论,不能说他的风格不多样,不新颖;然而它展示的魅力,并不超过俗艳的圣母像上闪烁的精美珠宝。维克多·雨果,作为人,他受到丰富、高尚的情操的感动,他写的诗流露出对孩子的温存和疼爱。我们记得他的作品中有若干咄咄逼人的段落,可是没有一页是庸俗下流的。然而,他在构思和表现手段上的矫揉造作难以博得我们的赞誉……

爱斯梅拉达和伽西莫多塑造得惟妙惟肖,但他们完全不是真实的人,他们仅仅愉悦我们活泼的想象。曾经为《巴黎圣母院》带来那样巨大的魅力,为它赢得那样广泛的喜爱的创造天才,在雨果最新的传奇作品《悲惨世界》中失去了踪影,其中也不见"岁月赋予的哲学头脑"或为竖琴新增添的琴弦……

雨果是一位艺术家,只是在艺术和道德牢不可分的含义上,他才是一位道德家。故此我们主要将他作为艺术家加以讨论。我们已经就他的成就和不足进行了一般的分析,现在想对《悲惨世界》简略地发表一点意见。这部书中没有角色,没有那种高级的戏剧性角色,也没有体现大戏剧家借他人之口说话的那种本领。

作品中的人物尽是木偶,而且反复露出操纵手脚的绳儿。自始至终,我们不自在地意识到背后那位伶俐的演员的存在。……从写作上说,它经过精心的设计、着色和雕琢。修辞五彩缤纷,警句犀利,遣词造句巧妙、得体。不过,修辞不等于说服力,五彩缤纷的是浮光;警句中缺乏睿智。简言之,这本书并未反映出严肃美好的心灵也称不上是强有力的雄辩,充其量不过是雄劲的天才在失去一切控制之后,放泄出的狂乱和不自然的力量:对文字的践踏,而不是从赫利孔山[①]上吹来的风。

---

① 赫利孔山,希腊神话中九位缪斯女神的住所,诗的灵感的泉源。

编后记

刘易斯（G. H. Lewes, 1817—1878），英国作家，著作涉及哲学、历史、社会、文学和传记诸方面，主要有《生活和心灵的问题》（1873—1879）。1854年与著名女作家乔治·艾略特结为终生伴侣。本文原载《黑檀杂志》，第92卷，总562期，1862年8月。此处为节译，转译自《19世纪文学评论》（底特律，盖尔·里瑟奇公司，1983年版）。

雨果（节译）

作者 ［英国］奥利芬特
译者 王希苏

诚然，维克多·雨果留与后世的浩瀚的著作，能够同他所处的动乱时代的论战，同他的暴躁的性格区分开来，他的著作却不是任何意义上的和平文学。冲突，恰恰是灵感的源泉。遭受苦难的人同生活里扑朔迷离和专横跋扈的势力的斗争，穷人同富有者的贪婪和压迫的斗争，平民同权贵的斗争，百姓同暴君的斗争，人同命运的斗争；这些就是他的题材。他也从来不是折中公允的编年史家。在一次次搏杀中，他始终不渝地站在弱者一边，袒护受压迫的人。即使他的敌手是古代的压迫者，或者竟是更为微妙、隐秘、攻不破的命运之力，他的作品并不因之逊色。那里原本就是诗人的战场：他在世间的使命，如果说不是重整颠倒混乱的乾坤[①]，至少也是将深刻的，往往是骇人听闻的历史教训昭示世人。然而，当他全力以赴，同一个不堪承受他的钢刀的敌人厮杀得天昏地暗，用诗把这场现代战争中渺小的，或未见分晓的事件加以粉饰时，他的作品反倒流于鄙俗……

雨果得心应手，轻松自如地处理一切到手的题材。在他的书中，一次日落，一片风景，一首情歌，同哲理的探讨，或同他从历史、从当代生活、从他自己的精神世界中截取的短小而精彩的片断交相辉映，这一切均呈现于法兰西语言所能造就的最崇高的诗行。他具有驾驭这一语言的无限的能力。他的文字一泻千里，从无寻词觅字之烦；他不拘绳墨，却为语言法规增添荣光；他可以随时蕴蓄任何暗示，表现最可畏惧、最棘手的难题。他可以任意让这一语言化为雄辩的烈火，或翻腾的云朵和炸雷，也可

① 莎剧《哈姆雷特》中主人公的自白。

以让它鸽子啁啾般细语。如此周全的音阶，如此宽广的音域，实属盖世无双……

抒情诗的旋律和美不可能、或者说几乎不可能通过翻译的媒介，在另一国文字中再现。本国人最能玩味的诗的妙处，异域人即使熟谙该国语言，也难以体会。我们不想冒失地解释或描述不可描述的东西。但是，雨果有若干最惹人注目的诗篇可以迻译，并且至少可以做到大体不失其真。因为在这里，雨果的成就在于对突如其来的场合，对人性处于最高尚或最低贱状态时的事件，对在广大民众遭到历史遗忘的黑暗中迸出的火花的描写刻划……

在法国以外的地域，至少在英国，雨果的声誉不是建立在包括戏剧、抒情、叙事等不同形式的诗歌成就之上。我国的浅薄的批评有一个最流行的说法，即宣称法国的诗歌从总体上来说等于零——持此种观点的人目前仍为数不少，或者说法国没有值得研究的伟大诗歌，其实只有通过研究才能发现其伟大。许多敢于作此论断的人是仍然在世的大好人，他们大言不惭，但并不自觉荒唐。所以我们只好转向一个无人敢持异议的领域来讨论雨果。他写的那些伟大的传奇小说，是他在世的这一段时间里这一文学体裁的最高成就。我们很想另外发明一个词儿来取代传奇作品，它们不能算作小说。它们的内容庄严，甚至与传奇作品这个名称极不相称，虽然这个词在法语中有较之英语更加广泛的含义。我们很庆幸没有人要求我们将这位法国人，同我们所挚爱的传奇作家，英国的小说艺术巨匠，我们文学史上最感亲切的人物作比较。司各特[①]与他的这位后继者有天壤之别：前者具备高尚、冷静、温和、谦慎的天才，后者拥有激昂、狂热、卓越的想象——

其本质是炽热、猛烈、深刻。我们毫不犹豫地承认：雨果发掘得更深。他所醉心的深渊的底层向他敞开着。隐匿在中世纪的和现实的巴黎的背景之后的黑黝黝、躁动起伏的人群，以及他们的活力、苦难和罪恶，造成了阴森可怖的效果，这在司各特的作品中是找不到的……

《悲惨世界》的故事，围绕着灵魂的斗争，叙述了一个逃犯的一生，同时它也揭示了这名罪犯背后及周围的世界。它再次展开混战，以及裹挟着这相互撞击、光怪陆离的一切前进的伟大的生活巨流。没有一个城市

① 司各特以中世纪为题材的历史浪漫小说最为闻名，故作家称雨果为他的后继者。

如此充斥着民众的声音，家家户户的屋顶下掩盖着一次一等的冲突；斗争的征兆比比皆是，不仅有对法规和禁令的反抗，还有高尚与卑鄙、慈悲同执法的斗争。……这一本书包罗万象：它的主题既在黑暗的低层开掘，同时又扶摇直上，直抵想象的晴朗的峰巅。它是悲惨人的史诗：我们看到，在夜色的朦胧中，在荒郊旷野的无限自由中，这位罪犯的灵魂经历了一次巨大的变化，此后，这本书成为幸福者的传奇。因为那是转折点——不是沙威和他那徒劳无益的追捕，而是冉阿让成了玛德兰老爹——一个悔悟的罪人，一个得到宽恕的可怜人。书中有若干此类主题必不可少的丑恶；而且不幸与他的全部著作相似，书中有无辜的人也许认为是渎神的许多狂言和狂想。尽管如此，《悲惨世界》是一部最伟大的宗教传奇作品，一部高尚的现代的 19 世纪圣人的传奇故事……

随着《九三年》，我们从沉寂的岛屿，大海汪洋重围之中的聚居的生活，再一次回到人群密集、狂热和冲突充斥的世界，回到凄惨痛楚的内战，回到波拿巴复辟未能解决的腥风血雨的权力之争。战舰上一尊大炮挣断铁链而滑脱，是雨果作品中最具典型性的一幕。这个没有眼睛、能置人于死地的东西，犹如一个活的有某种头脑的生物张牙舞爪，这是雨果心爱的象征。它像章鱼，也像沙威，是罪恶的不负责任的工具：危害甚大，却本性无辜，恣意杀戮，却无罪愆。大炮的颠簸、滑冲，在他这段寓言般的文字中被勾画入微。那个把生命提在手心里，与这个气势汹汹、锐不可当、没有生命的怪物对阵的汉子，是与命运的力量搏斗的人的化身……

出现在炮火和燃烧，在种种冲动和力量的角斗中的三个孩子，是基调阴沉的《九三年》的魅力所在，亦是年事已高的雨果的魅力所在。据我们所知，文学中没有任何对童年生活的描写堪与“圣巴德罗缪的屠杀”一章[①]相提并论。其他的成年人可能是一些类型或象征，可是这些孩子活着，呼吸着。……我们阅读的时候，这些孩子使我们的眼睛涌上惊喜的泪水，雨果眸子里那不可言喻的亲切、同情、赞叹，也闪现在我们的眼睛里。这些小生命，牙牙学语，纯真无邪，他们是母胎孕育的产儿，而不是描绘的果实；他们刚脱离上帝的手，没有因为这位可敬的幽默的旁观者的笔触而遭到玷污。我们正是通过后者的眼睛看到了他们无意识的生命之花的开放。他们的一丝不苟，他们的忙碌，他们的巨大发现，他们沉缅于自己

① 《九三年》第三部的一卷，叙述三个幼儿的故事。——程曾厚注

的小天地，对周围发生的一切毫无反应；带有男性的好动性的格雷尼-让和胖亚伦；出世仅二十个月的小小梦幻家，还没有完全踏进人生，意识到人生——这一切构成了一帧诗人和画家做梦也没有想见的图画。他们生活的气氛半是天堂，半是清晨——他们喜剧性的存在哀婉动人，既引起悲怜，也令人愉快。雨果的天才创造的全部奇迹，也许以此为最奇妙的一桩。

编后记

奥利芬特（M. Oliphant, 1828—1897），英国女小说家，最著名的作品是由五部小说合成的《卡林福德编年史》，幽默，富于浪漫色彩。本文最初发表于1885年7月的《当代评论》上，即雨果逝世后的第二个月。现摘译自《19世纪文学评论》（第3卷）（底特律盖尔·里瑟奇公司，1983年版）。

雨果

作者［英国］圣茨伯里
译者 王希苏

1802年2月26日，维克多-玛丽·雨果生于贝桑松。他的父亲是拿破仑军队里的高级军官，他的母亲是旺代人，持保王派的立场。雨果在长时期里同她持相同的政治观点。他的文学活动始于少年时代。人们知道，他十七岁时已为《保守文学者》撰稿，其中的许多文章，雨果不愿留存；在他正式出版的文集中堂皇地占一席之地的某些文字，最初发表于该刊物。这一刊物确属他同两个哥哥，阿贝尔和欧仁合办，但由他负主要责任。他的《颂诗及杂诗集》发表于1822年，那时他刚二十岁，两年后又出现一种新的选本。在这些诗里，词藻的雄劲和华美显而易见，然而尚无称得上创新的东西。1826年的《颂歌集》和1829年的《东方集》则不同。他明确地提出了浪漫主义的挑战。他偏爱被古典主义传统认为野蛮的时代和国度，从中汲取题材。他谨慎地打破格律，采用多变化、不规则的节奏；同冷峻、规范的古典主义诗歌相反，他采用尽可能具有明亮色彩的语言，完全抛弃习惯上的转弯抹角的表达方法，并大胆起用外来语和新词汇。在《东方集》之前，他写过两部传奇作品，其主题的奇异，处理手法的别出心裁，均超过《东方集》中最狂放的篇章。第一部是《冰岛魔王》，匿名发表于1823年。它采用夸张的语言，异常有力生动地描写了一个挪威强盗的冒险故事。第二部是《布格·雅加尔》，它的雏形曾刊载在《文学保守者》上，正式出版于1826年。雨果此时已成为叛逆者公认的领袖。他们懂得戏剧既是他们敌手的堡垒，也是他们自己最重要的优势所在。雨果在戏剧方面，或者至少说在剧本方面的初次亮相并不尽如人意。1828年发表的《克伦威尔》没有上演。其实，由于篇幅过长和其他一些特殊原因，它实在无法被搬上舞台。这不是一部戏剧，不过是用剧本形式写的传奇作品。它出版的时候，前面附有一篇洋洋洒洒的序言，犹如一篇宣言，详尽地阐发了新的文学观念。这一时期的次要著作不必引起我们重视。在诗歌和小说方面决定性的成功是七月革命前不久发表的剧本。《埃尔那尼》和七月革命后不久发表的散文体传奇作品《巴黎圣母院》。前者克服了演员和外部势力方面遭遇到的极大的困难——据说某些老派的院士曾呈请查理十世禁止它进入剧院——于 1830 年 2 月 25 日在法兰西剧院公演。后者于 1831 年发表。尽管半个世纪以来，雨果以不见衰竭的才思创作了大量作品，读一读这两部著作，仍然可以使我们对雨果，对他所领导的文学运动的特点，获得一个公正的，虽然不是完整的认识。《埃尔那尼》的主题是把一个西班牙贵族逼向自我毁灭的荣誉观念。正当他与心上人结成眷属的时候，他的不共戴天的敌人吹响号角，他恪守诺言而自戕。《巴黎圣母院》是中世纪首都风貌的既辉煌又阴沉的图画。这两本书缺少幽默，比例失当，这使作者有时候越过崇高和荒唐的界线，这一严重缺陷有时很显眼。这两者的结构也缺少某些技术上的整饬和完整。同时它们却充分显示了作者驾驭怜悯、赞叹、恐怖等悲剧情感的超凡本领，他用词语进行绘画的出色才能，他的瑰玮的文辞，无穷的诗歌内蕴，以及他自己不能左右、不知优劣的那种感染读者的气势磅礴的风格。单就创新这一点论，《埃尔那尼》更为醒目。古老法国戏剧的几乎一切成规遭到恣意的破坏。有的片断文风略嫌浮华，但是绝无拐弯抹角之累；说到平凡的事情，用的是最平凡的口气。古典亚历大山诗体的音律和结构也得到大胆的改造。不仅跨行[①]（有别于将诗行作为单句的固定单位，行与行、对句与对句之间允许跨越）频繁，无所顾虑，而且每一单行的整个平衡和节奏也有革新。拉辛以来曲剧作家们一心一意要把亚历山大诗体写成尽可能单一的格式。雨果则苦心孤诣地使它具有尽可能丰富的变化。简言之，整个戏剧理论得到了更新。七月革命以后的十年是雨果志得意满的时期。《玛丽蓉·德·洛尔墨》、《国王寻戏作乐》、《吕克雷丝·博尔日亚》、《玛丽·都铎》、《安日洛》、《城堡卫戍官》等一系列剧本接二连三地发表，与此同时，他还完成了《秋叶集》、《暮歌集》、《心声集》、《光影集》等四卷不朽的诗

① 原文为法语。——程曾厚注

篇。这些剧作继续展示出他驾驭悲剧情感的本领，出色的诗歌才华，以及他设置的感人场面、恐怖和庄严情节的多样性；然而它们却不能表明，对于成功的戏剧不可或缺的次要技巧，雨果运用得比过去自如。这一方面，雨果的许多学生倒是行家里手。由于这个原因，在此十年即将结束的时候，这些剧本受到抵制，它们的作者也不再为舞台创作。另一方面，从他的纯诗歌作品看，他的诗歌创作和批评能力有所发展。上文提及的四部诗集中，每一卷均收有若干法国诗歌尚未超越的登峰造极之作，它们完全可以同其他国家文学中同一类型的最了不起的诗歌作品媲美。这时，维克多·雨果的政治观点（无论是他的哪一种政治观点，从来没有给他带来文学上或其他方面的好运）经历了显著变化。在路易-菲力浦统治时期，他从不久前的虔诚的正统王权拥护者，首先转向立宪君主派（因此他曾能够接受国王授予的贵族封号），继而变为激进的自由主义者，1848 年革命爆发后，他最终成为一个共和民主主义者。他因反对路易-拿破仑而被放逐。他先是流亡到布鲁塞尔，后来到海峡群岛。他向他的敌人掷去一篇讽刺散文《小拿破仑》，和一部诗集，辛辣、才华卓绝的《惩罚集》。在此之前的十年中，他的文学活动基本处于停顿状态，至少从出版方面看是如此。然而他的流亡生活刺激着他的天才。他先后在泽西岛、根西岛居住的四年间，发表了两卷本《静观集》。从总体形式上看，这一集抒情诗与它之前的四部诗集没有不同。《历代传说集》于 1859 年问世，这一组绝妙的叙事和描绘诗表现的是世界各个历史时代的景象。这 3 卷诗合在一起，代表他诗歌才华的顶峰。在此之前或之后，他偶而写有与它们难分高下的作品，但无出其右者。《历代传说集》富有变化的音乐，诗的庄严，诗的哀婉，一幅幅接踵而至的瑰丽图画，诗人摆布语言和诗行的卓越能力，由这一切形成的综合效果，在他的其他作品中不容易看到。《静观集》，正如书名所指，主要是沉思篇。它们的优劣参差不齐，对生活的神秘性的思考，有时沾上说教的口吻，但是其中最优秀的诗篇确实动人心弦。整个第二帝国时期，维克多·雨果继续侨居根西岛。1862 年，他发表了他的最为良莠混杂的作品，即长篇散文传奇作品《悲惨世界》，后来又发表了巧夺天工的《海上劳工》，和一部论莎士比亚的评论作品，其中有的篇章文笔旖丽，堪称法国第一流散文。《笑面人》于 1869 年出版，重温了他早年处理此类题材的旧梦，这本历史传奇写的人物有些夸张失度，但故事引人入胜。他写的一些轻松的田园抒情诗以《林园集》为题结集出版。法国的纠纷酿成了1870年革命。雨果回到了祖国。革命给予他的却是难以忍受的,虽然是短暂的苦恼。雨果被选为在波尔多开会的国民议会的成员,但他误解了大会的立场。他发现自己沦为笑柄,于是悻悻然回到布鲁塞尔。在布鲁塞尔,他被公众舆论认为是共产主义分子,在公共场合遭遇到一些不快,不幸的是,他的敏感的气质和活泼的想象又将这些不快加以不适度的夸大。不久,他被迎回法国。在这之前他发表了他的最缺少生气的著作《凶年集》。在刚过去的十年中,他创作了一大批作品,其中最惹人注目的是《九三年》,这是他写得最好的历史传奇,和两部诗集(1877年的《历代传说集》续篇和1881年的《精神四风集》),其中的上乘佳品可以与他的其他杰作媲美。在色调的变换和描绘的生动方面,《历代传说集》的续篇比前者稍逊一筹,但它最出色的篇章具有同样的激越的力量。《精神四风集》恐怕是雨果创作的最具特色的大手笔,它有婉约细腻的抒情和叙事,又有一个十足新奇人物的戏剧故事,它揭示了享誉六十余年的雨果天才的一个新的侧面。

在对雨果的著作作过相当详尽的介绍之后,我们理应对他的创作特点进行某种综合的评论。我们可以从上文看出,雨果的文才有明显的缺陷。在纯知识方面,在逻辑和哲理方面,他是薄弱的。他缺少幽默对比的意识,也不很注意作品内部的严格比例。多年来,他鹤立鸡群,不断受到聪明人和白痴的无理性的崇拜,这一事实导致,或者说加固了他的狭隘的视角,他首先从法国,其次从巴黎,再次从维克多·雨果的角度观察世界。他具有操弄专有名词的非凡本领,因此他身不由己地滥用专有名词以便使诗句读起来铿锵有力。他引用事实很不精确,在这一点上,他同那位与他遥相对应,优劣互补的伏尔泰倒是十分相似。他没有贯穿几乎全部古典主义或伪古典主义文学的最大优点——分寸感。他是一位幼稚的政治家,一位耽于幻想的社会改革家,除此以外,其余的便全是长处,其总和足以将他置于最伟大的文学家的行列。他擅长精美、优雅的短小的抒情诗,而慷慨陈词的篇章,他同样工于辞令,仅此一条即可说明他具有与众不同的奇才异能。论哀怜,没有人的笔触有他那么恬淡、婉约;论愤慨,没有人的口气像他那般刚劲、雄浑。维克多·雨果的一大特色是他的诗荡人肺腑。但凡喜爱诗歌而且又粗通法国语言和法国诗体韵律者,读到他的一些好诗,无不油然而生仰慕之意,因为受到那无与伦比、光华四射的文章的感染,以至于对可能存在的不足完全熟视无睹。这是对诗歌的唯一的特殊检验，别无他法。维克多·雨果赖以造成此效果的技巧已在上文提到。这主要在于他运用灵活多变的诗体，出色地用语言构成生动的图画，将物质的和精神的内容结合在一起处理，最重要的是他恪守的习惯：不让热铁变凉。他一笔接一笔，始终扣住读者心弦，这是其他作家不容易做到的一点。其他诗人的才气常常用短句，五个单词长短的一串珠玑来体现。维克多·雨果的情况不是这样。他有联珠佳句，但那不是他的主要妙处，如烧熔的金属那般的炽热和流泻，才是他的独到之处，而这是需要在整体中才能够感受、发现的。他的诗歌的这些特点，略作变动便可适用于他的散文。总的看来，他的散文比诗歌逊色。他的无与伦比的诗歌武器，若换成不那么锋利的散文，不能不失去相当的威力。他的长处消退之处正露出他的短处。综观他的全部创作，我们可以说，而且自信没有人反对我们这么说，维克多·雨果在后世眼里将是法国最伟大的诗人，也是法国最伟大的散文作家之一。即便是这样的才子，投身任何事业，要取得成功，也需要经过长途跋涉。但是，摧毁曾经给法国文学带来萎缩和饥荒的古典主义传统，是功德无量、大得人心的事业，加上有雨果这样的领袖自始至终领导它，它的胜利必然是确定无疑的。

编后记

圣茨伯里（G. Saintsburg, 1845—1933），英国文艺批评家，文学史家，曾在爱丁堡大学教授文学。他专攻英国和欧洲大陆文学，著有英国、法国、伊丽莎白时代、19 世纪的文学史多种，以及《批评史》和《英国韵文史》。本文译自《法国文学简史》（牛津，克拉雯顿出版社，1884 年版）。

雨果的传奇作品（节译）

作者 ［英国］斯蒂文森
译者 王希苏

雨果的传奇小说在文学史上占有重要的地位。别人那种藏头露尾的尝试成为这些书里的大刀阔斧、锋芒毕露的创新，若干属于探索的文学倾向在这里获得定型并且臻于成熟；另有许多特色现出端倪并且形成各自有别的特点。这一切只是在他的最后一部传奇小说《九三年》中才达到尽善尽美的程度。

在构思《巴黎圣母院》的时候，作者面临的道德目的（他告诉我们说）是“抨击”以愚蠢和僵化的迷信形式胁迫人们的外部灾难。坦率地讲，这一道德目的似与艺术构思无甚关系。道德主题显得不明不白，艺术构思却发挥得淋漓尽致，古老的巴黎为我们复活了新的生命：这个城市在我们的眼前被一条大河的两只臂膀切割成三块，中心的船形岛由五座桥梁系于走向不同的河岸，两侧是大小不一的两个城区。那逐一出色描绘的宫殿、教堂和修道院，连篇累牍，难以存在于我们的记忆之中；头脑简单的读者很可能因此得出结论，说这是些抛诸脑后的段落。然而事情并非如此。我们的确忘却了细节，正如我们忘却或不去注意一幅绘画成品上油彩的不同层次。预期的目的却如愿以偿：这座城市“哥特式的形貌”和“尖顶、塔楼和钟楼的森林”印入我们的脑海，我们不去理会其富丽、迷乱的怪诞。巴黎圣母院始终以远远超过它两个对称的塔楼的高度巍然耸立在巴黎上空。自书的第一页至最后一页，我们都感到这教堂的存在，书名给予我们暗示，而且从法庭大厅的一幕起，故事便通过形形色色的人物与这一核心建筑挂起了钩。这纯粹是海市蜃楼式的印象，因为它在巴黎并不具有如此君临一切和突兀的气势。……这一印象却以意外的执著和力量渗透、贯串全书。接着，雨果在此哥特化的城市里，尤其是在此哥特化的教堂中，安排了比环境更加典型的哥特化的一组人物。我们认识哥特式的人物：我们看见他们麇集在廊柱残破的顶部，或者被做成滴水嘴[①]在教堂屋顶上延颈探头，大张其口。他们僵硬、怪诞，给人以非现实之感，是奇形怪状，以及某种中产阶级的闲适，同扭曲变态和阴森可怖的混合物。这便是典型的哥特式艺术。爱斯梅拉达颇有些例外；她和她的羊像漫游梦境的两个孩子一样出入故事。该书最为精彩的一章是她和羊同另外两个主人公，加西莫多和克罗德神甫，同时避匿在寒冷的古教堂里。正是在这里，我才最深切地感受到传奇作品创造人物的艺术观念。这四者难道不是脱胎于某种古怪的模具，在演示偈语、十诫和七大罪吗？加西莫多不是活的雨檐滴水嘴是什么？这本书不是哥特艺术活的再现又是什么？

奇怪的是，五部伟大的传奇作品中，这一部发表最早，它却极少有近来几乎被我们认定是雨果风格的那种夸张的运用。然而，它的措辞、思想、事件令人难以对它表示相信和同情，我们不无惋惜……

他的晚期作品虽然充斥着恐怖和痛苦，却很少有这本书中实际的情节剧场面，极少或者说绝无作为情节剧和真正悲剧的最终分界的那种野蛮，那种施于情感的毫无意义和不堪忍受的暴力。《巴黎圣母院》里爱斯梅拉达迷恋不足挂齿的弓箭手的全部过程足以令人倒胃，当她高声呼唤这个早已将她忘却的肮脏家伙，从而暴露她的最后一块隐匿地，暴露她自己和她可怜的母亲的时候——唉，这将是读者无法宽容的事件。他们不喜欢这个情节，而且他们是正确的。生活对苦命的人来说是多么艰难，何必再用拙劣的艺术无休止地向它灌注更多的苦水！

我们在《悲惨世界》里绝找不出类似的毛病。另一方面，雨果在这本书里表现出最接近严谨文体的分寸感，当然他的才华仍然得到最充分最流畅的发挥。这部宏伟巨著的道德目的，如果可以这么说，是使我们有所觉醒——因为这种觉醒令人不甚愉快——看到我们所处的受益并且获利的社会付出的巨大代价，看到那些肩扛轿舆的人，为维持把我们轻快地簇拥向前的文明所付出的辛劳和汗水。人们愿意闭起双目，并且轻而易举地获取快乐，只要他们能忘记：我们的法律冤枉一百万无辜的人，才能有

① 滴水嘴是建筑学名称，常作怪兽状。——程曾厚注

一次做到大体公正；我们吃的面包，家庭的安宁，使生活更加美好、更受迷恋的一切，是用死亡换来的——动物的死，精疲力竭的劳动者的死，被称为暴君和革命者的罪犯的死，和被称为罪犯的革命者的死。雨果在《悲惨世界》里正是希望人们睁开眼睛看一看这些现实；这一道德寓义和艺术技巧结合得天衣无缝。文明所给予下层人民的死一般的重荷也沉沉地压在我们读者的肩上。当我们发现社会一次又一次拒绝最热心的成员的服务，强迫冉阿让捡麻絮，把伽里略投进监狱，甚至将耶稣钉上十字架，我们抑制不住讥嘲和愤怒。书中有一种令人提心吊胆和恐惧的不安全感。我们感到恐惧是对法律机器的恐惧，我们听见它以一切人造或神造机器的铁的无情，在黑暗中用它的巨轮撕扯着善与恶……

这部巨著虽说立意阴郁，但它依然充满生命、光明和爱。善良的主教的形象是现代文学中最令人愉快的人物之一。蒙费梅伊一幕是雨果最擅长导演的儿童戏，充满了魅力。……总之，现代文学中很少有能与之媲美的作品。它平和清朗，这在雨果是罕见的；有损《巴黎圣母院》形象的情节剧式的粗俗不复存在。当然，书中有不少可惜不能实现的东西；故事构筑得过于严密精巧；当我们发现每一个人物一次次出入情节，竟拼接得严丝合缝，有如儿童的立方体玩具，每一面均可构成完整的图形，它不能不使人顿生疑云，而且失去真实感。实际生活中的一切并没有安排得如此妥当贴切。部分插叙亦显得牵强，它打乱主线，破坏情节。尽管此书有如上缺点，它的故事的构思和展开仍不失为大手笔。它充满哀惋，充满真理，充满出色的雄辩……

《海上劳工》的艺术效果与道德寓意同样结合得完美，合而成一。吉利亚特独自一人在礁石上致力于人力难及的使命；这体现出，在无限扩张的自然力里，人在进行某种奋斗，同时形象地描绘出在大海、飓风、彤云的包围中，这种奋斗的徒劳。从来没有一个人物雕塑具有如此奇特的立体感。他攀上礁石的当夜，一群海鸟翩然而至，在他上空盘旋，立即烘托出他独特的孤立无援的处境。礁岛上无处没有他的不知疲劳的劳动，重洋包围的这立锥之地的上空回荡着铁锤击铁砧的叮当声；映衬他来往出没的背景唯有这一碧汪洋。他的与世隔绝的境地不应与鲁滨逊相提并论，虽然如果把《海上劳工》同那本老书摆在一起比较，将是饶有趣味的，那时的艺术尚不懂得应该刻画人的意志之外的力量这一道理。鲁滨逊置身的自然是死的、没有被作家意识到的自然，他是自然中的唯一的利害所在。我们看到吉利亚特的情况迥然不同。我们感觉到诸种力量在黑暗中纠集在一起反对他,一种浓重的敌意包围着他,我们亲眼目睹了他同无声的冷酷的桀骜不驯的气候,同伟大的无情的不可更改的普遍法则,同敌视他的无生物的阴谋勾结展开的殊死的搏斗。这个礁岛上,不止有一方,而是有利害冲突的两方。

《海上劳工》引人入胜,一泻千里,它的主要场面写得既美丽又得体,但是我们无法掩饰这样的事实,即它有一连串细节经不起推敲。风暴乍起的一段描写极为出色,那磅礴的气势叫人魂飞魄散。而由于一段不足道的防波堤和零星礁石的保护,那小船居然可以不被狂风巨浪击沉,真是百思不解的谜。我不甚理解风浪的描写方式,权当它叙述有失严谨,继续往下读。如何第二天的大海竟至于风平浪静呢?难道这场飓风是一幅风景画不成?我们即便原谅吉利亚特的膂力完成的奇迹,我们又该如何看待他的自杀?书上说单桅船影在天边消逝的同一时刻,他的头被海水淹没,我们该用怎样的词句才能恰当地谴责这种对效果的不择手段的追求呢?雨果先生可以作出他的解释,但他不能说服我们。我们知道那不可能。这种写法会使读者产生一种不能自圆其说的绝望,他们一边读,一边指责作者扯谎……

传奇作品是许多人学习连贯流畅叙述的语言,但只有很少人能得心应手地使之服从于实际需要,很少人能成功地用它表现自我。上文的讨论已经清楚地表明,雨果在这少数人中占有显要的位置。雨果有驾驭情节的卓越才能,在构造情节时他始终着眼于深层的含义,使每一个场面都透射出道德的内涵和光彩。如此高度的赞誉,没有任何其他作家可以受之无愧。他的传奇作品不可同英国读者所熟悉的那种所谓“目的小说”混为一谈。那通常是不称职的作家采用的模型,我们看到道德含义被胡乱填塞在故事的缝隙角落里,或是像在栅栏上挂毯子那般将它抹在外层。道德含义于雨果是传奇作品的本质,是统领全篇的原则……

雨果掌握了使故事从属于思想和艺术说话的本领,接着他叫他的艺术去表现迄今为止属于陌生的东西。……《巴黎圣母院》中没有男性英雄,《悲惨世界》里是一位老人,《笑面人》中是一个怪物,《九三年》的主角是革命。这些手段,有如司各特采用的附加语,最初显得腼腆,终于在画布上占据了越来越大的地盘,乃至人们后来发现,雨果的传奇作品的中心兴趣竟是菲尔丁认为超出小说范围而宁愿却之门外的那种东西。……在雨果看来，人不再是前无古人，现无旁系的孤独的灵魂，他被裹挟在诸种自然力的作用与反作用之间，他自身便是这作用与反作用的中心。他是芸芸众生中的一个单位，被流行的恐怖和灵感追来逐去，而且，非常严肃地说，随着每一阵思想的风摇来摆去。

《巴黎圣母院》、《悲惨世界》、《九三年》、《笑面人》和《海上劳工》足以使任何作家驰名天下，然而它们不过是雨果为自己的天才所树立的丰碑的一个侧面。在不同的文体中，他的高明之处和缺点是相同的。他的诗歌和戏剧存在着他在传奇作品中使我们瞠目的不可解释的莽撞乖张，也有那种疯狂的劲头，将火烫的思想一次又一次放进熔炉或放在铁砧上锤炼——其执著近于一种癖好——其力量有点像失去控制的癫痫症。他是那样远远地超过与他同时代的作家，就作品的内蕴、广度、体裁的种类、道德追求的真诚而言，他们无法望其项背，于是，我们几乎觉得他有某种权利现出比别人更经常、更严重的失误，当然这毫不妨碍我们看出他从这一便利中频频占得便宜。对于伟人，我们期待他们有毫无争议的品质，愿意献上无可怀疑的信仰，并看见他们高高立于他们的伟大之上，遗憾的是，雨果却不能使我们这么做。……只要我们回顾这五部传奇作品，哪怕仅一次，我们便能找出其他伟人可免受其咎的瑕疵。话说回来，我们又能在谁人的作品中发现如此众多的创新，对人生如此新鲜而且富有意义的表现，如此大量——即使我们仅谈数量——的同样的登峰造极之作？

编后记

斯蒂文森（R. L. Steveson, 1850—1894），英国小说家，主要作品有我国读者业已熟悉的《金银岛》、《绑架》和《化身博士》等，善于挖掘有关人性善恶的主题。本文原载 1874 年 8 月号的《考恩希尔杂志》，没有署名，现节译自《作家和作品的通俗研究》（纽约，查尔斯 · 斯克利布尔父子出版社，1895 年）。

第三辑

俄国及苏联

书信两封（1830）

作者 ［俄国］普希金

译者 沈渝来

致维亚泽姆斯卡娅

您认为《驴子集》是一部极佳的作品，您是正确的。该集是当今最卓越的作品之一。人们夸奖雨果，据我看，是因为比起《末日记》，作者在《驴子集》中表现出了更多的才华，虽然前者写得也很出色。至于那些使您发窘的词句，我首先要说的是，对于作者所谈的一切，您不必介意。人们大都赞美初恋，雨果却认为叙述第二次恋爱更为有趣。或许，他是正确的。初恋往往带有感伤的情意，它越是不成功，给人留下的美好回忆也就越多。而第二次恋爱，要知道，才是充满敏感的情爱。本来可以进行更多的对比，然而我完全无暇这样做。我和娜塔莉娅的婚事（只能附带说说，这是我的第 113 次爱情）已定。家父给了我二百个农奴，我将把他们典押出去，而您，亲爱的公爵夫人，恳请您做我们的主婚人……

拜倒在您脚下的

亚·普希金

（原信用法文书写）

致希特罗沃

首先请允许我，夫人，感谢您寄来的《埃尔那尼》。这是我所读过的最满意的一部当代作品。雨果与圣伯夫都是当代法国无可争议的、超群绝伦的诗人，特别是圣伯夫。顺便请求您，如能在圣彼得堡找到他（圣伯夫）的《安慰集》，请看在上帝面上，做件好事，把这部诗集寄给我。

（原信用法文书写）

编后记

普希金（1799—1837），俄国诗人、作家，俄罗斯近代文学奠基人，俄罗斯文学语言创建人。思想上接近十二月党人，曾两次被流放。主要作品有抒情诗、叙事诗，历史剧《鲍里斯 · 戈都诺夫》，诗体小说《叶甫盖尼 · 奥涅金》，长篇小说《上尉的女儿》等。1836 年创办《现代人》杂志，发表政论及文艺批评。1837 年为维护自己的荣誉决斗而死。这两封信译自《普希金全集》（10 卷本）的第 10 卷（莫斯科，苏联科学院出版社，1958 年）。

文学的幻想（节译）

作者 [俄国] 别林斯基

译者 满涛

……然而，多么奇怪啊！在欧洲，从来没有表现过这样一致而强烈的冲动，要摆脱掉古典主义、烦琐主义、玄学主义或者愚蠢主义（都是同一件东西）的桎梏。拜伦（另一个我们沉思的主宰）和司各特，通过他们的创作，压倒了蒲柏[①]和休·勃莱尔[②]一派，给英国恢复了浪漫主义。在法国，出现了雨果以及一大群其他的了不起的人才，波兰出现了密茨凯维支，意大利出现了孟佐尼，丹麦出现了厄楞士雷革，瑞典出现了特格纳。难道只有俄国命里注定没有自己文学上的路德吗？

编后记

别林斯基（1811—1848），俄国文学批评家，政论家；革命民主主义者，唯物主义哲学家。1839—1848年参加《祖国纪事》、《现代人》杂志的编辑工作，主持文艺批评栏，撰写了大量文学评论文章，对俄国社会思想及文学的发展有一定影响。《文学的幻想》节选自《别林斯基选集》第一卷（上海译文出版社，1982年）。

---

① 蒲柏（1688—1744），英国诗人。

② 休·勃莱尔（1718—1800），苏格兰美学家。

评论二则

作者 [俄国] 赫尔岑

译者 沈渝来

往事与随想(节译)(1859—1868)

按严格意义上来讲,维克多·雨果从来也不是政治活动家。他更多的倒是诗人,影响他最多的也是幻想成为诗人。当然,我这样讲并非贬低他。作为社会主义者,作为艺术家,他同时也是军功荣誉、共和党人反对拿破仑政变[①]、中世纪浪漫主义和百合花[②]的崇拜者;他既是子爵,又是庶民;既是奥尔良法国的贵族[③],又是12月2日的鼓动者——这样一个伟大的,多重性格的人物——但他却不是政党首领,尽管他对两代人都有着巨大影响。《死囚末日记》怎能不使人们考虑废除死刑问题?按照透纳[④]的描绘手法,他以锐利的笔触勾勒出一幅幅暴露社会脓疮、贫困和淫逸的光怪陆离的可怕画面,这些画面怎能不激起人们良心的谴责?二月革命对雨果而言是出其不意的。他不理解这次革命,他惊恐不安,掉了队,做了种种错事。在反动势力尚未超越他时,他始终站在这场革命的对立面。戏剧检查机构和罗马事件使他极为愤懑,为此,他在制宪会议上慷慨陈辞,其发言传遍整个法国。发言的成功与迎来的掌声使他继续不断前进。

① 指1851年12月1日拿破仑第三发动政变,雨果和左派人士于2日晨曾组织抵抗。——程曾厚注

② 百合花是法国王室的徽记,雨果青少年时是保王派。——程曾厚注

③ 1830年七月革命后,法国王室支系奥尔良公爵路易·菲力浦登基,曾封雨果为子爵,并任命他为贵族院议员。

④ 透纳(Joseph Mallord William Turner, 1775—1815),英国画家。

终于，在 1851 年 12 月 2 日，他像巨人般站起来了。他面对刺刀与枪口仍号召人民起义，他迎着枪弹反对“政变”[①]，当在法国无事可做时，他离开了祖国。他像一头被激怒的狮子退到了泽西岛，稍事喘息，便向自己的皇帝主子抛出《小拿破仑》，而后又抛出《惩罚集》。不管波拿巴的爪牙如何努力妄想使这位旧诗人与新朝廷和解，但均无济于事。“即使只有十个法国人流亡国外，我将与他们共存，如果只有三人，我便是其中之一，如果仅有一人，那么，这名流亡者就是我，除非自由的法兰西，我决不回归。”

雨果自泽西岛迁至根西岛，这使他的朋友和他本人更看清了其政治意义，因为当时，这一迁徙只能令人愤懑。英国维多利亚女王访问拿破仑后，费·皮亚特[②]上书女王，并将此信在群众大会上宣读，随后寄往《人报》编辑部。出资在泽西岛印刷《人报》的斯文托斯拉夫斯基此时正在伦敦。他与费·皮亚特来看望我，临走时，他将我引到一旁说，他所熟悉的一位律师对他讲，为此信，在殖民统治状态下的泽西岛出版的杂志是足以吃官司的，而皮亚特却一定要在《人报》上发表。斯文托斯拉夫斯基犹豫不决，并想听听我的意见。

“不要印。”

“我也这样想。糟糕的是，他必然认为我胆小怕事。”

“在现在这种情况下，白白丢掉几千法郎，怎能不担心呢？”

“您说得对，我不能不担心。不印也罢。”

斯文托斯拉夫斯基谈得很在理，但到了泽西岛后，却又把信件印刷出版了。

谣传部里要采取行动。英国人对皮亚特向女王讲话的口吻也大为不满。由于听到这些风言风语，费·皮亚特不敢在家过夜，为发表的书信而担心在英国会遭受“家庭搜查”[③]，会半夜逮捕他！政府并未打算令法庭追究此案，部长们却对泽西岛总督，或当地称他为什么官员的人，作了暗示，并利用殖民地的一些非法权力，令斯文托斯拉夫斯基离开泽西岛。斯文托斯拉夫斯基一再抗议，与他一起抗议的还有十名法国人，其中也有雨果。当时泽西岛警察局中拿破仑式的人物曾令所有抗议的人离境。他们应该完全置之不理，最好让警察抓住某人的领子并将他赶出泽西岛，那时

① 原文为法文。
② 当时在英国流亡的法国共和主义者。——程曾厚注
③ 原文为英文。

就可向法庭提出驱逐出境的问题。英国人也是这样向法国人建议的。在英国审理案子通常都拖延很长时间,但《每日新闻》[①]和其他自由派小报的发行人都保证筹集到足够的款项,聘请到能干的律师。然而,这些法国人认为正常途径未免路遥,乏味,令人难受,他们以蔑视的态度毅然将斯文托斯拉夫斯基和山道尔·泰列基[②]引离了泽西岛。

宣布警察当局的命令时,雨果显得特别庄重。当警官为宣读命令来到雨果的寓所时,他把儿子们召到跟前后坐下,并请警官也坐下,当大家坐定后(就像俄国人在出远门之前那样),他起立宣称:“警官先生,我们现在正撰写历史的新篇章。请宣读您带来的文书。”警察原以为会把他赶出门外,没想到会如此轻而易举地完成使命。他要雨果签字保证离开泽西岛后,当他离开雨果寓所时确实感到法国人彬彬有礼,甚至在这种场合还请他入座,实在值得称道。雨果走了,其他的人与他一起离开了泽西岛。大部分人去到根西岛一带,其他的人去了伦敦。案子败诉,维持原驱逐令。

……

始末集·信笺之三(1862—1863)(节译)

雨果笔下的“悲惨的”人物群中也有老人……而悲惨的老人通常又处于被人遗忘的次要地位,这难道不令人奇怪吗?[③]雨果已经开始注意到,在痛苦地意识到罪恶之时还伴随着一种极大的痛苦,即痛苦地意识到自己的、然而已是无用的、正确的一面,意识到自己对整个忧伤的、亲近的年轻一代的弱点的徒劳无益的优越感……伟大的演说大师和诗人在法国的苦难生活中稍稍触及了世上最大的不幸——童心未泯的老人的不幸,他们正被越来越庸俗的一代所包围。然而,在这些老人面前展现的是冉阿让的既痛苦(但并不需要的)又纯属自寻的苦难,为什么雨果会在自己的小说中如此不厌其烦地详细描写这种苦难呢?当然,可以怜悯任何人

---

① 原文为英文。

② 山道尔·泰列基(1821—1892),匈牙利公爵,政治活动家,曾与匈牙利革命军一同浴血奋战,于1849年侨居英国。

③ 此处指雨果的《悲惨世界》(1862)。

的不幸但不是一切不幸都应该同情。大腿骨折的疼痛，生活骤变所带来的痛苦都会引起人们的深切同情。

我们不是法国人，所以不理解冉阿让这样的苦役犯的思想感情，也不同情像沙威这样的警察局中的好汉。在我们眼里，沙威是个令人厌恶的人。大概，雨果也没有想到，在他勾勒这个维护秩序的豺狼的嘴脸、一个带有纯粹民族色彩的人物时，他在“美丽绝伦的法兰西”的肩上烙上了什么样的印记。我们能够理解的只是冉阿让这个善良而不幸的、被整个社会所追捕的野兽所进行的外部斗争。而他的内心斗争对我们来说则是另一回事。他肌肉发达，意志坚强，实际上却是个十分脆弱的人，他是个无辜的苦役犯，是土伦劳役船上的伊里亚·穆罗梅茨[①]，五十岁时玩杂技，将近六十岁才成为初恋的孩童，他是个很迷信的人。至于肩上的烙印、对他的判决以及三十年前由于为他人偷窃一块面包而沦为悲惨的人，这一切他都视为命中注定。病态的忏悔是他的美德，老年人特有的忌妒是他之所爱。他经历的漫长而受折磨的岁月只在小说的末尾才表达出真正悲剧的内涵：珂赛特的丈夫的极端冷漠和她本人的毫无感激之情。冉阿让确实与我国的老年人有某种相似之处：因自己做错事而忏悔，也因他人公正而宽慰，并将二者融为一体，溶化成强烈的悲伤。温度计中的水银因严寒而凝为弹丸，一旦加热，它将像出膛的铅弹一样喷射出来。意识到公正（这占据了半个心灵，半个生命）就应受到良心的谴责，而更坏的是：在这件事上可以用忏悔来赎罪，用金钱来抵偿，在那件事上却无所谓。

90年代的老人是信仰狂、幻想狂、理想主义者，他们与儿辈、孙辈之间的自然关系被破坏了，平衡被破坏了，代代相传的有机联系被歪曲了，因儿辈们比老人更持重、理智、也更易于失望，他们极度满足于在“小圈子”内行事；而孙辈们则以御林军的披挂为时尚，幻想捞个县长、州长当当，并“尽可能利用自己已经获得的权势”[②]。

在纯洁的老年人的个人抒情的沉思中，冉阿让自己也不明白向年轻生命要求些什么。真的，他对珂赛特又要求什么呢？难道，她能够成为他的朋友吗？他的爱在从未触动的、毫无经验的心灵中超越了父爱……他完全是为了自己才想爱她的，而作为父亲是不这样去爱的。此外，令人厌恶的重担使他，一个终生以囚衣裹体的人，变得衰弱无力。在他看来，一

---

① 伊里亚·穆罗梅茨为俄国民间壮士歌中的勇士。

② 原文为法文。

个愚蠢至极的年轻人，一个庸俗之辈的典型人物就是这种令人厌恶的重担。

我并不知道雨果想究竟如何处理马吕斯这个人物，但我觉得，他似乎是"本来要进这间屋子，结果却跑进了另一间"[①]，也许正因如此而显得"意义重大"[②]。在我看来，马吕斯在自己一代人中的形象就像沙威在他自己的一代人中的形象一样。在他的天性中高尚、热烈的激情，不加思考，不善深究，几乎缺乏理智的、只按前人的榜样行事的激情都闪烁着他日的余辉。在他身上，连一点18世纪的气质，即那种不厌其烦地要求分析、评论、强求世上一切事物均按理智办事的气质都不复存在了；他虽不聪明，但还是个善良的志同道合的人，他会不计后果地参加巷战；他按成规生活，而且"一眼"[③]就能辨出善恶。对那些确实知道在大斋之期开荤是犯罪的人，他也很少关心。革命的时代到这一代人便停止不前，并开始后退，再下一代人连激情也没有了，一切都将视为正常秩序，个性也都消失，此人彼人的更替在连续不断的日常生活中也将难以区别。

编后记

赫尔岑(1812—1870)，俄国革命民主主义者、作家、哲学家。受十二月党人思想影响走上革命道路。19世纪40年代发表尖锐批评俄国农奴制度的长篇小说《谁之罪?》。1847年起侨居国外。1853年在伦敦创建自由俄罗斯印刷所，出版《警钟》报，揭露沙皇专制，进行革命宣传。在国外期间还著有自传性回忆录《往事与随想》。《往事与随想》选自苏联国家文艺出版社1954年出版的单行本。《始末集》片断译自《赫尔岑论艺术》，莫斯科，国家艺术出版社，1954年。

---

① 典出俄国作家格里鲍耶陀夫的喜剧《聪明误》第1幕，第4场，意为：主观上要做某一件事，结果事与愿违，做了意想不到的事。

② 原文为法文。

③ 原文为法文。

在国外（节译）

作者 [俄国] 萨尔蒂科夫-谢德林
译者 沈渝来

……在法国，具有思想性、英雄性的小说文学曾在一个时期内占统治地位。这种文学激奋了读者的心灵，也激发了社会的思想意识。在欧洲的所有地方，甚至穷乡僻壤，都渗透着这种像明灯一样光亮的小说文学，因为它以最通俗的形式到处宣传未来的理想。40 年代的人们至今都不能不感动地回忆起乔治·桑和维克多·雨果。……

编后记

萨尔蒂科夫-谢德林（1826—1889），俄国讽刺作家、文学批评家。以创作讽刺沙皇农奴制的作品著称。曾先后参加《现代人》、《祖国纪事》杂志的编辑工作。主要作品有《外省散记》、《一个城市的历史》、《戈洛夫略夫一家》及《童话》等。本段译自《在国外》单行本（莫斯科，国家文艺出版社，1950 年）。

略论俄国文学中的果戈理时期（节译）

作者 ［俄国］车尔尼雪夫斯基

译者 沈渝来

……《钦差大臣》和《死魂灵》都不具备雨果的《巴黎圣母院》[1] 所具有的任何特点，据此，波列伏依 [2] 才视《巴黎圣母院》为伟大的艺术作品，并尽力使自己的作品具有这些特点：只有在高度幻想的刺激下才可能构思出的巧妙开端，世上从来没有的、虚构的人物性格，特殊的、不像真实的环境和激昂热烈的语气。……

编后记

车尔尼雪夫斯基(1828—1889)，俄国民主主义革命家、作家、文学批评家。1856—1862 年主持《现代人》杂志时坚决维护现实主义。1864—1883 年流放西伯利亚。主张俄国通过农民公社进入社会主义。主要文学作品有长篇小说《怎么办？》及《序幕》。本段译自其《哲学著作选集》第一卷(苏联国家政治书籍出版社，1950 年)。

---

① 原文为法文。

② 尼·阿·波列伏依(1796—1846)，俄国作家、新闻工作者、历史学家。

我的采访·美丽绝伦的法兰西（节译）

作者 ［苏联］高尔基

译者 沈渝来

……你的儿子雨果是你那荣誉桂冠上一颗熠熠生辉的钻石。作为政论家与诗人，他激起了人们心灵中对生活的一切美好愿望，像狂飙一样震撼了整个世界。他无处不在地塑造英雄人物，他用自已作品所塑造的人物并不少于你，法兰西，当你高擎自由旗帜，脸庞带着微笑，诚实的目光充满了对真理与善良必胜的信心，率领各族人民前进之时所塑造的全部人物。他教导所有的人要热爱生活，热爱美，热爱真理，也热爱法兰西。现在雨果已经去世，对你来说，这或许是件好事，因为如果他还在世，他也决不会饶恕法国的卑鄙行为。他像青年人那样爱恋着你，甚至当他的头发开始变白时仍然那样地爱你……

编后记

高尔基（1868—1936），苏联作家及社会活动家，社会主义现实主义文学奠基人。1905 年与列宁会见，思想上受很大影响。1906 年发表反映俄国工人阶级革命斗争的长篇小说《母亲》，被认为是第一部社会主义现实主义作品。其他重要作品有自传体三部曲《童年》、《在人间》、《我的大学》，长篇小说《阿尔达莫诺夫家的事业》、《克里姆·萨姆金的一生》，以及许多政论、特稿、回忆、文学论文等。本文节译自《高尔基选集》（30 卷本）之第 7 卷（莫斯科，国家文艺出版社，1950 年）。

第四辑

其他

维克多·雨果(节译)

作者 [美国] 马修斯

译者 王希苏

维克多·雨果的全部剧本创作于青年时代,因此,他后期诗文中最常见的缺陷,即轻重失度,在他的剧本中确为罕见。不幸的是,雨果没有能够恪守歌德的训诫:警惕把"青年的毛病带入老年,因为老年伴有其自身的短处"。雨果的失误正在于此,如此高龄而有名气的作家,文坛上峥嵘初露以后鲜有变化,是绝无仅有的。发展固然有,但毫无长进。所以,雨果虽然突然中辍其戏剧写作,今后是否会有出人意外之举,我们仍不无怀疑……

雨果算不得与莎士比亚一脉相承的大戏剧诗人;他是才能出众的编剧,戏剧制作的能工巧匠,他的创作并非出于戏剧冲动,而是因为舞台提供最好的市场和为数最多的桂冠。要证明这一点,只要看一看《玛丽·都铎》和《安日洛》。任何伟大的戏剧诗人,任何堪称戏剧诗人的作家,不可能写出这一流货色。这两个剧虽有其奇巧之处,但是它们不配出自对生活有任何了解的诗人的笔下。较之格律诗剧,它们[①]只能算低劣的下品。这一事实表明,雨果需要诗体的约束。当他在亚历山大诗体的限制内创作时,诗写得最好——限制,我曾经说过,是关系第一流诗剧成败的关键因素。综合种种看法,我发现雨果的剧本,是诗人写出的情节剧,而非戏剧诗人创作的诗剧。……无论雨果戏剧的词藻外衣如何像诗,它的构思——情节的构思和人物的构思——都是非诗的,情节属情节剧的情节,然而是上乘情节剧的情节;因为它明快,有力,而且因为它的作者拥有超

① 《玛丽·都铎》和《安日洛》是两出散文剧。

出情节剧要求的聪明才智。人物并不比环境更富诗意：他们没有受到诗的精神的渗透，也没有受到音乐的灵魂的升华。雨果的人物，尤其是悲剧人物，用粗线条和单一色绘制而成：他们分别是某种单一冲动的人格化。贝利小姐写出一系列剧本以表现种种激情；雨果将激情逐一分配给他的角色，让他们在厮杀中见分晓。让我们挑选雨果剧本中的一个恶棍，譬如《吕依·布拉斯》中的堂·萨吕斯特——一个轮廓分明的黑影侧身像——将他同伊阿古[①]放在一起，我们可以看出莎士比亚笔下的这个叛徒具有怎样完整、栩栩如生的复杂性格。或者我们将雨果的人物同莫里哀的角色作比较，尽管他们口出狂言，但是他们体质单薄，性格猥琐。他们缺乏莫里哀在诗情中构思出的人物的筋肉和脊梁，光辉与神采。虽说环境和人物属于情节剧，他的最优秀的剧本却富有诗意，至少从表面上看如此。这是因为雨果是个大诗人，尽管不是大戏剧诗人。这还因为他的剧本从结构上看是情节剧，它却是语言艺术家的手笔。情节剧作家一旦构筑好框架，便呼唤诗人将全剧付诸笔墨；雨果身兼两职——既是情节剧作家，又是抒情诗人。无与伦比的富丽华美的诗歌词藻，形成宽大的衣褶，遮罩住情节的臃肿，隐匿起人物的空虚。正是这光艳夺目的抒情诗行，使我们看不出它忠心耿耿装点的结构中，缺少内在的和生机勃勃的诗。因此，尽管雨果的剧本在舞台上大获成功，他的人物有时极像是诗孕育的胎儿，他却不能跻身于寥若晨星的大戏剧诗人的行列——这种文才十分罕见，有史以来世界上的大戏剧诗人不足十人。

不消说，雨果的辉煌之处不取决于戏剧，或任何一种其他的文学体裁。这位天才尝试过各种文体，而且在每一种文体上留下了他的烙印。他是第一流的抒情歌手，又是讽刺大师。他的歌宛若山涧清泉般清澈，他的讽刺有如坩锅中流出的钢水般灼人。他写的传奇小说有魅力，写的历史小说感动人。《巴黎圣母院》描绘历史传奇，而《一件罪行的始末》则叙述传奇历史。甚至在批评和哲学方面，他的劳作也刻出凹痕。他的最杰出的作品不仅仅是文学。狭隘的文学不能够包罗他，他的精华游离于文学之外。他的最优秀的部分越出文学，进入生活。……超过和高于天才的，是雨果伟大的心灵。他是无产阶级和人民的诗人，是穷人、弱者、苦难者的诗人，是操劳过度的妇女和儿童的诗人；他是遭践踏、被抛弃的人的

① 伊阿古是莎士比亚悲剧《赛赛罗》中的人物。——程曾厚注

朋友，他的同情心，像天堂纷纷飘落的细细的露珠，是货真价实的基督教的慈悲。

编后记

马修斯 (B. Matthews, 1852—1929)，美国教授，作家，批评家。创作包括小说、戏剧、短篇故事集多种。他关于戏剧理论的研究，以及对欧洲大剧作家莎士比亚和莫里哀等的评论，在美国有很大影响。本文收入《19 世纪法国戏剧家》(本杰明 · 布洛姆公司 1968 年再版本)，现摘译自《19 世纪文学评论》第 3 卷 (底特律，盖尔 · 里瑟奇公司，1983 年版)。

书信选（1829—1831）

作者 ［德国］歌德

译者 郑寿康

致赖因哈德[①]

……

我还得简单地说一说法国文学。维克多·雨果确是（一位）具有诗人气质的人，但他走的也许是一条很难充分施展其才能的道路。其他具有出色才华的人如同他那样，试图在浪漫主义的土壤上扎根，但在这个潮湿的地区晃荡着那么多鬼火，使最勇敢的漫游者也有在小径上迷路的危险。在那里，人们只有在大白天才能找得到自由的风光，也许因其多种多样的优雅美丽而吸引着人们去涉猎其间，去寻幽探胜。不过，要想在这儿或那儿栽种上些什么，那肯定是不容易的。与此同时，那些有才华的法国人正在作出一些十分卓越的和扎实的贡献，他们首先应该努力创作的剧本，既要有崇高的思想，又要适用于戏剧演出，如同卡西米尔·德拉维尼[②]成功地创作了他的《马里诺·法里埃罗》那样。不过，近日来却出现了许多看法，我不想随便谈论这些看法。始终最令人钦佩的，是各民族十分乐意有一些优秀的作品。但一旦有了精美绝伦的作品，各民族也许又会感到无法消受它们。任何一件作品，至少必须戴上民族的标记，才能为特权

---

① 赖因哈德（Carl Friedrich Graf von Reinhard，1761—1837），德国驻法国外交官。——原编者注，下同

② 德拉维尼（Casimir Delavigne，1793—1843），法国诗人和剧作家．他的剧本《马里诺·法里埃罗》发表于 1829 年。

阶层所乐意接受。

歌德

1829 年 6 月 18 日　于魏玛

致策尔特[①]

……

对于最新的法国小说及其类似的读物，我只想这么说，这是一种绝望的文学，一切真实性和美学趣味会由此而慢慢地自我消失。维克多·雨果的《巴黎圣母院》[②]以其成功地对古老地区、习俗和事件的认真钻研及巧妙利用而博得了好感，但其中的人物则已毫无自然生动可言，男男女女都是一些没有生命的木偶，人物是按照合适的比例构造而成的，要是除去了木制的和钢制的骨架，那就只有一些塞得鼓鼓的填料，作者无情地将他们扭曲成奇特的姿势，施以毒刑，进行鞭笞，从精神上和肉体上将他们撕得粉身碎骨，把这些自然是没有生命的人物无情地撕扯得体无完肤。他以一种明确的、历史的、令人信服的才华描写着这一切，人们无法否认其生动的想象力。要是没有这种想象力，他就不可能塑造出这类可憎的

① 策尔特 (Carl Friedrich Zelter，1758—1832)，柏林作曲家，音乐家。——原编者注，下同

② 1831 年 6 月 14 日佐雷特给歌德的信中写道："皇帝陛下（大公爵夫人玛丽娅·保罗芙娜）委托我将维克多·雨果的《巴黎圣母院》第 1 部转呈阁下，估计其中某些东西也许会使你感到兴趣，恳请阅后寄还，然后我再将第 2 部寄给你。我认为，从《巴黎圣母院》可以看出作者确实具有非凡的才华，但其风格和形式有过多追求奇特之嫌。作者很想作逼真的描写，但却处处超越了真实的界限。"歌德于 1831 年 6 月 14 日开始阅读《巴黎圣母院》的第 1 部。他在 6 月 15 日的日记里写道："读完了《巴黎圣母院》。维克多·雨果的杰出才华无法从不幸时代的圈子里跳出来。最最丑恶的和最最美好的结了婚，这是由于他们的本性造成的。"他在 6 月 20 日的日记里又写道："开始阅读《巴黎圣母院》第 2 部。作者为人们塑造的那徒有四肢的人物索然无味。他让他们举止荒唐，遭受鞭笞和酷刑，而又不休地谈论他们，读来使人感到绝望中这是一部令人反感的、没有人性的艺术作品。"他在 10 月 12 日的日记"雨果在他的《巴黎圣母院》里"写道："描写不可想象的和无法忍受的事情，却没有通过一个奇迹连结起来，没有试图通过一个眼下会博得我们好感的奇特现实会合起来。他描写的那个令人反感的不必要的细节使我们感到厌恶，我无法将其第 2 部读到底。"

人物。

……

歌德

1831 年 6 月 28 日于魏玛

致布阿塞雷[①]

……

你对《巴黎圣母院》评价[②]的每一个字我均表赞同。化学家对我们讲过三种发酵，或者说是发酵的三个阶段：酒、醋、腐烂。那些法国作家目前正快快活活地生活在最后一个阶段。我不知道草莓将会怎样恢复其天然的美味并再度充分发酵成为佳酿。在这个艺术上的不幸时代，如果他们的美酒也没有变质，那他们就太幸运了。

……

歌德

1831 年 9 月 8 日 于魏玛

① 布阿塞雷 (Sulpiz Boisserée，1783—1854)，德国文化艺术品收藏家。

② 布阿塞雷的评价这样写道："我在此偶然地接触到维克多·雨果的最新作品《巴黎圣母院》。我已很久没有遇到过有比这更可诅咒的东西了。与这个从法国巴黎中世纪小巷垃圾堆里拣出来的并以最放肆和专横的方式拼凑而成的丑恶作品相比，曼佐尼和沃尔特·司各脱的小说才是真正的艺术作品。滥用美好的才华去描写最恐怖的事情，并以情调如此低级的素材来激发人们的兴趣，那是对人类才智一种真正的犯罪，一切崇高的和美好的思想也将由此被葬送。"

编后记

歌德(Johann Wolfgang von Goethe,1749—1832),德国诗人,狂飙突进运动代表人物,古典文学和民族文学的主要代表。文学上坚决批判反动浪漫主义,维护和发扬德国资产阶级文学的进步传统。主要作品有长诗《普罗米修斯》(1774),叙事长诗《列那狐》(1794),诗《西方与东方会集》(1819),诗剧《浮士德》(1806,1831),书信体小说《少年维特之烦恼》(1774),长篇小说《威廉·麦斯特》(1796,1829),以及自传《诗与真》等。

本书介绍的书信选自《歌德书信集》第4卷[联邦德国,汉堡,克里斯蒂安·韦格纳出版社(Christian Wegner Verlap),1967年]。

评论四则

作者 [德国] 海涅
译者 郑寿康 郭鸣琴

法国现状(1832)(节选)

……

法国人以讥嘲的漫不经心的态度对待最重要的事情也表现在对最近发生的一些谋反事件的谈论中。圣母院钟楼上发生的那起悲剧性事件[①],似乎完全可以证明是警方的阴谋。人们却开玩笑地说道,那都是一些古典作家所为,他们出于仇恨维克多·雨果的浪漫主义小说《巴黎圣母院》[②]的原因想纵火烧教堂。拉伯雷[③]关于圣母院那些大钟的笑话重又出现了。当一些查理十世的党徒们因此事件而逃走时,拉伯雷最有名的"如果有人控告我偷走了圣母院的那些大钟,我会立即逃之夭夭"[④]的说法也被戏谑地用上了。对发生在 2 月 2 日夜里的最近一次谋反事件,大多数人同样地把这声称是警方搞的阴谋诡计。

此时,波拿巴主义诗歌对政府已更为意义重大,更为重要和更具有威胁性。在巴黎,没有一个青年女工不接触和不唱贝朗瑞的歌曲。人民最理解这种波拿巴主义诗歌。不仅诗人们相继投入这个浪潮,其他一些人

---

① 圣母院钟楼事件:指 1832 年 1 月 4 日圣母院钟楼上的大钟被敲响,有人在其中的一座钟楼上纵了火,《共和国宣言》被人从钟楼上扔了下来。——原编者注,下同

② 小说《巴黎圣母院》发表于 1831 年。

③ 拉伯雷 (Rabelais,1494—1553),法国作家。在他所著的《巨人传》第 1 卷第 19 章里描写主人公盗窃了圣母院的大钟,并把钟挂在他的马身上。

④ 原文为法文,系拉伯雷在《巨人传》小说中的引语。——译者注

也加以利用。维克多·雨果现在正写一首歌颂老拿破仑的英雄诗歌[①]。小拿破仑[②]父辈方面的亲属们与这些以波拿巴主义的蒂特阿斯[③]著称的人民诗人有信件往来，他们期望在恰当的时候利用后者激动人心的七弦琴，就是说，他们认为只要拿破仑的儿子出场，现政府就会垮台。

论法国舞台（1832）（节译）

……

法国最优秀的悲剧作家仍然是亚历山大·仲马和维克多·雨果。我把雨果放在后面，是因为他在戏剧方面的作用不是那么大，成果也不那么卓著，虽然他的诗文大大超过莱茵河这边所有同时代的人。但我绝不想和许多人那样出于卑劣的目的常常赞扬他的诗歌天才，而贬低他的戏剧才华。他是个诗人，驾驭着各种形式的韵文，他的剧作如同其颂歌一样值得称颂。可是，在舞台上更讲究口才，而不是韵文。在一个剧作失败后，对作者的指责大多来自广大的观众，他们尚不能接受天真的自然声音，含义深刻的舞台造形和细腻入微的心理活动，更多是喜欢华丽的空话，粗鲁的激情叫嚷和喝彩，用法国演员的行话说，即"演出充满激情"[④]。

在法国这里，还没有按照维克多·雨果的全部价值加以颂扬。德国评论界及德国不持偏见的人却懂得以更好的尺度来衡量他的功绩，以比较自由的颂扬来评价他的成就。在这里，之所以不承认他的功绩，是因为可悲的评论界作梗，政治上的派性在作祟。查理国王[⑤]的追随者视他为叛逆者，因为他的七弦琴弹奏查理十世国王的登基颂歌最后一个和音还在颤动时突然变了调，成了对七月革命[⑥]的赞歌；共和党人怀疑他对人民事业的热情，喋喋不休地声称他们觉察到他对贵族阶级和天主教教义怀

① 指雨果《暮歌集》中的《旺多姆广场铜柱颂》(1835)。

② 小拿破仑 (1811—1832)，此处指拿破仑的独子赖希斯塔特公爵，即拿破仑二世。

③ 蒂特阿斯 (Tyrtaeus，约生于公元前 7 世纪)，希腊斯巴达诗人，曾写诗颂扬斯巴达的军事行动。

④ 原文是法文。

⑤ 指查理十世 (Charles X，1757—1836)，1824—1830 年为法国国王。

⑥ 指 1830 年法国推翻波旁复辟王朝的革命。

有隐蔽的偏爱；就连存在于这里或那里的圣西门[①]分子隐蔽的教会如康斯坦丁[②]以前的基督教也指责他，因为它视艺术为僧侣精神，要求诗人、画家、雕塑家、音乐家的每一部作品是它较高神力的证明，是它神圣使命的体现，其宗旨是愉悦和美化人类。维克多·雨果的杰作不能容忍这样的道德标准。是的，它们违背了新教一切宽容的，却是错误的要求。我说是错误的，正如你们所知，是因为我主张艺术自主，艺术不是奴仆，既不应为宗教服务，也不应为政治服务。如同世界本身一样，艺术的最终目的就是艺术。在这里，我们遇到了虔诚者对歌德同样的片面指责，维克多·雨果不得不也像歌德那样听着对他不公正的非难，说他对理想没有激情，说他没有道德立场，说他是个冷酷无情的利己主义者等等。此外，还有一个错误的批评，把他描写实体的才华说成是一个错误，而这正是我们必须赞扬他的最好之点。他们说，他的创作缺乏表达内心感情的诗才，轮廓和色彩是他的要点，他写的诗文表面上易懂，他只注重物质。总而言之，他们批评他的正是他最可嘉的特征，即他对形象的感觉。

他同样受到老一辈经典作家及过去战友的不公正的评价，前者只是用贵族武器反对他，早已不堪一击；后者是一伙浪漫派，他们竟向他们的文学旗手开战。他从前的朋友几乎全都背弃了他。说实在的，这背弃应归咎于他自己的过错，他的利己主义论对杰作的创作甚为有利，在社会交际方面却十分有害，由此他得罪了他的朋友，甚至圣伯夫也不再能容忍他这一点。现在，连圣伯夫也批评他，而他曾是维克多·雨果荣誉的最忠实的卫士。过去，每当维克多·雨果推出一部新剧本，圣伯夫就站在他的前面，吹着长号，极力恭维这位诗坛上的"水牛"，就像在非洲那样，每当达尔夫国王公开骑马出游时，就有一个唱赞歌的人在他前面：走来走去，不断地大声喊道："看哪，这条水牛，一条水牛的小仔，有棱有角的公牛，其他都是阉公牛，只有这一条才是真正的水牛！"这个时代已经过去了。圣伯夫现在赞扬的是法国文学的普通小牛犊和杰出的母牛。亲切友好的声音时而沉默，时而发出批评。法国最伟大的诗人在他的祖国再也得不到应有的赞扬。

---

① 圣西门 (Claude Henri de Rouvroy, Comte de Saint-Simon，1760—1825)，法国空想社会主义者。

② 康斯坦丁 (Constantine，?—715)，叙利亚籍教皇 (708—715 在位)。坚持罗马教会至上的原则。

是的，维克多·雨果是法国最伟大的诗人，甚至可以在德国第一流的诗人中占有一席地位，这么说并不过分。他有想象力，有感情，但从不像其他法国人那样机智，这一点就如同我们德国人一般；他的精神缺乏和谐，如同格拉伯[①]和让·保尔[②]那样生性怪癖，让人乏味；他缺少我们所欣赏的古典作家身上保持的适度美德。他的缪斯尽管美丽无比，但却如同某些德国人那样显得笨拙。正如人们谈到美丽的英国女郎那样，我也想这么说，他的缪斯确是笨手笨脚。

亚历山大·仲马也是个诗人，不如维克多·雨果那么伟大，但他具有在戏剧上比维克多·雨果更有作为的禀赋。他拥有直接表达激情的手段，法国人把这称为活力[③]；他比维克多·雨果更有法国味：他同情他的同胞的一切美德和脆弱、生活的艰辛和不安；他热忱，暴躁，有喜剧演员风度，慷慨大度，放荡不羁，喜好自夸，是个真正的法国儿子，欧洲的加斯科涅[④]人。他的演说扣人心弦，观众了解他，对他报以掌声。他的脑袋是一处旅店，有时来了好的主意，但在那里停留不过夜，他常常是一无所获。谁也比不上大仲马的戏剧创作才能。戏剧是他的真正职业。他是一位天生的剧作家，按理说，一切戏剧素材都属他所有，他在大自然中或是在席勒、莎士比亚和卡尔德隆的作品里找得到这些素材，从中引出新的效果；他熔化旧币，使它获得可喜的新的使用价值。我们甚至要感谢他对过去进行的剽窃，从而丰富了当今的文学。有一篇不公正的评论，即在令人忧虑的情况下刊登在《辩论报》上的一篇文章，指出他的剧作有许多场景与外国悲剧有很多惊人的雷同之处，因而在许多不明真相的观众中严重地损害了我们这位可怜作家的声誉。但是，再也没有什么比这种指责更为愚蠢的了。艺术上没有第六戒，作家可以到处搜集他认为适合其作品的材料，即使是带有雕琢过的柱头的整个柱子，他都可以占为己有，只要他用以支撑的寺院十分壮观。这一点歌德是很理解的，甚至在他之前莎士比亚也是如此。要求作家从本身挖掘素材，认为这才是独创，没有比这种要求更荒谬的了。我想起了一则寓言，说的是蜘蛛和蜜蜂对话，蜘蛛责备蜜蜂从千万朵鲜花中吸集材料，盖起蜂房，在其中酿蜜。蜘蛛以一副胜利者的姿

① 格拉伯 (Christian Dietrich Grabbe, 1801—1836)，德国剧作家。

② 让·保尔 (Jean Paul, 1763—1825)，德国小说家。

③ 原文是法文。

④ 加斯科涅 (Gascogne) 是法国南部一地区，其地的居民以喜自夸著称。

态说:我可不是这样,我是用自己体内拉出来的原丝编织我的艺术作品。

如上所述,《辩论报》上那篇反对大仲马的文章是在令人忧虑的情况下出笼的,那是由一个盲目追随维克多·雨果的年轻人赛伊登写的,发表在一本杂志上,杂志经理又与维克多·雨果本人关系极为亲密。维克多·雨果是够伟大的了,他并不否认对发表此文是知情的,他相信,这将给他的老朋友大仲马在关键时刻一个致命的打击,这在文学界是司空见惯的。

事实上,从此大仲马的声誉被蒙上了一层黑纱,许多人声称,如果揭去这层黑纱,也不会再有人投去一瞥。但是,自从如《埃德蒙·基恩》[①]的这类剧目演出后,大仲马的声誉重又发光生辉,就再次证明了他伟大的戏剧才华。

……

莎士比亚的少女和妇人(1839)(节选)

……

法国人对这个伟大诗人不是通过直接评论,而是通过评价维克多·雨果这样一个中介者来间接加以称颂。在此,我绝不是想把他视为仅是那个英国人的普通模仿者。维克多·雨果是第一流的天才。他思想敏捷,富于创造力,值得赞扬。他想象丰富,语言优美,他是法国最伟大的诗人。然而,他的珀伽索斯[②]在当代咆哮的浪潮面前畏缩不前,不愿在新潮汹涌的阳光里去啜饮……为了休养生息,他在过去的废墟堆里寻找早已消逝的源泉,那儿曾是莎士比亚高大飞马狂饮解渴的地方。是不是因为古老的源泉半已填塞,变成了沼泽,再也不能提供纯净的泉水?多着哩!但维克多·雨果的诗文含有更多混浊的霉菌,较少古代英国希珀克雷纳[③]朝气蓬勃的精神,缺少愉悦的光明和健康的和谐……我得承认,有时我有一个可怕的想法,觉得这个维克多·雨果就是伊丽莎白鼎盛时期一个英国诗

---

① 埃德蒙·基恩(Edmund Kean, 178—1833)是英国演莎士比亚悲剧的著名演员。大仲马的此剧发表于1836年。——程曾厚注

② 希腊神话中有双翼的飞马,被其足蹄踩过的地方有泉水涌出,诗人饮之可获灵感。

③ 希腊神话中文艺九女神缪斯住地赫利孔山之源泉,相传为飞马之蹄践踏而涌出泉水,能启发诗人的灵感。

人的幽灵，是一个怏怏不乐从墓地里走出来的死了的诗人，为了在另一个国家，在一个不受威廉大帝竞争威胁的时代给后世留下几部作品。事实上，维克多·雨果提醒我别忘记马洛[①]、德克[②]、海伍德[③]等人，他们在语言和风格上能与他们这位伟大的同时代人相媲美，只是缺少他那特有的远见和美感，他那了不起的、令人生出好感的典雅，他那给人启示的自然使命。当然，在维克多·雨果身上，与马洛、德克和海伍德的缺点相并行的是缺乏生活，这是最大的憾事。后者创作时感情激荡，热血沸腾，其诗作就是用笔写成的喘息、欢呼和啜泣，而维克多·雨果，我对之无限崇拜的维克多·雨果，我不得不承认，他所写的是某种死了的、阴森可怖的、鬼魂似的、某种从墓地里钻出来的吸血鬼似的东西……他不是唤起我们心中的激情，而是把它吮吸一尽；他不是用绚丽多彩的诗句抚慰我们的感情，而是用令人生厌的扭曲形象恫吓我们的感情……他害的是死亡和丑恶病。

一个与我关系甚密的年轻女士最近谈起雨果缪斯的这个丑恶癖，意见十分中肯。她说：维克多·雨果的缪斯使我想起一则童话里的那个脾气古怪的公主，她只想与一个长相丑陋的男子结婚，为此下令在全国征婚，要求所有长相极端畸形的未婚青年作为求婚对象于某天聚集到她的宫前……当然，有一大批残疾人和丑八怪可供挑选。人们以为，展现在我们面前的就是雨果作品里的人物……不过，伽西莫多[④]把未婚妻带回了家。

路苔齐亚（1854）（节选）

……

我不知道，我的朋友海因里希·劳伯[⑤]怎么能借我的口在《总汇报》[⑥]上发表看法，其意思是乔治·桑先前的情人就是天才的弗兰茨·李斯特。

---

① 马洛 (Christopher Marlowe，1564—1593)，英国诗人和剧作家。

② 德克 (Thomas, Dekker，约 1572—约 1632)，英国剧作家和散文小册子作者。

③ 海伍德 (Eliza Heywood，1693—1756)，英国多产女小说家。

④ 伽西莫多是维克多·雨果作品《巴黎圣母院》中的敲钟人。

⑤ 海因里希·劳伯 (Heinrieh Laube，1806—1884)，德国作家和政论家。

⑥ 《总汇报》，1798 年在斯图加特创办的政治日报。

劳伯的这个错误肯定是由于他的联想造成的。他把两个同为著名钢琴家的名字混淆了。借此机会，我要为其正名，恢复她的美学声誉，如果那儿有个蹩脚透顶的方言歌词作曲家[①]——一条无名的小爬虫——自夸他与乔治·桑有暧昧关系，我就要向维也纳和布拉格的德国同胞们声明，这是一个最蹩脚的诽谤。女人们有各种各样的特异体质，甚至有爱食蜘蛛的女人，但我从没遇到过一个吞吃臭虫的女人。不，对这样一只自吹自擂的臭虫，莱丽亚[②]从来就不感兴趣。至于她所以有时能容忍这只臭虫待在身边，也许因为它太会缠人了。如上所述，阿尔弗雷德·德·缪塞有很长时间曾是乔治·桑的密友。奇特的情况是，曾是法国最伟大的散文家以及现在尚健在的最伟大的诗人（无论如何是继贝朗瑞之后最伟大的诗人）长时间相爱热恋，组成了备受赞誉的一对。实际上，散文家乔治·桑和诗人阿尔弗雷德·德·缪塞比之满载盛誉的维克多·雨果远高一筹，但维克多·雨果以他无比顽强的、近似傻乎乎的韧性蒙骗了法国人和他自己，使他最终成了法国最伟大的诗人。这难道真是他自己的本意吗？反正不是我们的本意。真奇怪！他所缺少的那些品性恰恰是法国人最珍视的并且是他们最美好的特性。这是一个爱好问题。因为法国人在所有法国作家身上找到了他们爱好之点，在他们眼里，也许维克多·雨果的这个缺点正是一种与众不同之处。我们在他身上感到最大的缺陷就是我们德国人所说的本性：他装模作样，弄虚作假，常常在一首诗里上文不对下文；他冷若冰霜，按巫婆的说法是活见鬼，即使感情洋溢的诗篇也是冷酷无情。他的热情只是一种魔幻，一种赤裸裸的计谋。或者更确切地说，他爱的只是自己。他是个利己主义者，说得更坏些，是个雨果主义者。我们在这里看到的更多是残酷，而不是力量，是放肆和厚颜无耻。尽管他具有丰富的想象力和幽默感，仍然表现出一个暴发户或是一个野人的笨拙举止，由于过多地或是不适当地使用黄金和珠宝，显得滑稽可笑。一句话，那是巴罗克式的野蛮，极端的不和谐，令人毛骨悚然的怪物！有人评论维克多·雨果的天才时说："这是一个漂亮的驼背。"[③]这句话比那些人赞扬雨果超群拔萃的说法更为深刻得多。

---

① 指维也纳作曲家约瑟夫·德绍尔。——原编者注

② 莱丽亚是乔治·桑1833年发表的以女主人公命名的长篇小说，此处指乔治·桑。——程曾厚注

③ 原文是法文。

在此，我要指出，不仅在他的小说和戏剧里的主人公是驼背人物，而且他自己的思想也是起伏不平。按照我们现代的认同论，一个人的外部形象即身体标志与内心世界即精神标志相符合是一种自然法则。我到法国来时，脑子里还有这个思想。当时，我曾对我的书商也是雨果的出版人欧仁·朗杜埃尔承认过，根据我对雨果的印象，我十分惊异地发现维克多并不是一个拘泥于描写驼背人物的作家。“是的，可以不去理会那个怪物。”朗杜埃尔漫不经心地说。“怎么，”我嚷道，“他还没有完全摆脱那个恶习吗？”“还没有完全彻底地摆脱。”他的回答有些尴尬。经再三催问，我的朋友朗杜埃尔才对我承认说，有一天早上，他突然看见雨果在换衬衣，他注意到雨果的一侧臀部，也许是右侧，长得畸形，高高隆起，就像人们常说的某些人的那种驼背，只是不知道在哪个部位。敏锐的人天真地把这些人称为发育不全的驼背人，即假驼背人，正如他们把白化病患者说成是白色黑人一样。这位诗人恰恰是在其出版商面前没有掩饰那种畸形，这倒是意味深长的。有句谚语说得好：“谁也不能在宫廷侍从面前充英雄。”就是这位最伟大的诗人也不能在他的出版商——窥视他精神的宫廷侍从——面前总是以神人的姿态出现，他们经常看到我们穿着随便的样子。无论如何，我对朗杜埃尔的发现感到高兴，因为这一发现拯救了我的德国哲学思想，即肉体是可见的精神，似乎一个人的肉体同样地永远是他可见的精神，从其畸形外表可以推断出内心的畸形。不，我们常常在畸形的躯壳里找到健康成长的最美丽的心灵。说得更清楚些，身体的畸形通常是由于某些肉体现象造成的，有不少情况是因为产后缺乏精心调理或是生病所致。反之，心灵的畸形则是与生俱来的。因此，这位法国诗人身上一切错误的东西也是一个假驼背。

我们说，乔治·桑的作品与维克多·雨果的完全相反，这样我们就容易评价她的作品了。乔治·桑所具有的一切恰恰是维克多·雨果所没有的。她拥有真实、自然、浓郁、美感和激情，这一切特点融合成最强烈的和谐。乔治·桑这位天才有个长得圆鼓鼓的、最漂亮的臀部，她所感受的和所想的一切散发出深邃的思想和优雅的风姿。她的风格表现于音调优美和形式纯真。至于她描写的素材、她的创作主题——常常被称为坏主题——我不想在此妄加评论，我把这个题目留给她的敌人去做。

编后记

海涅 (Heinrich Heine，1797—1856)，德国 19 世纪伟大诗人，革命民主主义者的主要代表。受 1830 年法国革命的鼓舞，1831 年迁居巴黎。1843 年在巴黎结识马克思，深受其无产阶级革命世界观的影响。主要作品有散文游记《哈尔茨山游记》(1826)，长诗《西里西亚纺织工人》(1844)、《德国——一个冬天的童话》(1844)，诗集《罗曼采罗》(1851) 等。此处节译选自《海涅全集》第三、四、五卷 (联邦德国，慕尼黑，卡尔 · 汉泽尔出版社，1971 年)。

19世纪文学主流（1872—1890）
——法国的浪漫派（节译）

作者 ［丹麦］勃兰克斯

译者 李宗杰

……把谢尼耶的抒情风格作了进一步发展的诗人，是一个在智力上跟谢尼耶和维尼两人属于不同类型的人——一个陶醉在自信里的人。维克多·雨果当时二十三岁，“灿烂的曙光照耀着他的春天”。在他《暮歌集》中的一首诗《致J. 小姐》里，他自己描述了对胜利的信心，并带着这种信心作为一个抒情诗人初露锋芒了……

维克多·雨果采用了安德烈·谢尼耶所创造的韵文——那种纯净的美得清澈透明的工具；他在这上面吹一口气，它就发出彩虹的五彩缤纷的闪光。真是够奇怪的了，这种灵感又是来自希腊，但这一次是来自现代希腊。在希腊解放战争给他的印象下，雨果从事他的《东方集》的写作。但使用的语言是多么不同啊！语言涂了油彩，语言闪闪发光，像诗中美丽的犹太女郎一样“被一道阳光装饰得金碧辉煌”；语言仿佛随着土耳其音乐的暗中伴奏而纵情歌唱……

然而雨果的东方和所有这些都大异其趣。那是闪闪发光绚丽多姿的、向外的、野蛮的东方，是光辉和色彩的园地。苏丹和伊斯兰教法典说明官，伊斯兰教僧侣和伊斯兰教王储，大将，海盗，希腊志士——在他耳里是美妙的乐声，在他眼前是悦目的画卷。时间和他不相干——无论是希伯来人、摩尔人或者土耳其人；地点和他不相干——无论是索多姆和果摩拉、格拉纳达或者纳瓦里诺[①]；宗教信仰也和他不相干。在序言中，他告诉我

① 索多姆和果摩拉：西方宗教传说中罪孽深重为神毁灭的城市。格拉纳达：西班牙名城，15世纪以前为信奉伊斯兰教的摩尔人所占。纳瓦里诺位于希腊，希腊独立战争期间，英、俄、法联合海军在此打败土耳其、埃及海军。

们:“谁也没有权利向诗人发问,他是信仰上帝,还是信仰众神,信仰冥王普路托,还是信仰恶魔撒旦,或者什么都不信仰。”他的本分是描画。他被一种天才魔住了,使他心境不能平静,直到像他所感觉到的,东方跃然呈现在他面前的纸上……

这些弦音不是多愁善感的低吟,而是粗犷坚强的高调;在所有的诗篇里,即使在刺耳的男子气概的曲调中交织着妇女和爱情的旋律,那种高音主调也是占优势的。诗中有一些残忍无情、毫无心肝的女人,像那当土耳其皇后的犹太女人,她竟要砍掉和她争宠的人的脑袋。还有一些高贵文雅、爱好音乐的所谓“夏娃的后裔”的妇女,像那个女囚徒,她憧憬着她的故乡,而又热爱着斯米尔纳[①]仙女宫殿的胜境,无论在严冬或酷暑,不论在白天或一轮满月闪耀在海的夜晚,她呼吸着东方的柔和气息而欢欣鼓舞。在《阿拉伯女主人的告别》中,他描绘了一位楚楚动人的女郎。这首诗中所表达的爱情,是一种没有得到回报的,受了压抑而坚贞不渝的感情,因而凄楚动人。这种爱情渗合着姊妹的爱护,幼稚的迷信,温顺的崇拜,在一个高贵而骄傲的性格中,用造型艺术的优美手法表现得淋漓尽致。

从诗人放弃了希腊的阵营转向敌人的阵营的时刻起,他的想象就纵情驰骋,充分发挥。从描写土耳其的残酷无情的画面,他的想象转到对土耳其迷信的刻划。《奇英》在韵律方面是一篇惊人的杰作。在诗中,放纵的狩猎逼近了一户人家,在吓得不省人事的住户的头上雷声隆隆地吼叫,然后逐渐消逝到远方去了 ——表现这些情节的是由二音节的诗行逐渐高扬到十音节,然后又逐渐降回到二音节上来。诗人的想象从土耳其后宫生活,展翅飞翔到沙漠地带游牧民的天幕中去了;从今天的沙漠又飞翔到了昔日的沙漠,那时勃那巴底用他巨鹰的翅膀把它完全覆盖了。

辽阔无垠的沙,烟波浩淼的水,浩浩荡荡的大军的部署和运动,无数城镇的大兴土木,时而围困这些城镇,时而猛攻这些城镇——所有这些都映现在诗人的眼睛里。而在某一时刻,一些观念联翩而至,令人想起在圣经史实中所谈到的大毁灭场面的画卷。在这些画卷里,雨果找到了他的最瑰玮华丽的原料。而且,这也是和他自己的品格最为接近、最有血缘关系的原料。在描写怪力乱神方面,他的想象总是发挥得淋漓尽致。原始

① 斯米尔纳(Smyrna),土耳其的古城伊兹米尔(Izmlr)。

的飞马珀伽索斯，按照字面的意义来说，是一个庞然怪物；从比喻的意义来说，那可正是雨果心目中的飞马。

他写了《天火》——这部诗集中的第一首诗，按照写作年代次序，却是最后一首。我们看见一片令人望而生畏的乌云飘过天空。它从哪里飘来？它又飘向何方？谁也不知道。飞临到海洋的上空了，它问上帝：是不是要用它的火焰把海水吸干？不！上帝回答。于是它乘御着上帝赐予的天风，匆匆忙忙，奔驰向前。它飞越了地中海美丽港湾的上空，飞越了埃及的五谷丰登的美丽田野的上空，然而上帝仍然没有发出停下的信号。它飞临沙漠的上空，飞临古代巴比伦废墟的上空。它问：是在这儿吗？可是它还必须继续向前。夜间，它到达了壮丽豪华的姐妹城市——索多姆和果摩拉，城市的居民在放荡不羁、纵情酒色的盛宴之后已经进入了睡乡。现在，上帝发出信号了。乌云张开了大口，从它火光熊熊的咽喉里吐出了火焰和硫磺的洪流，倾注在这两个惨遭浩劫的城市上，直烧到玛瑙、花岗石、偶像和大理石巨像都像蜡一样融化了，而且那令人眼花缭乱的熊熊烈火把居住在房屋里和街道上的芸芸众生和万事万物都团团包围了，毁灭干净了。次日拂晓，就可以看见古代巴比伦的废墟，从山脊上方抬起头来，观看和欣赏这幕恶作剧的收场。有关这一切，它都知道的。它在风华正茂的当年也曾经历过这种洗涤一切污泥浊水的爱情。

已经指出，这不是用低调写出来的诗歌。有些批评家确曾指责它的冷酷；如果说天下有一种指责是毫无道理的，那就是这种指责了。我们觉得诗人仿佛确曾亲眼目睹了这一切，并且用一支像松树一样的如椽之笔描画出来了——这棵松树就是海涅曾经很想从挪威悬崖绝壁上折下来，浸在埃特纳火山的火焰里，在苍茫的天宇中写下他爱人名字的那棵松树。《东方集》中的这些诗篇变成了浪漫派抒情诗歌的典范。在这些诗篇中，诗人敢于捕捉痛苦、丑恶、恐怖，并且凝聚在他的诗句里，确信他有力量用诗歌渗透它的全体，使这一切阴影变得晶莹透明，而且把一切黑暗都沉浸在诗歌光明的海洋里。他一度为大地描写过的一切，都可以应用到他自己的抒情诗上。他描写了不愿意为人们生产口粮的贫瘠、多石、吝啬的土地；这儿是火焰正旺的沙漠，那儿是北极的冰山；整座城市里，仁慈和希望都扭着双手表示爱莫能助地扬长而去。他把死亡涂画成长眼睛的怪物，总是首先把最优秀的人们捉向地狱。他所谈的海洋，是夜间使船只沉没的海洋；他所谈的大陆，是喊声震天的战争挥舞的火炬、各个种族之间疯狂地互相倾轧的大陆。最后,他结束说:所有这一切构成了苍茫宇宙中的一颗星……

在《秋叶集》里,诗人呈现给读者的是他死去的亲人,这些诗篇也回忆着他母亲的温柔,他父亲的军人风姿和神采,以及他童稚时代站在父亲身旁亲眼见过的拿破仑。他向亲密的朋友们倾吐了他的心情,向他们表白了人生的艰苦战斗在他心中所引起的悲伤和疑虑。其中有一些爱情诗,也是举世无双的。他发现了他最初的几封情书,他读着它们,内心不禁充满了悲凉,充满对于早已消逝的青春朝气的憧憬。他把他的家庭向我们诗化了。这是人生的一个侧面,几乎世界上所有伟大的诗人都没有触及过这个侧面。莎士比亚没有家庭,而且他们之间的关系简直不值得付诸笔墨。席勒和歌德给他们的妻子只写了很少几篇诗,至于有关他们家庭生活的诗,简直就没有写过。而拜伦在这方面认为适合于透露给世界的材料是有伤风化的……

在《暮歌集》中,雨果离开了私人生活的领域。组成这卷诗集的主要是政治诗歌。这些诗把出版前几年发生的事件,用一种日记体裁组织起来了。雨果是支持君主立宪政体的;路易-菲力浦甚至使他成了法国的贵族。1845 年,由于众所周知的和比阿尔夫人的恋爱事件,有人建议把他从贵族院驱逐出去,这时他接受了国王的援助。在这个时期最好把他看成是一个具有反对派倾向的保皇党。

他的诗篇歌颂了七月革命和这次革命的牺牲者,并对下议院不准把拿破仑的尸体运回法国表示义愤,但这个计划,皇室并不反对,后来也由德·约安维尔亲王执行了。多慈为了金钱的缘故,把贝里公爵夫人送交给路易-菲力浦政府。矛头指向多慈的《写给一个出卖女人的男人》那首诗,不仅是间接地打击了梯也尔,而且也打击了国王本人。

不过,这种反抗不是以政治的同情为基础,而是以社会的同情为基础。无产阶级就其本身利益关系对七月革命结果的毫无意义表示失望,群众中间正在酝酿着对于富翁阔佬的怒目而视的仇恨,这些都充分表现在《市政厅的舞会有感》等诗篇里。这些诗篇对于市民的女性勾勒出一幅幅精彩的图画,她们打扮得花枝招展、美丽动人,半裸着身子,像那些驱车出席舞会的贵富人一样,"头上鲜花,脚下污泥,仇恨充满胸怀,站在那儿,观望着马车的到达。他朦胧焦虑,心神不定,一再告诫欧洲高戴王冠的君主及早和人民为友——所有这些都表示诗人的手已经触到他的时代脉搏了。

路易-菲力浦政府禁止雨果的戏剧上演，其严酷程度不下于过去正统派政府的禁令，没有什么比这个情况更能证明他的作品和时代精神之间的密切关系了。的确，《埃尔那尼》在上一朝代曾经演过，查理十世对那些要求他禁演该剧的人们很巧妙地回答说，就剧院而论，他的地位跟普通观众是一样的。但是，尽管他个人是偏袒雨果的，他却禁止了《玛里蓉·德·洛尔墨》的上演，因为有人向他进了谗言说，这出戏剧所表现的路易八世对黎希留的态度，可以解释成为讽刺国王本人俯首所命于教会。这项禁令很早就已撤销了，而现在，路易-菲力浦政府却非法禁止了《国王寻欢作乐》的上演。在因此而引起的诉讼期间，雨果说了下面这番刻薄挖苦的话：

> “拿破仑也是一位暴君，但他的态度却迥然不同。他绝不采取预防措施，而且目前的措施却把我们的自由一件接着一件诈骗光了。他只要把手一伸，立刻把一切都捕攫去。狮子的作风，从来是不像狐狸的。诸位先生，那时候无论做什么事情，派头都很大。拿破仑说：‘在某日某时，我要幸临某某都城’，果然，他就在那一天驾临了，而且也正是他指定的时辰。《箴言报》的一则通告就废黜了一个王朝。各国国王必须拥拥挤挤坐在接待室里等候接见。如果他想要一根圆柱，奥地利国王就得为这根圆柱准备青铜。处理法兰西剧院的事务，确实有些专横跋扈，然而这些处理规章是从莫斯科以后的日期开始的。那个时代的派头是伟大的，如今这个时代的派头却是很渺小。”

这一番话相当广泛地表达了雨果在30年代初期的诗歌及政治态度……

雨果在漫长的一生中，立场虽然瞬息万变，而在他的政治发展和宗教发展中，却显而易见的有一条连绵不断稳步前进的路线，而且几乎更为重要的是，他是以历久不衰的尊严之感立身处世的。维克多·雨果勤奋努力，而阿尔弗雷德·德·缪塞则懒散消沉。雨果擅于精打细算，他充分发挥了他伟大的天资，没有浪费他的才华，而且小心翼翼地保全着他体质上和精神上的力量。缪塞却是极端地满不在乎，毫不注意自己的健康，甚至在青年时代就沉湎于麻醉品的嗜好。雨果有魄力使自己的人格成为一个中心，把其他作家团结在自己周围，紧偎在自己周围，这是一个首脑和领袖的魄力。缪塞是一个社交场合里的人物，是一个良好的伴侣，但是作为艺术家的缪塞是完全不能和别人合流的。雨果对自己有无限的信心，因而也就使得别人相信他……

浪漫主义在本质上是太抒情了，产生不出具有持久价值的戏剧作品。我们衡量浪漫派最伟大抒情诗人的剧作时，或许会最强烈地感受到这个事实。维克多·雨果的戏剧与厄仑士雷革的悲剧有很多共同点。我们经常察觉到这两位作家都受过他们的读物的影响。在雨果的《玛丽·都铎》中，我们可以追溯出大仲马的《枫丹白露的基督徒》的影响；而《吕克雷丝·博尔日亚》的最后一场，有些地方却要归功于威伯斯特[①]的《马尔菲的公爵夫人》，这两位作家中的剧中人物都不过是大致的轮廓；他们都不是真正的完整的人；然而纯真热情和抒情悲歌的力量却给他们注入了生命。雨果的人物当然更接近现实生活，为了这个缘故，他剧本里所表现的那些情节在法国要比在丹麦发生得更晚近一些。埃尔那尼替他所爱的女人复仇，心甘情愿走向绞刑架，只不过步断头台下许多高贵牺牲者的后尘而已；吕依·布拉斯从奴仆地位飞黄腾达而为国务大臣，比起卢梭从同等地位一跃而为世界最著名的作家，并不令人觉得了不起。不过，这实际上并没有什么关系；因为作者对于异常事物、甚至怪异事物的爱好，压抑了使我们联想到我们所熟悉的现在的万事万物，又突出了各种不自然的现象，这些现象虽然在他眼里很崇高，而在后世读者眼里不过荒谬可笑而已。

显示在雨果戏剧中的人性的概念是纯抒情性的；这种概念在本质上使我们想到雨果的对手拉马丁的心理学——拉马丁在其他方面恰好和雨果形成对照。唯一的区别在于：天性和谐的拉马丁喜欢表现一种纯洁而美丽的性格，这种性格会屈服于某种突然的诱惑，然后以若干年的忏悔和苦行来补偿这一失足的软弱时刻（如约斯兰和《一个天使的堕落》中的塞达尔）；而雨果，却喜欢在戏剧中表现被卑劣情欲、被各色各样悲惨和屈辱、被恶行、奴役和疾病所摧残了的人类灵魂，这种灵魂却具有这样的结构，以致在一定的环境下，不可抗拒地受到善与美的吸引，它和善与美联合起来同它曾发誓势不两立一刀两断的可怕的过去进行战斗。这种灵魂胸怀大志；它理解哪怕是善与美最微妙的精细之处；但对它所经历的高贵

① 威伯斯特（John Webster，约1580—1625），英国戏剧家。

的情绪，它又感到不相称；它不能飞跃到这些不熟悉的领域里去，于是它精疲力竭，灰心丧气，也跌回到它从前的堕落状态里去。

让我们略举数例来说明我的意思。《国王寻欢作乐》中的特利布莱是个出言无状的大炮和受人嘲笑的靶子，这种状态毁灭了他，然而他以最纯洁的柔情热爱着他的女儿。她却从他身边被人拐跑了，于是他完全陷入仇恨，一心图谋报复。——玛利蓉（《玛丽蓉·德·洛尔墨》）成百次出卖她自己，可是她爱上了一个勇敢的青年，而这种热情使她完全净化了。迪迪埃被判处死刑，在这可怕的考验时刻，她又恢复了玛丽蓉的本来面目。为了拯救她所爱的男人，她不惜把身子奉献给法官，不理解迪迪埃宁愿送命，也不愿以这种方式得到拯救。——吕克雷丝·博尔日亚是在罪恶中诞生的，毕生还过着一种罪恶的生活。可是这个淫荡的女人，这个毒杀人命的女人，有一个她所宠爱的儿子，为了儿子的缘故，她准备和她至今所过的生活一刀两断。但是她遭到了致命的侮辱，激愤之下，她又乞灵于她那套旧法宝；她邀请敌人吃饭，在饭里下了毒药，而无意间却把她的儿子连同别人一起给毒死了。吕依·布拉斯迫于贫困，成了一个贵族的仆人。皇后的宠爱使得这个仆人跃身成为国务大臣。对于这个职位，他是称职的；他制定并实行伟大而高贵的计划；他正要成为这个国家的救星的时候，他的过去却翻腾出来反对他了。他的一切希望化为泡影，使他实在太难受；他像从前一样要复仇了；他不愿和他的主人决斗，但却夺去了他主人的剑，用它把这个手无寸铁的人杀掉了。

我们看到，关于悲剧的观念永远是一样的。但是，就雨果而论，所有这些戏剧中主要的就是悲壮抒情的源泉，当高贵的热情把堕落的人类灵魂从泥沼里提升起来时，这股源泉就汩汩涌出来了。这出戏剧的真正核心就是在任何情况下对强烈情绪的赞歌，罪恶斑斑的灵魂正是用这种赞歌把自己唱纯洁的。

编后记

格奥尔格·勃兰克斯（G. Brandes, 1842—1927），丹麦作家和文学评论家。他自认为是泰纳和圣伯夫的弟子，捍卫现实主义和自然主义文学，主要著作是《十九世纪文学主流》（1872—1890）。他的评论文章对易卜生、斯特林堡及整个北欧的文化生活有很大影响。晚年又受到尼采超人哲学的影响并发表《莎士比亚》（1895—1896）、《易卜生》（1909）、《歌德》（1915）、《伏尔泰》（1916—1917）等专著。1919年出版《悲剧之第二幕》，对十月革命表示同情。本文选自《十九世纪文学主流》（第五分册：法国的浪漫派），中译本从英译本转译，人民文学出版社，1982年。

维克多·雨果（1879）（节译）

作者 [意大利] 亚米契斯
译者 王希苏

法国有一位作家获得了雄心勃勃的文学家做梦也难于超越的光荣与地位。他几乎是举世公认的尚且健在的欧洲第一诗人。他年近八旬，生于本世纪的第二年——“本世纪正好两岁。”[①] 五十年前他已受到好评，大仲马对他的朋友这样说起他：“我们全被点燃了。”[②] 那时大仲马仅听过一次他的戏剧《玛丽蓉·德·洛尔墨》。他的名字和著作在全世界广为流传，他每发表一部新作，几十万册在几天内即被抢购一空。他的五十卷著作仿佛诞生于几年之前，充满生命和青春。此人的一生是连年不断的战斗——起先是文学论争，他被逐出剧院，继而是政治斗争，他在议会被击败，遭到流放的迫害——其一是向古典主义开战，其二是与皇帝为敌，两场战斗均以他的胜利而告结束。没有一个作家遭遇过那样多的敌手，也没有一个作家在这样的高龄雄踞于由战利品构筑的比他更高的王座之上。疯狂的敌人在大街上列成方阵阻拦他的前进；他所向披靡，他们却无踪无影。他把强大的敌手一个个目送进他们的坟墓。而他的家庭因遭到一系列悲惨的厄运而四分五裂。这棵橡树除了岿然不动，傲然挺立的主干，其他全部枝条均因雷电的轰击而纷纷断落。他历尽磨难：贫困、迫害、放逐、孤独、流浪、辱骂和嘲笑，但他以坚韧不拔的顽强精神默默地进行他的艰巨的工作。有的时候，他仿佛失去了声息，可是猛然间他会以全新的面貌跳将出来，捧出充溢着新的力量和标志着新的方向的作品。他在文

① 原文为法文。
② 原文为法文。

学的每一条道路上均留下了巨人步伐的足迹。他于无意之中向艺术的全部领域发动攻击，呼啸、推翻、摧毁、突破，在每一块阵地上留下鏖战的痕迹。无论是在法庭，在剧场，或在家中，无论是诗歌或是批评，无论是年轻或是年迈，他的风格始终是勇敢、执拗、狂放不羁、咄咄逼人、粗鲁、暴躁和野蛮。一大批狂热的作家组成的大军聚集起来，并仍然聚集在他的周围，为保卫他并以他的名义战斗——上千个有造诣的文人时常失去自己的光彩，仅仅反射出他的天才的光，另有人被吸引入他的轨道，随后消失在他的怀抱，还有人终生徒劳地企图抹去他在他们额头上留下的印记。绘画、雕塑、音乐，攫取他的想象孕育出的产儿，使他们又一次在所有文明国度里成为家喻户晓的人物。他慷慨撒出的无数珍贵的想象、名句、比喻，新的艺术样式和类型，在欧洲各国文学中生根发芽，蓬勃生长。半个世纪以来，他一直是热烈、富有成果的讨论的中心人物。几乎一切新出现的文学问题均发端于他的作品，或不得不围绕着它们展开，尽管听不见他的声音，看不见他的身影，他却是争论的主宰。

然而这一切有关他的争论，至少在法国，已近于平息。他的高龄、财富、显赫的名声、富有强大生命力的创作（因新近的成功更增添了力量）、因为他的文字和他的存在而使妇孺皆知的他的名字，这一切将他置于任何批评之上或之外。他在文坛上的我们时代最刻薄的对手，业已偃旗息鼓。他的最疯狂的政敌仍然攻击这位共和主义者，但作为诗人，他们尊敬他并引以为法兰西的骄傲。不推崇他为戏剧诗人的人，承认他是小说家，不喜爱他的小说的人欣赏他的抒情诗。厌恶他的文学趣味的人接受他的思想，攻击他的思想的人热衷他的形式。不为他任何一部作品倾心的人，对他的全部作品作为整体而形成的恢宏壮丽赞不绝口，称羡不已。没有人否认他的天才；每当与陌生人谈起这位天才，没有人心怀敌意，相反，总是带着由衷的敬意，并以此尊敬为自豪。此外，目前的政治气氛对他亦极为有利。他是深入人心的诗人，得胜凯旋的公众领袖，头戴着桂冠，有如法国天才监护人的一道神圣的光环。他获得了一个活人可能得到的最大光荣。他的寓所有如一座宫殿，来自各国的作家和艺术家，王子和劳动者，妇女和青年，兴致勃勃，满腔热忱前来觐见。他在公共场合的每一次露面，就是一次胜利。到处挂有他的肖像，人们的一切话题难免要提到他的名字。他被淹没在只有已故的伟人才能得到的那种极度庄严的赞美声中，仿佛他超凡入圣已有若干世纪之久。其实，他依然充满生命和力量，富于思想和主张，不断宣布新作的问世。这样的一个人就是……维克多·雨果。

……

我看见他是在“小城堡”剧院，他以文学代表大会主席的身份致开幕词。早在他露面的一小时之前，剧院里已熙来攘往，挤满了人。拼花地板上站着来自世界各国的作家和艺术家。他们相互交换着好奇的眼神和手势，互相询问。在这次大会上，每个人都熟悉许多名字，但只认识有限的面孔，每个人都渴望在这难得的场合认出旧有的相识。大厅里人头攒动，到处是年迈的和年轻的人们，到处闪烁着充满思想光辉的美丽的眼睛。一张张脸庞互相接近，互相微笑。头发油黑的青年向白发苍苍的老人颔首致意，一双双手互相伸出并紧紧握住对方。人们说着世上的各种语言，令人愉快的生命的震颤遍达每一个角落。被灯光照耀得白昼一片的舞台上坐着从瑞典到意大利，从圣萨尔瓦多共和国到俄国的各国代表。在这群诗人、小说家、学者、政治家、政论家、出版家中，有屠格涅夫笑吟吟的白皙的脸，有埃德蒙·阿布高昂的英俊的头，还有儒勒·西蒙[①]富于同情的面容，他更是无数目光捕捉的目标。当然，人们最大的心愿是亲眼看见雨果。有好几百人从未有幸见到他，这时他们默念着他的名字，将全部目光凝聚在他将露面的那一部分舞台。那里稍有动静，便会在整个大厅引起骚动。亲眼目睹性格和血缘各不相同的无数人的专注的目光，想到赢得他们如此景仰的是一位老态龙钟的诗人，这确实是美好而令人欣慰的景象。突然，全体代表起身肃立，在灰白和花白的脑袋之间出现了一个须发更白的头，大厅里爆发出猛烈的掌声——这种突发的掌声可能使接受掌声的人产生一种近于恐怖的感觉，它回响在鼓掌者的灵魂里，又刺激着他为之鼓掌的情绪。这一阵掌声迅猛、强烈，经久不息，整个剧院为之震撼。维克多·雨果的脸上掠过一丝闪光，只有一丝，却揭示了他的全部灵魂。他紧接着又恢复了他习惯的严肃神情。他在一批名流的簇拥下，蹒跚地走到前台，站在讲台的一侧，拿出一叠印有大号字的大开张纸，开始宣读他的致辞。这不是一篇出色的作品，可这里也不是评头论足的地方。他读得很缓慢，声音宏亮，每一句，每一词，每一个音节的发音极其清晰。他的声音依然雄浑有力，只是在长句的末尾略显中气不足。致辞过程中有几次伟大的时刻，例如当他说道：“你们作为人的心灵的使者来到，伟

① 阿布(E. About，1828—1885)，法国作家。西蒙(J. Simon，1814—1896)，法国政治家、哲学家，两人都是法兰西学院院士。——程曾厚注

大的巴黎欢迎你们，巴黎向你们致敬！”他说这最后几个字时，用的是崇高的语调，他的手同时迅速、大幅度地一挥，使全场的人顿感激动。他还说，“属于过去的人们，拿定主意吧，我们并不同情你们”。[①] 说着，他摇摇头，然后宛如雄狮一样挺起倔强的头，用挑战、威逼的愤怒目光直射剧院的最后方。在无边无际的寂静之中，他一动不动站了几秒钟，他的脸漾出一片绯红。他确实像《惩罚集》里的诗章，既美丽，又可怕，剧院里传过一阵战栗。这时，他的开幕词谈到大赦问题，愤慨的语气变得平和委婉。“人在节日里应该情同手足；我们如果不宽恕某个人，这节日便不成其为节日。”说到这些高尚的话语时，他的声调仿佛换了一个人。他充满怜悯和祈祷的无法形容的温和声音使全体听众冲动，这种形式的赞同比鼓掌更强大百倍。最后他念道，“有一桩事情比胜利更加伟大，那就是，当祖国张开她的臂膀，遭受驱逐的人出现在地平线上”。为了加强这个思想的份量，他做了一个庄严的手势，他的和蔼、悲哀的表情博得暴风雨般的掌声和欢呼声。在他之后是大会发言。每个人发言结束时都向这位大师表示崇高的敬意，但是他没有任何感情的表示。他的脸偶或舒展开来，但随即又被乌云笼罩，仿佛刚才离他而去的顽固的无法变更的思想重又攫住了他的心。

最后一个发言结束以后，他起身准备退场。全场爆发出最后的掌声，这掌声比第一次更诚挚、更响亮、更持久，并且伴有深情的呼叫，他不得不停下脚步。这不是在为他的致辞鼓掌，而是为他的《东方集》和《历代传说集》鼓掌；这是对诗人的感激，对老战士深情的尊敬，对年近八旬的老人的良好祝愿，也是同这位许多人再难相会的人告别。他用久久的，久久的目光作答，离去了。

……

这便是我见到的雄踞荣誉顶点的雨果，未来的人们能不能在同样的高度看见他呢？多数人表示怀疑。时间所能做的，充其量是埋葬他。而他庞大的身躯将如一棵无叶的巨树，屹立在本世纪文学史的地平线上，无数天才将借助他双翅上抖落的羽毛飞翔。如同其他的大文学家，他提供给后代的自我形象是：流着鲜血， 衣冠不整，气喘吁吁，佩戴着盾形纹章，上面镌刻着的，不是取胜的战斗的名字，而是他们的著作，光荣的失

---

① 原文为法文。

败和好心做出的傻事；后代将像对一位负伤的竞赛选手那样向他们致敬。人们将会把他当作他的时代最强大的文学巨人，以及人类天才的力量和勇气的最令人钦佩的楷模之一景仰他。他自己或许也会这么说：“能在顶峰上找到这些大无畏的伟大典型，真是太好了。”[①] 他为我们指示了天才可能攀援的高度，也为我们照亮了天才可能遭遇毁灭的悬崖。即便他身后一无所存，有如人的话语（此人除话语外没有其他任何力量）在人类中令人欣慰的回音，他在全体人民心目中的声望将永存。但是，他将坚定地、骄傲地挺立在顶峰，法国和整个欧洲的文学越是陷入怀疑主义，越是走向色情，越是腐败，他在远方的身影将越发显得伟岸和崇高。这位伟大作者的生命并没有到达尽头。目前他似乎正在度过一个哀伤的时期，愿上帝保佑他摆脱痛苦，让我们在未来的许多年头里，再次听到曾经在我们父辈年轻时感动过他们的雄强的声音。这个声音，直到其生命的最后时刻，一定会告诉我们恢宏而真实的事情。我们在孩提时代听见过这个声音，我们希望“当大树将它枯萎的树叶归还大地”的时候，再次听到这个声音。我们向他表示如下的祝愿：这位诞生于 19 世纪黎明的伟大诗人，愿他伴随着这一世纪走到终点。只要他的心脏还在跳动，愿他天才的光辉永不暗淡。愿欧洲在这位与世纪同寿的生命的最后呼吸中，采撷他的不朽史诗的最后诗章。

编后记

德·亚米契斯（E. De Amicis, 1846—1908），意大利小说家，主要作品有《在海洋上》、《一个教师的小说》以及曾在我国广为流传的《爱的教育》等。曾周游世界，著有游记多种。本文选自其著名游记之一《巴黎游记》的第 3 章，第一、八、九三节，由 1879 年美国初版，并于 1972 年重版的英译本转译。

① 原文是法文。